汪曾祺
自编文集

梁由之 主编

晚翠文谈

汪曾祺 著

上海三联书店

新版前言

梁由之

一

据汪曾祺先生的的子女汪朗、汪明、汪朝统计,老头儿一辈子,自行编定或经他认可由别人编选的集子,拢共出了二十七种。严格一点,不妨将前者称为"汪曾祺自编文集"。

自编文集,文体比较单纯:基本都是短篇小说、散文和随笔,偶有一点新、旧体诗,还有一本文论集,一本人物小传。时间跨度,却大得出奇:第一本跟第二本,隔了十余年;第二本跟第三本,又隔了差不多二十年;第一本小说集《邂逅集》跟第一本散文集《蒲桥集》,更是隔了整整四十年。……谁实为之,孰令致之?说来话长,不说也罢。汪先生享年七十七岁,1987年之前的六十六年,他仅出了四本书。汪氏曾自我检讨说:我写得太少了!

1987年始,汪老进入生命的最后十年。这十年,就数量而论，是他创作的高峰期，占平生作品泰半。同时，也是出书的高峰期。除 1990 年、1991 年两年是空白外，每年都有新书面世。1993 年、1995 年，更是臻于顶峰，合计接近两位数。这固然反映了汪先生的作品受到各方热烈欢迎乃至追捧，但也不可避免地导致若干集子重复的篇什较多——这似乎是一个悖论，并非个别现象。

我曾写道：

> 无缘亲炙汪曾祺先生，梁某引为毕生憾事。他的作品，是我的至爱。读汪三十余年，兀自兴味盎然，爱不释手。深感欣慰的是，吾道不孤，在文学市场急剧萎缩的时代大背景下，汪老的作品却是个难得的异数，各种新旧选本层出不穷，汪粉越来越多。在平淡浮躁的日常生活中，沾溉一点真诚朴素的优雅、诗意和美感，大约是心灵的内在需求罢。

那么，有无必要与可能，出版一套比较系统、完整、真实的"汪曾祺自编文集"，提供给市场和读者呢？答案是肯定的。

汪老去世已逾二十一年，自编文集旧版市面上早已不见踪影，一书难求。倒也间或出过几种新版，但东零西碎，不成气候。个别相对整齐些的，内容却肆意增删，力度颇大，抽换少则几篇，多则达到十余篇甚至二十多篇，旧名新书，面目全非，是一种名实不副不伦不类的奇葩版本。我一直认为，既然是作者自编文集，他人就不要、不必且不能擅改。至于集子本身的缺憾，任何版本，皆在所难免，读者各凭所好就好。

本系列新版均据汪老当年亲自编定的版本排印，书名、序跋、篇目、原注，一仍其旧，原汁原味。只对个别明显的舛误予以订正。加印时作者所写的序跋，均作为附录。这套货真价实如假包换的"汪曾祺自编文集"，相信自有其独特的价值和生命力。

二

《晚翠文谈》是汪曾祺生前出版的第一本文论集。它的成书，在相当程度上，得归功于老友林斤澜。汪老的哲嗣汪朗兄说：

> 林斤澜和爸爸更熟，而且始终保持着亲密关系。林斤澜真是帮爸爸办了不少事，毫无所图，诚心诚意。爸爸重新动笔写小说后，是林斤澜把《异秉》推荐到《雨花》杂志发表。以后，两个人经常一起到各处游山玩水，参加各种笔会，给各地文学青年

谈创作体会。爸爸生前最后一次外出，到四川参加五粮液笔会，也是同林斤澜结伴而行的。林斤澜要爸爸把所写的谈文学创作的文章汇编成集，找地方出版。爸爸出的作品集，都是有人要出版才编的，从来没有拿着稿子找过人，也不会。惟独这本《晚翠文谈》是例外。那是1986，当时这种文论集不被人看好，出版很难。林斤澜连赔时间带搭面子，联系了好几处地方，最后还是由他老家的浙江（文艺）出版社把书出了。……

《晚翠文谈》出版于1988年，初版仅印二千七百本，责任编辑黄育海、李庆西。

此书编排，未以写作、发表时间先后为序，而是按文章内容，分为四辑：

第一辑，是"创作谈"；

第二辑，是几篇文学评论；

第三辑，是戏曲杂论；

第四辑，是两篇民间文学论文。

1997年，汪老病逝。

2002年7月，三联书店出版《晚翠文谈新编》，范用先生亲自撰写了言简意赅情见乎辞的"小引"，末尾说：
"日子过得真快，转眼曾祺兄辞世已经五年，印这本书聊
表怀念之情。"初版即印了一万册，责任编辑郑勇。将时
间拉长一点看，这本书的价值和生命力，由此可见一斑。

限于体例，新版据浙江文艺出版社1988年3月版
印制。

2018年8月10日晚，戊戌立秋后三日，记于杭州旅次。9月
19日，夏历八月初十午后，秋分前四日，改定于深圳天海楼。

目　录

自　序

　　昆明云南大学的教授宿舍区有一处叫"晚翠园"，月亮门的石额上刻着三个字，字是胡小石写的，很苍劲。我们那时常到云大去拍曲子，常穿过这个园。为什么叫"晚翠园"呢？是因为园里种了大概有二三十棵大枇杷树。《千字文》云："枇杷晚翠"，用的是这个典。这句话最初出在哪里，我就不知道了，实在是有点惭愧。不过《千字文》里的许多四个字一句的话不一定都有出处。比如"海咸河淡"，只是眼前的一句大实话，考查不出来源。"枇杷晚翠"也可能是这样的。这也是一句实话，只不过字面上似乎有点诗意，不像"海咸河淡"那样平常得有点令人发笑。枇杷的确是晚翠的。它是常绿的灌木，叶片大而且厚，革质，多大的风也不易把它们吹得掉下来。不但经冬不落，而且愈是雨余雪后，愈是绿得惊人。枇杷叶能止咳润肺。我们那里的中医处方，常用枇杷叶两片（去毛）作药引子。掐枇杷叶大都是我的事。我的老家的后园有一棵枇杷树。它没有结过一粒枇杷，却长得一树浓密的叶子。不论什么时候，走近去，一伸手，就能得到两片。回来，用纸煤子的头子，把叶片背面的茸毛搓掉，整片丢进药罐子，完事。枇杷还有一个特点，是花期极长。头年的冬天就开始著花。花冠淡黄白色，外披锈色的长毛，远看只是毛乎乎的一个疙瘩，极不起眼，甚至根本不像是花，不注意是不会发现的，不像桃花李花喊着叫着要人来瞧。结果也很慢。不知道什么时候，它的花落了，结了纽子大的绿色的果粒。你就等吧，要到端午节前它才成熟，变成一串一串淡黄色的圆球。枇杷呀，你结这么点果子，可真是费劲呀！

把近几年陆续写出的谈文学的短文编为一集，取个什么书名呢？想来想去，想出了一个《晚翠文谈》。这也像《千字文》一样，只是取其字面上有点诗意。这是"夫子自道"么？也可以说有那么一点。我自二十岁起，开始弄文学，磋跎断续，四十余年，而发表东西比较多，则在六十岁以后，真也够"费劲"的。呜呼，可谓晚矣。晚则晚矣，翠则未必。

我把去年出的一本小说集命名为《晚饭花集》，现在又把这本书名之曰《晚翠文谈》，好像我对"晚"字特别有兴趣。其实我并没有多少迟暮之思。我没有对失去的时间感到痛惜。我知道，即使我有那么多时间，我也写不出多少作品，写不出大作品，写不出有分量、有气魄、雄辩、华丽的论文。这是我的气质所决定的。一个人的气质，不管是由先天还是后天形成，一旦形成，就不易改变。人要有一点自知。我的气质，大概是一个通俗抒情诗人。我永远只是一个小品作家。我写的一切，都是小品。就像画画，画一个册页、一个小条幅，我还可以对付；给我一张丈二匹，我就毫无办法。中国古人论书法，有谓以写大字的笔法写小字，以写小字的笔法写大字的。我以为这不行。把寸楷放成擘窠大字，无论如何是不像样子的，——现在很多招牌匾额的字都是"放"出来的，一看就看得出来。一个人找准了自己的位置，就可以比较"事理通达，心气平和"了。在中国文学的园地里，虽然还不能说"有我不多，无我不少"，但绝不是"谢公不出，如苍生何"。这样一想，多写一点，少写一点，早熟或晚成（我的一个朋友的女儿曾跟我开玩笑，说"汪伯伯是'大器晚成'"），又有什么关系呢？我偶尔爱用"晚"字，并没有一点悲怨，倒是很欣慰的。我赶上了好时候。

　　三十多年来，我和文学保持一个若即若离的关系，有时甚至完全隔绝，这也有好处。我可以比较贴近地观察生活，又从一个较远的距离外思索生活。我当时没有想写东西，不需要赶任务，虽然也受错误路线的制约，但总还是比较自在，比较轻松的。我当然也会受到占统治地位的带有庸俗社会学色彩的文艺思想的左右，但是并不"应时当令"，较易摆脱，可以少走一些痛苦的弯路。文艺思想一解放，我年轻时读过的，受过影响的，解放后被别人也被我自己批判的一些中外作品在我的心里复苏了。或者照现在的说法，我对这些作品较易"认同"。我从弄文学以来，所走的路，虽然也有些曲折，但基本上能做到我行我素。经过三四十年缓慢的，有点孤独的思索，我对生活、对文学有我自己的一点看法，并且这点看法正像纽子大的枇杷果粒一样渐趋成熟。这也是应该的。否则的话，不白吃了这么多年的饭了么？我不否认我有我的思维方式，也有那么一点我的风格。但是我不希望我的思想凝固僵化，成了一个北京人所说的"老悖晦"。我愿意接受新观念、新思想，愿意和年轻人对话，——主要是听他们谈话。希望他们不对我见外。太原晋祠有泉曰"难老"。泉上有亭，傅山写了一块竖匾："永锡难老"。要"难老"，只有向青年学习。我看有的老作家对青年颇多指摘，这也不是，那也不是，甚至大动肝火，只能说明他老了。我也许还不那么老，这是沾了我"来晚了"的光。

　　这一集相当多的文章是写给青年作者看的。有些话倒是自己多年摸索的甘苦之言，不是零批转贩。我希望这里有点经验，有点心得。但是都是仅供参考。不是金针度人。孔子曰："以吾一日长乎尔，无吾以也。"

此集编排，未以文章写作、发表时间先后为序，而是按内容性质，分为四类：

第一辑是所谓"创作谈"；

第二辑是几篇文学评论；

第三辑是戏曲杂论；

第四辑是两篇民间文学论文。

"吾令羲和弭节兮，望崦嵫而勿迫。"套用孔乙己的一句话，"晚乎哉，不晚也"，我还想再工作一个时期。

一九八六年八月十一日

序于蒲黄榆路寓楼

关于《受戒》

我没有当过和尚。

我的家乡有很多大大小小的庙。我的家乡没有多少名胜风景。我们小时候经常去玩的地方，便是这些庙。我们去看佛像。看释迦牟尼，和他两旁的侍者（有一个侍者岁数很大了，还老那么站着，我常为他不平）。看降龙罗汉、伏虎罗汉、长眉罗汉。看释迦牟尼的背后塑在墙壁上的"海水观音"。观音站在一个鳌鱼的头上，四周都是卷着漩涡的海水。我没有见过海，却从这一壁泥塑上听到了大海的声音。一个中小城市的寺庙，实际上就是一个美术馆。它同时又是一所公园。庙里大都有广庭、大树、高楼。我到现在还记得走上吱吱作响的楼梯，踏着尘土上印着清晰的黄鼠狼足迹的楼板时心里的轻微的紧张，记得凭栏一望后的畅快。

我写的那个善因寺是有的。我读初中时，天天从寺边经过。寺里放戒，一天去看几回。

我小时就认识一些和尚。我曾到一个人迹罕到的小庵里，去看过一个戒行严苦的老和尚。他年轻时曾在香炉里烧掉自己的两个指头，自号八指头陀。我见过一些阔和尚，那些大庙里的方丈。他们大都衣履讲究（讲究到令人难以相信），相貌堂堂，谈吐不俗，比县里的许多绅士还显得更有文化。事实上他们就是这个县的文化人。我写的那个石桥是有那么一个人的（名字我给他改了）。他能写能画，画法任伯年，书学吴昌硕，都很有可观。我们还常常走过门外，去看他那个小老婆。长得像一穗兰花。

　　我也认识一些以念经为职业的普通的和尚。我们家常做法事。我因为是长子，常在法事的开头和当中被叫去磕头；法事完了，在他们脱下袈裟，互道辛苦之后（头一次听见他们互相道"辛苦"，我颇为感动，原来和尚之间也很讲人情，不是那样冷淡），陪他们一起喝粥或者吃挂面。这样我就有机会看怎样布置道场，翻看他们的经卷，听他们敲击法器，对着经本一句一句地听正座唱"叹骷髅"（据说这一段唱词是苏东坡写的）。

　　我认为和尚也是一种人，他们的生活也是一种生活。凡作为人的七情六欲，他们皆不缺少，只是表现方式不同而已。

　　一个偶然的机会，我在一个乡下的小庵里住了几个月，就住在小说里所写的"一花一世界"那几间小屋里。

庵名我已经忘记了，反正不叫菩提庵。菩提庵是我因为小门上有那样一副对联而给它起的。"一花一世界"，我并不大懂，只是朦朦胧胧地感到一种哲学的美。我那时也就是明海那样的年龄，十七八岁，能懂什么呢。

庵里的人，和他们的日常生活，也就是我所写的那样。明海是没有的。倒是有一个小和尚，人相当蠢，和明海不一样。至于当家和尚拍着板教小和尚念经，则是我亲眼得见。

这个庄是叫庵赵庄。小英子的一家，如我所写的那样。这一家，人特别的勤劳，房屋、用具特别的整齐干净，小英子眉眼的明秀，性格的开放爽朗，身体姿态的优美和健康，都使我留下难忘的印象，和我在城里所见的女孩子不一样。她的全身，都发散着一种青春的气息。

我一直想写写在这小庵里所见到的生活，一直没有写。

怎么会在四十三年之后，在我已经六十岁的时候，忽然会写出这样一篇东西来呢？这是说不明白的。要说明一个作者怎样孕育一篇作品，就像要说明一棵树是怎样开出花来的一样地困难。

理智地想一下，因由也是有一些的。

一是在这以前，我曾经忽然心血来潮，想起我在三十二年前写的，久已遗失的一篇旧作《异秉》，提笔重写了一遍。写后，想：是谁规定过，解放前的生活不能反映呢？既然历史小说都可以写，为什么写写旧社会就不行呢？今天的人，对于今天的生活所过来的那个旧的生活，就不需要再认识认识吗？旧社会的悲哀和苦趣，以及旧社会也不是没有的欢乐，不能给今天的人一点什么吗？这样，我就渐渐回忆起四十三年前的一些旧梦。当然，今天来写旧生活，和我当时的感情不一样，正好如同我重写过的《异秉》和三十二年前所写的感情也一定不会一样。四十多年前的事，我是用一个八十年代的人的感情来写的。《受戒》的产生，是我这样一个八十年代的中国人的各种感情的一个总和。

二是前几个月，因为我的老师沈从文要编他的小说集，我又一次比较集中，比较系统地读了他的小说。我认为，他的小说，他的小说里的人物，特别是他笔下的那些农村的少女，三三、天天、翠翠，是推动我产生小英子这样一个形象的一种很潜在的因素。这一点，是我后来才意识到的。在写作过程中，一点也没有察觉。大概是有关系的。我是沈先生的学生。我曾问过自己：这篇小说像什么？我觉得，有点像《边城》。

第三，是受了百花齐放的气候的感召。

试想一想：不用说"十年浩劫"，就是"十七年"，我会写出这样一篇东西么？写出了，会有地方发表么？

发表了，会有人没有顾虑地表示他喜欢这篇作品么？都不可能的。那么，我就觉得，我们的文艺的情况真是好了，人们的思想比前一阵解放得多了。百花齐放，蔚然成风，使人感到温暖。虽然风的形成是曲曲折折的（这种曲折的过程我不大了解），也许还会乍暖还寒？但是我想不会。我为此，为我们这个国家，感到高兴。

这篇小说写的是什么？我在大体上有了一个设想之后，曾和个别同志谈过。"你为什么要写这样一篇东西呢？"当时我没有回答，只是带着一点激动说："我要写！我一定要把它写得很美，很健康，很有诗意！"写成后，我说："我写的是美，是健康的人性。"美，人性，是任何时候都需要的。

人们都说，文艺有三种作用：教育作用，美感作用和认识作用。是的。我承认有的作品有更深刻或更明显的教育意义。但是我希望不要把美感作用和教育作用截然分开甚至对立起来，不要把教育作用看得太狭窄（我历来不赞成单纯娱乐性的文艺这种提法），那样就会导致题材的单调。美感作用同时也是一种教育作用。美育嘛。这两年重提美育，我认为是很有必要的。这是医治民族的创伤，提高青年品德的一个很重要的措施。我们的青年应该生活得更充实，更优美，更高尚。我甚至相信，一个真正能欣赏齐白石和柴可夫斯基的青年，不大会成为一个打砸抢分子。

我的作品的内在的情绪是欢乐的。我们有过各种创伤，但是我们今天应该快乐。一个作家，有责任给予人们一份快乐，尤其是今天（请不要误会，我并不反对写悲惨的故事）。我在写出这个作品之后，原本也是有顾虑的。我说过：发表这样的作品是需要勇气的。但是我到底还是拿出来了，我还有一点自信。我相信我的作品是健康的，是引人向上的，是可以增加人对于生活的信心的，这至少是我的希望。

也许会适得其反。

我们当然是需要有战斗性的，描写具有丰富的人性的现代英雄的，深刻而尖锐地揭示社会的病痛并引起疗救的注意的悲壮、宏伟的作品。悲剧总要比喜剧更高一些。我的作品不是，也不可能成为主流。

我从来没有说过关于自己作品的话。一个不长的短篇，也没有多少可说的话。《小说选刊》的编者要我写几句关于《受戒》的话，我就写了这样一些。写得不短，而且那样的直率，大概我的性格在变。

很多人的性格都在变。这好。

《大淖记事》是怎样写出来的

　　一个作品写出来了，作者要说的话都说了。为什么要写这个作品，这个作品是怎么写出来的，都在里面。再说，也无非是重复，或者说些题外之言。但是有些读者愿意看作者谈自己的作品的文章，——回想一下，我年轻时也喜欢读这样的文章，以为比读评论更有意思，也更实惠，因此，我还是来写一点。

　　大淖是有那么一个地方的。不过，我敢说，这个地方是由我给它正了名的。去年我回到阔别了四十余年的家乡，见到一位初中时期教过我国文的张老师，他还问我："你这个淖字是怎样考证出来的？"我们小时做作文、记日记，常常要提到这个地方，而苦于不知道该怎样写。一般都写作"大脑"，我怀疑之久矣。这地方跟人的大脑有什么关系呢？后来到了张家口坝上，才恍然大悟：这个字原来应该这样写！坝上把大大小小的一片水都叫作"淖儿"。这是蒙古话。坝上蒙古人多，很多地名都是蒙古话。

后来到内蒙古走过不少叫作"淖儿"的地方，越发证实了我的发现。我的家乡话没有儿化字，所以径称之为淖。至于"大"，是状语。"大淖"是一半汉语，一半蒙语，两结合。我为什么念念不忘地要去考证这个字，为什么在知道淖字应该怎么写的时候，心里觉得很高兴呢？是因为我很久以前就想写写大淖这地方的事。如果写成"大脑"，在感情上是很不舒服的。——三十多年前我写的一篇小说里提到大淖这个地方，为了躲开这个"脑"字，只好另外改变了一个说法。

我去年回乡，当然要到大淖去看看。我一个人去走了几次。大淖已经几乎完全变样了。一个造纸厂把废水排到这里，淖里是一片铁锈颜色的浊流。我的家人告诉我，我写的那个沙洲现在是一个种鸭场。我对着一片红砖的建筑（我的家乡过去不用红砖，都是青砖），看了一会儿。不过我走过一些依河而筑的不整齐的矮小房屋，一些才可通人的曲巷，觉得还能看到一些当年的痕迹。甚至某一家门前的空气特别清凉，这感觉，和我四十年前走过时也还是一样。

我的一些写旧日家乡的小说发表后，我的乡人问过我的弟弟："你大哥是不是从小带一个本本，到处记？——要不他为什么能记得那么清楚呢？"我当然没有一个小本本。我那时才十几岁，根本没有想到过我日后会写小说。

便是现在，我也没有记笔记的习惯。我的笔记本上除了随手抄录一些所看杂书的片断材料外，只偶尔记下一两句只有我自己看得懂的话——一点印象，有时只有一个单独的词。

小时候记得的事是不容易忘记的。

我从小喜欢到处走，东看看，西看看（这一点和我的老师沈从文有点像）。放学回来，一路上有很多东西可看。路过银匠店，我走进去看老银匠在模子上敲打半天，敲出一个用来钉在小孩的虎头帽上的小罗汉。路过画匠店，我歪着脑袋看他们画"家神菩萨"或玻璃油画福禄寿三星。路过竹厂，看竹匠把竹子一头劈成几岔，在火上烤弯，做成一张一张草箆子……多少年来，我还记得从我的家到小学的一路每家店铺、人家的样子。去年回乡，一个亲戚请我喝酒，我还能清清楚楚把他家原来的布店的店堂里的格局描绘出来，背得出白色的屏门上用蓝漆写的一副对子。这使他大为惊奇，连说："是的是的。"也许是这种东看看西看看的习惯，使我后来成了一个"作家"。

我经常去"看"的地方之一，是大淖。

大淖的景物，大体就是像我所写的那样。居住在大淖附近的人，看了我的小说，都说"写得很像"。当然，我多少把它美化了一点。比如大淖的东边有许多粪缸（巧云家的门外就有一口很大的粪缸），我写它干什么呢？我这样美化一下，我的家乡人是同意的。我并没有有闻必录，是有所选择的。大淖岸上有一块比通常的碾盘还要大得多的扁圆石头，人们说是"星"——陨石，因与故事无关，我也割爱了（去年回乡，这个"星"已经不知搬到哪里去了）。如果写这个星，就必然要生出好些文章。因为它目标很大，引人注目，结果又与人事毫不相干，岂非"冤"了读者一下？

小锡匠那回事是有的。像我这个年龄的人都还记得。我那时还在上小学，听说一个小锡匠因为和一个保安队的兵的"人"要好，被保安队打死了，后来用尿碱救过来了。我跑到出事地点去看，只看见几只尿桶。这地方是平常日子也总有几只尿桶放在那里的，为了集尿，也为了方便行人。我去看了那个"巧云"（我不知道她的真名叫什么），门半掩着，里面很黑，床上坐着一个年轻女人，我没有看清她的模样，只是无端地觉得她很美。过了两天，就看见锡匠们在大街上游行。这些，都给我留下很深的印象，使我很向往。我当时还很小，但我的向往是真实的。我当时还不懂"高尚的品质、优美的情操"这一套，我有的只是一点向往。这点向往是朦胧的，但也是强烈的。这点向往在我的心里存留了四十多年，终于促使我写了这篇小说。

大淖的东头不大像我所写的一样。真实生活里的巧云的父亲也不是挑夫。挑夫聚居的地方不在大淖而在越塘。越塘就在我家的巷子的尽头。我上小学、初中时每天早晨、傍晚都要经过那里。星期天，去钓鱼。暑假时，挟了一个画夹子去写生。这地方我非常熟。挑夫的生活就像我所写的那样。街里的人对挑夫是看不起的，称之为"挑箩把担"的。便是现在，也还有这个说法。但是我真的从小没有对他们轻视过。

越塘边有一个姓戴的轿夫，得了血丝虫病——象腿病。抬轿子的得了这种最不该得的病，就算完了，往后的日子还怎么过呢？他的老婆，我每天都看见，原来是个有点邋遢的女人，头发黄黄的，很少有梳得整齐的时候，她大概身体不太好，总不大有精神。丈夫得了这种病，她怎么办呢？有一天我看见她，真是焕然一新！她完全变成了另外一个人，头发梳得光光的，衣服很整齐，显得很挺拔，很精神。尤其使我惊奇的，是她原来还挺好看。她当了挑夫了！一百五十斤的担子挑起来嚓嚓地走，和别的男女挑夫走在一列，比谁也不弱。

这个女人使我很惊奇。经过四十多年，神使鬼差，终于使我把她的品行性格移到我原来所知甚少的巧云身上（挑夫们因此也就搬了家）。这样，原来比较模糊的巧云的形象就比较充实，比较丰满了。

这样，一篇小说就酝酿成熟了。我的向往和惊奇也就有了着落。至于这篇小说是怎样写出来的，那真是说不清，只能说是神差鬼使，像鲁迅所说"思想中有了鬼似的"。我只是坐在沙发里东想想，西想想，想了几天，一切就比较明确起来了，所需用的语言、节奏也就自然形成了。一篇小说已经有在那里，我只要把它抄出来就行了。但是写出来的契因，还是那点向往和那点惊奇。我以为没有那么一点东西是不行的。

各人的写作习惯不一样。有人是一边写一边想，几经改删，然后成篇。我是想得相当成熟了，一气写成。当然在写的过程中对原来所想的还会有所取舍，如刘彦和所说："殆乎篇成，半折心始。"也还会写到那里，涌出一些原来没有想到的细节，所谓"神来之笔"，比如我写到"十一子微微听见一点声音，他睁了睁眼。巧云把一碗尿碱汤灌进了十一子的喉咙"之后，忽然写了一句：

"不知道为什么，她自己也尝了一口。"

这是我原来没有想到的。只是写到那里，出于感情的需要，我迫切地要写出这一句（写这一句时，我流了眼泪）。我的老师教我们写作，常说"要贴到人物来写"，很多人不懂他这句话。我的这一个细节也许可以给沈先生的话做一注脚。在写作过程中要随时紧紧贴着人物，用自己的心，自己的全部感情。什么时候自己的感情贴不住人物，大概人物也就会"走"了，飘了，不具体了。

几个评论家都说我是一个风俗画作家。我自己原来没有想过。我是很爱看风俗画。十六七世纪的荷兰画派的画，日本的浮世绘，中国的货郎图、踏歌图……我都爱看。讲风俗的书，《荆梦岁时记》《东京梦华录》《一岁货声》……我都爱看。我也爱读竹枝词。我以为风俗是一个民族集体创作的生活抒情诗。我的小说里有些风俗画成分，是很自然的。但是不能为写风俗而写风俗。作为小说，写风俗是为了写人。有些风俗，与人的关系不大，尽管它本身很美，也不宜多写。比如大淖这地方放过荷灯，那是很美的。纸制的荷花，当中安一段浸了桐油的纸捻，点着了，七月十五的夜晚，放到水里，慢慢地漂着，经久不熄，又凄凉又热闹，看的人疑似离开真实生活而进入一种缥缈的梦境。但是我没有把它写入《记事》，——除非我换一个写法，把巧云和十一子的悲喜和放荷灯结合起来，成为故事不可缺少的部分，像沈先生在《边城》里所写的划龙船一样。这本是不待言的事，但我看了一些青年作家写风俗的小说，往往与人物关系不大，所以在这里说一句。

对这篇小说的结构，有两种不同的意见。一种以为前面（不是直接写人物的部分）写得太多，有比例失重之感。另一种意见，以为这篇小说的特点正在其结构，前面写了三节，都是记风土人情，第四节才出现人物。我于此有说焉。我这样写，自己是意识到的。所以一开头着重写环境，是因为"这里的一切和街里不一样"，"这里的人也不一样。他们的生活，他们的风俗，他们的是非标准、伦理道德观念和街里的穿长衣念过'子曰'的人完全不同"。只有在这样的环境里，才有可能出现这样的人和事。有个青年作家说："题目是《大淖记事》，不是《巧云和十一子的故事》，可以这样写。"我倾向同意她的意见。

我的小说的结构并不都是这样的。比如《岁寒三友》，开门见山，上来就写人。我以为短篇小说的结构可以是各式各样的。如果结构都差不多，那也就不成其为结构了。

《汪曾祺短篇小说选》自序

近年来有人称我为老作家了，这对我是新鲜事。老则老矣，已经六十一岁；说是作家，则还很不够。我多年来不觉得我是个作家。我写得太少了。

我写小说，是断断续续，一阵一阵的。开始写作的时间倒是颇早的。第一篇作品大约是一九四〇年发表的。那是沈从文先生所开"各体文习作"课上的作业，经沈先生介绍出去的。大学时期所写，都已散失。此集中所收的第一篇《复仇》，可作为那一时期的一个代表，虽然写成时我已经离开大学了。一九四六、一九四七年在上海，写了一些，编成一本《邂逅集》。此集的前四篇即选自《邂逅集》。这次编集时都做了一些修改，但基本上保留了原貌。解放后长期担任编辑，未写作。一九五七年偶然写了一点散文和散文诗。一九六一年写了《羊舍一夕》。因为少年儿童出版社约我出一个小集子（听说是萧也牧同志所建议），我又接着写了两篇。一九七九年到一九八一年写得多一些，这都是几个老朋友怂恿的结果。没有他们的鼓励、催迫，甚至责备，我也许就不会再写小说了。深情厚谊，良可感念，于此谢之。

我的一些小说不大像小说，或者根本就不是小说。有些只是人物素描。我不善于讲故事。我也不喜欢太像小说的小说，即故事性很强的小说。故事性太强了，我觉得就不大真实。我的初期的小说，只是相当客观地记录对一些人的印象，对我所未见到的，不了解的，不去以意为之做过多的补充。后来稍稍展开一些，有较多的虚构，也有一点点情节。

有人说我的小说跟散文很难区别，是的。我年轻时曾想打破小说、散文和诗的界限。《复仇》就是这种意图的一个实践。后来在形式上排除了诗，不分行了，散文的成分是一直明显地存在着的。所谓散文，即不是直接写人物的部分。不直接写人物的性格、心理、活动。有时只是一点气氛。但我以为气氛即人物。一篇小说要在字里行间都浸透了人物。作品的风格，就是人物性格。

我的小说的另一个特点是：散。这倒是有意为之。我不喜欢布局严谨的小说，主张信马由缰，为文无法。苏轼说："大略如行云流水，初无定质，但常行于所当行，常止于所不可不止。文理自然，姿态横生。"（《答谢民师书》）；又说："吾文如万斛泉源，不择地而出，在平地滔滔汩汩，虽一日千里无难。及其与山石曲折，随物赋形而不可知也。"（《文说》）虽不能至，心向往之。

我的小说的题材，大都是不期然而遇，因此我把第一个集子定名为"邂逅"。因此，我的创作无计划可言。今后写什么，一点不知道。但如果身体还好，总还能再写一点吧。恐怕也还是断断续续，一阵一阵的。

是为序。

《晚饭花集》自序

　　一九八一年下半年至一九八三年下半年所写的短篇小说都在这里了。

　　集名《晚饭花集》，是因为集中有一组以《晚饭花》为题目的小说。不是因为我对这一组小说特别喜欢，而是觉得其他各篇的题目用作集名都不太合适。我对自己写出的作品都还喜欢，无偏爱。读过我的作品的熟人，有人说他喜欢哪一两篇，不喜欢哪一两篇；另一个人的意见也许正好相反。他们问我自己的看法，我常常是笑而不答。

　　我对晚饭花这种花并不怎么欣赏。我没有从它身上发现过"香远益清"、"出淤泥而不染"之类的品德，也绝对到不了"不可一日无此君"的地步。这是一种很低贱的花，比牵牛花、凤仙花以及北京人叫作"死不了"的草花还要低贱。凤仙花、"死不了"，间或还有卖的，谁见过花市上卖过晚饭花？这种花公园里不种，画家不画，诗人不题咏。它的缺点一是无姿态。二是叶子太多，铺铺拉拉，重重叠叠，乱乱哄哄的一大堆。颜色又是浓绿的。就算是需要进行光合作用，取得养分，也用不着生出这样多的叶子呀，这真是一种毫无节制的浪费！三是花形还好玩，但也不算美，一个长柄的小喇叭。颜色以深胭脂红的为多，也有白的和黄的。这种花很易串种。黄花、白花的瓣上往往有不规则的红色细条纹。花多，而细碎。这种花用"村"、"俗"来形容，都不为过。最恰当的还是北京人爱用的一个字："怯"。北京人称晚饭花为野茉莉，实在是抬举它了。它跟茉莉可以说毫不相干，也一定不会是属于同一科，枝、叶、花形都不相似。把它和茉莉拉扯在一起，可能是因为它有一点淡淡的清香，——然而也不像茉莉的气味。只有一个"野"字它倒是当之无愧的。它是几乎不用种的。随便丢几粒种子到土里，它就会赫然地长出了一大丛。结了籽，落进土中，第二年就会长出更大的几丛，只要有一点空地，全给你占得满满的，一点也不客气。它不怕旱，不怕涝，不用浇水，不用施肥，不得病，也没见它生过虫。这算是什么花呢？然而不是花又是什么呢？你总不能说它是庄稼，是蔬菜，是药材。虽然吴其濬说它的种子的黑皮里有一囊白粉，可食；叶可为蔬，如马兰头；俚医用其根治吐血，但我没有见到有人吃过，服用过。那就还算它是一种花吧。

我的小说和晚饭花无相似处，但其无足珍贵则同。

我对于晚饭花还有一点好感，是和我的童年的记忆有关系的。我家的荒废的后园的一个旧花台上长着一丛晚饭花。晚饭以后，我常常到废园里捉蜻蜓，一捉能捉几十只。选两只放在帐子里让它吃蚊子（我没见过蜻蜓吃蚊子，但我相信它是吃的），其余的装在一个大鸟笼里，第二天一早又把它们全放了。我在别的花木枝头捉，也在晚饭花上捉。因此我的眼睛里每天都有晚饭花。看到晚饭花，我就觉得一天的酷暑过去了，凉意暗暗地从草丛里生了出来，身上的痱子也不痒了，很舒服；有时也会想到又过了一天，小小年纪，也感到一点惆怅，很淡很淡的惆怅。而且觉得有点寂寞，白菊花茶一样的寂寞。

　　我的儿子曾问过我："《晚饭花》里的李小龙是你自己吧？"我说："是的。"我就像李小龙一样，喜欢随处流连，东张西望。我所写的人物都像王玉英一样，是我每天要看的一幅画。这些画幅吸引着我，使我对生活产生兴趣，使我的心柔软而充实。而当我所倾心的画中人遭到命运的不公平的拨弄时，我也像李小龙那样觉得很气愤。便是现在，我也还常常为一些与我无关的事而发出带孩子气的气愤。这种倾心和气愤，大概就是我自己称之为抒情现实主义的心理基础。

　　这一集，从形式上看，如果说有什么特点，是有一些以三个小短篇为一组的小说。数了数，竟有六组。这些小短篇的组合，有的有点外部的或内部的联系。比如《故里三陈》写的三个人都姓陈；《钓人的孩子》所写的都是与钱有关的小故事。有的则没有联系，不能构成"组曲"，如《小说三篇》，其实可以各自成篇。至于为什么总是三篇为一组，也没有什么道理，只是因一篇太单，两篇还不足，三篇才够"一卖"。"事不过三"，三请诸葛亮，三戏白牡丹，都是三。一二三，才够意思。

我写短小说，一是中国本有用极简的笔墨摹写人事的传统，《世说新语》是突出的代表。其后不绝如缕。我爱读宋人的笔记甚于唐人传奇。《梦溪笔谈》《容斋随笔》记人事部分我都很喜欢。归有光的《寒花葬志》、龚定庵的《记王隐君》，我觉得都可当小说看。

第二是我过去就曾经写过一些记人事的短文。当时是当作散文诗来写的。这一集中的有些篇，如《钓人的孩子》《职业》《求雨》，就还有点散文诗的味道。散文诗和小说的分界处只有一道篱笆，并无墙壁（阿左林和废名的某些小说实际上是散文诗）。我一直以为短篇小说应该有一点散文诗的成分。把散文诗编入小说集，并非自我作古，我看到有些外国作家就这样办过。

第三，这和作者的气质有关。倪云林一辈子只能画平远小景，他不能像范宽一样气势雄豪，也不能像王蒙一样烟云满纸。我也爱看金碧山水和工笔重彩人物，但我画不来。我的调色碟里没有颜色，只有墨，从渴墨焦墨到浅得像清水一样的淡墨。有一次以矮纸尺幅画初春野树，觉得需要一点绿，我就挤了一点菠菜汁在上面。我的小说也像我的画一样，逸笔草草，不求形似。又我的小说往往是应刊物的急索，短稿较易承命。书被催成墨未浓，殊难计其工拙。

这一集里的小说和《汪曾祺短篇小说选》（北京出版社一九八二年出版），在思想上和方法上有些什么不同？很难说。几年的工夫，很难看出一个作者的作品有多少明显的变化。到了我这样的年龄，很难像青年作家一样会产生飞跃。我不像毕加索那样多变。不过比较而言，也可以说出一些。

从思想情绪上说，前一集更明朗欢快一些。那一集小说明显地受了三中全会的间接影响。三中全会一开，全国人民思想解放，情绪活跃，我的一些作品（如《受戒》《大淖记事》）的调子是很轻快的。现在到了扎扎实实建设社会主义的时候了，现在是为经济的全面起飞做准备的阶段，人们都由欢欣鼓舞转向深思。我也不例外，小说的内容渐趋沉着。如果说前一集的小说较多抒情性，这一集则较多哲理性。我的作品和政治结合得不紧，但我这个人并不脱离政治。我的感怀寄托是和当前社会政治背景息息相关的。必须先论世，然后可以知人。离开了大的政治社会背景来分析作家个人的思想，是说不清楚的。我想，这是唯物主义的方法。当然，说不同，只是相对而言。如果把这一集的小说编入上一集，或把上一集的编入这一集，皆无不可。大体上，这两集都可以说是一个不乏热情，还算善良的中国作家八十年代初期的思想的记录。

在文风上，我是更有意识地写得平淡的。但我不能一味地平淡。一味平淡，就会流于枯瘦。枯瘦是衰老的迹象。我还不太服老。我愿意把平淡和奇崛结合起来。我的语言一般是流畅自然的，但时时会跳出一两个奇句、古句、拗句，甚至有点像是外国作家写出来的带洋味儿的句子。老夫聊发少年狂，诸君其能许我乎？另一点是，我是更有意识地吸收民族传统的，在叙述方法上有时简直有点像旧小说，但是有时忽然来一点现代派的手法，意象、比喻，都是从外国移来的。这一点和前一点其实是一回事。奇，往往就有点洋。但是，我追求的是和谐。我希望融奇崛于平淡，纳外来于传统，能把它们糅在一起。奇和洋为了"醒脾"，但不能瞧着扎眼，"硌生"。

我已经六十三岁，不免有"晚了"之感，但思想好像还灵活，希望能抓紧时间，再写出一点。曾为友人画冬日菊花，题诗一首：

新沏清茶饭后烟，

自搔短发负晴暄。

枝头残菊开还好，

留得秋光过小年。

愿以自勉，且慰我的同代人。

如果继续写下去，应该写出一点更深刻，更有分量的东西。

是为序。

美学感情的需要和社会效果

按说我写作的时间不是很短了，今年我六十二岁，开始写作才二十岁。我的写作断断续续，大学时写了点东西，解放前几年写了一些小说，出过一本集子。解放后做编辑工作，没写什么。反右前写了点散文，一九六二、一九六三年写了点小说，又搁下十几年。一九七九年至一九八一年写了二十来篇短篇小说，大部分反映的是解放以前的生活，是我十六七岁以前在生活中捕捉的印象。我十六岁离开老家，十九岁在昆明西南联大上大学。我为什么要写反映我十六岁前的生活的小说呢？我想，第一个原因，就是现在的气候很好。三中全会以后，思想解放深入人心，文艺呈现了蓬勃旺盛的景象，形势很好。形势好的标志，是创作题材和表现方法多样化，思想艺术都比较新鲜。一些青年同志在思想和艺术上追求探索的精神使我很感动，在这样的气候感召下，在一些同志的鼓励和督促下，我又开始写作。一个人的创作不能不受社会条件的影响和制约，不可能是孤立的现象。这是一。第二个原因，是我的世界观比较成熟了。一个人到了我这样的年龄，一般说世界观已经成熟了。我年轻时写的那些作品，思想是迷惘的。在西南联大时，我接受了各式各样的思想影响，读的书很乱，读了不少西方现代派作品。我在大学一二年级写的那些东西，很不好懂，它们都没有保留下来。比如那时我写的一首诗中有这样一句："所有的东边都是西边的东边。"这是什么东西呢？我和许多青年人一样，搞创作，是从写诗起步的。一开始总喜欢追求新奇的、抽象的、晦涩的意境，有点"朦胧"。我们的同学中有人称我为"写那种别人不懂，他自己也不懂的诗的人"。大学二年级以后，受了西班牙作家阿左林的影响，写了一些很轻淡的小品文。有一个时期很喜爱 A. 纪德的作品，成天挟着一本纪德的书坐茶馆。那时萨特的书已经介绍进来了，我也读了一两本关于存在主义的书。虽然似懂不懂，但是思想上是受了影响的。离开学校后，不得不正视现实，对现实进行一些自己的思考。但是因为没有正确的思想做指导，我的世界观是混乱的。解放前一二年，我的作品是寂寞和苦闷的产物，对生活的态度是：无可奈何。作品中流露出揶揄，嘲讽，甚至是玩世不恭。解放后三十多年来，接受了党的教育，接受了马列主义思想，解放前思想中的那些乱七八糟的东西基本没有了。解放后我的生活道路也给了我很深的教育，不平坦的生活道路对我个人来说也不是没有好处的。经过长久的学习和磨炼，我的人生观比较稳定，比较清楚了，因此对过去的生活看得比较真切了。人到晚年，往往喜欢回忆童年和青年时期的生活。但是，你用什么观点去观察和表现它呢？用比较明净的世界观，才能看出过去生活中的美和诗意。一个人的世界观不能永远混乱下去，短期可以，长期是不行的。听说萨特的存在主义在我们青年中相当有影响，当然可能跟我们年轻时所受的影响有所不同，有些地方使我感到陌生，有些地方似曾相识。我感到还是马克思主义好些，因为它能解决我们生活中所碰到的问题。

我写《受戒》的冲动是很偶然的，有天早晨，我忽然想起这篇作品中所表现的那段生活。这段生活当然不是我的生活。不少同志问我，你是不是当过和尚？我没有当过和尚。不过我曾在和尚庙里住过半年多。作品中那几个和尚的生活不是我造出来的。作品中姓赵的那一家，在实际生活中确实有那么一家。这家人给我的印象很深。当时我的年龄正是作品中小和尚的那个年龄。我感到作品中小英子那个农村女孩子情绪的发育是正常的、健康的，感情没有被扭曲。这种生活，这种生活样式，在当时是美好的，因此我想把它写出来。想起来了，我就写了。写之前，我跟个别同志谈过，他们感到很奇怪：你为什么要写这个作品？写它有什么意义？再说到哪里去发表呢？我说，我要写，写了自己玩；我要把它写得很健康，很美，很有诗意。这就叫美学感情的需要吧。创作应该有这种感情需要。我写《大淖记事》也是这样的。大淖这个地方离那时我的家不远，我几乎天天去玩。我写的那些挑夫，不住在大淖，住在另一个地方，叫越塘。那些挑夫不是穿长衫念子曰的人，他们的是非标准、伦理道德观念跟我周围的人不一样，他们是更高尚的人，虽然他们比较粗野。越塘边住着一个姓戴的轿夫，得了象腿病（血丝虫病）。一个抬轿的得了这种病，就完了。他的老婆本是个头发蓬乱的普通女人，从来没有出头露面。丈夫得了这种病，她毅然出来当了"挑夫"，把头发梳得光光的，人变得很干净利落，也漂亮了。我觉得她很高贵。《大淖记事》最后巧云的形象，是从这个轿夫的老婆身上汲取的。小时候我听到过一个小锡匠的恋爱史。这个小锡匠曾被人打死过去，用尿碱救活了，这些都是真的。锡匠们挑着担子去游行，这也是我亲眼见到的。写了《受戒》以后，我忽然想起这件事，并且非要把它表现出来不可，一定要把这样一些具有特殊风貌的劳动者写出来，把他们的情绪、情操、生活态度写出来，写得更美、更富于诗意。没有地方发表，写出来自己玩，这就是美学感情的需要。接着就发生了第二个问题，这样的东西有什么作用？周总理在广州会议上说过，文学有四个功能：教育作用，认识作用，美感作用，娱乐作用。有人说，你的这些作品写得很美，美感作用是有的；认识作用也有，可以了解当时劳动人民的道德情操；娱乐作用也是有的，有点幽默感，用北京话说很"逗"，看完了，使人会心一笑；教育作用谈不上。对这种说法，我一半同意，一半不同意。说我的这些东西一点教育作用没有，我不大服气。完全没有教育作用只有美感作用的作品是很少的，除非是纯粹的唯美主义的作品。写作品应该想到对读者起什么样的心理上的作用。我要运用普通朴实的语言把生活写得很美，很健康，富于诗意，这同时也就是我要想达到的效果。虽然我的作品所反映的生活跟现实没有直接关系，跟四化没有直接关系。我想把生活中真实的东西、美好的东西、人的美、人的诗意告诉人们，使人们的心灵得到滋润，增强对生活的信心、信念。我的世界观的变化，其中也包含这个因素：欢乐。我觉得我作品的情绪是向上的、欢乐的，不是低沉的，跟解放前的作品不一样。生活是美好的，有前途的，生活应该是快乐的，这就是我所要达到的效果。我写旧社会少男少女健康、优美的爱情生活，这也是有感而发的。有什么感呢？我感到现在有些青年在爱情婚姻上有物质化、庸俗化的倾向，有的青年什么都要，就是不要纯洁的爱情。我并不是很有意识地要针对时弊写作品来振聋发聩，但确是有感而发的。以前，我写作品从不考虑社会效果，发表作品寄托个人小小的哀乐，得到二三师友的欣赏，也就满足了。这几年我感到效果问题是个很严肃的问题。原来我以为我的作品的读者面很窄。现在听说并不完全这样，有些年轻人，包括一些青年工人和农村干部也在看我的作品，这对我是很新奇的事，我感到很惶恐。我的作品到底给了别人一点什么呢？对人家的心灵起什么作用呢？一个作品发表后，不是起积极作用，就是消极作用，不是提高人的精神境界，就是使人迷惘、颓丧，总会有这样那样的作用。我感到写作不是闹着玩的事，就像列宁所指出的那样，作者就是这样写，读者就是那样读，用四川的话说，没有这么"撇脱"。我的作品反映的是解放前的生活，对当前的现实有多大的影响，很难说，但我有个朴素的古典的中国式的想法，就是作品要有益于世道人心。过去有人说，文章千古事，得失寸心知。得失首先是社会的得失。作者写作时对自己的作品的效果不可能估计得十分准确，但你总应有个良好的写作愿望。有些作者不愿谈社会效果，我是要考虑这个问题的。一个作品写出来放着，是个人的事情；发表了，就是社会现象。作者要有"良心"，要对读者负责。当然也有这样的可能，作者对自己作品的思想内涵考虑得多了，会带来概念化、思想大于形象的问题。但我认为，只要你忠于自己的美感需要，不去图解当前的某种口号，不是无动于衷，这个问题是可以避免的。

回到现实主义，回到民族传统

　　我愿意悄悄写东西，悄悄发表，不大愿意为人所注意。二十几岁起，我就没怎么读文学理论方面的书了，已经不习惯用理论用语表达思想。我对自己很不了解，现在也还在考虑我算不算作家？从开始写作到现在，写的小说大概不超过四十篇，怎么能算作家呢？

　　下面，谈几点感想。

　　关于评论家与作家的关系。昨天，我去玉渊潭散步，一点风都没有，湖水很平静，树的倒影显得比树本身还清楚，我想，这就是作家与评论家的关系。对于作家的作品，评论家比作家看得还清楚，评论是镜子，而且多少是凸镜，作家的面貌是被放大了的，评论家应当帮助作家认识自己，把作家还不很明确的东西说得更明确。明确就意味着局限。一个作家明确了一些东西，就必须在此基础上，去寻找他还不明确的东西，模糊的东西。这就是开拓。评论家的作用就是不断推动作家去探索，去追求。

评论家对作家来说是不可缺少的。

关于主流与非主流的问题。这是我自己提出来的，用的是一般的习惯的概念。比如蒋子龙的作品对时代发生直接的作用，一般的看法，这当然是主流。我反映四十年代生活，不可否认它有美感作用，认识作用，也有间接的教育作用。我不希望我这一类作品太多，我也希望多写一点反映现实的作品。为什么我反映旧社会的作品比较多，反映当代的比较少？我现在六十多岁了，旧社会三十年，新社会三十年。过去是定型的生活，看得比较准；现在变动很大，一些看法不一定抓得很准。一个人写作时要有创作自由，"创作自由"不是指政策的宽严，政治气候的冷暖；指的是作家自己想象的自由，虚构的自由，概括集中的自由。对我来说。对旧社会怎样想象概括都可以，对新生活还未达到这种自由的地步。比如，社会主义新人，如果你看到了，可以随心所欲挥洒自如，怎样写都行；可惜在我的生活里接触到这样的人不多。我写的人大都有原型，这就有个问题，褒了贬了都不好办。我现在写的旧社会的人物的原型，大都是死掉了的，怎么写都行。当然，我也要发现新的人，做新的努力。当然，有些新生活，我也只好暂时搁搁再写。对新生活我还达不到挥洒自如的程度。

今天评论有许多新的论点引起我深思。比如季红真同志说，我写的旧知识分子有传统的道家思想，过去我没听到过这个意见，值得我深思。又说，我对他们同情较多，批评较少，这些知识分子都有出世思想，她的说法是否正确，我不敢说。但这是一个新的研究角度。从传统的文化思想来分析小说人物，这是一个新的方法，很值得探索。在中国，不仅是知识分子，就是劳动人民身上也有中国传统的文化思想，有些人尽管没有读过老子、庄子的书，但可能有老庄的影响。一个真正有中国色彩的人物，与中国的传统文化是不能分开的。比如我写的《皮凤三楦房子》，高大头、皮凤三用滑稽玩世的办法对付不合理的事情，这些形象，可以一直上溯到东方朔。我对这样的研究角度很感兴趣。

有人说，用习惯的西方文学概念套我是套不上的。我这几年是比较注意传统文学的继承问题。我自小接触的两个老师对我的小说是很有影响的。中国传统的文论、画论是很有影响的。我初中有个老师，教我归有光的文章。归有光用清淡的文笔写平常的人情，对我是有影响的。另一个老师每天让我读一篇"桐城派"的文章，"桐城派"是中国古文集大成者，不能完全打倒。他们讲文气贯通，注意文章怎样起怎样落，是有一套的。中国散文在世界上是独特的。"气韵生动"是文章内在的规律性的东西。庄子是大诗人、大散文家，说我的结构受他一些影响，我是同意的。又比如，李卓吾的"为文无法"，怎么写都行，我也是同意的。应当研究中国作品中的规律性的东西，用来解释中国作品，甚至可以用来解释外国作品。就拿画论来说，外国的印象派的画是很符合中国的画论的。传统的文艺理论是很高明的，年轻人只从翻译小说、现代小说学习写小说，忽视中国的传统的文艺理论，是太可惜了。我最喜欢读画论、读游记。讲文学史的同志能不能把文学史与当代创作联系起来讲？不要谈当代就是当代，谈古代就是古代。

　　现实主义问题。有人说我是新现实主义，这问题我说不清，我给自己提出的要求是回到现实主义、回到民族传统。我也曾经接受过外国文学的影响，包括"意识流"的作品的影响，就是现在的某些作品也有外国文学影响的蛛丝马迹。但是，总的来说，我还是要回到现实主义，回到民族传统。这种现实主义是容纳各种流派的现实主义；这种民族传统是对外来文化的精华兼收并蓄的民族传统。路子应当更宽一些。

　　　　　　（本文是在一次作家作品讨论会上的发言）

道是无情却有情

　　同志们希望我们谈谈文艺形势，这个问题我说不出什么来。我对文艺界的情况很隔膜。我是写京剧剧本的，写小说不是本职工作。我觉得文艺形势是好的。党的三中全会以来，我觉得文艺形势空前的好。我这不是听了什么领导同志的意见，也没有做过调查研究，只是我个人的切身感受。形势好，是说大家思想解放了，题材广阔了，各种流派都允许出现了。拿我来说，我的一些作品，比如你们比较熟悉的《受戒》《大淖记事》……写旧社会的小和尚和村姑的恋爱，写一个小锡匠和一个挑夫的女儿的恋爱，不用说"十年动乱"，就是"十七年"，这样的作品都是不会出现的。没有地方会发表，我自己也不会写。写了，有地方发表，有人读，这跟以前很不一样了嘛。有人问起关于《受戒》的争议的情况。我没有听到什么争议。只有《作品与争鸣》上发表过国东的一篇《莫名其妙的捧场》。这篇文章主要是批评那些"捧场"的人的。其中也批评了我的小说，说这里的一首民歌"不堪入目"。我觉得对一篇作品有不同的看法，是正常的。不同的意见，这算不得是有"争议"。"争议"一般都指作品有带有倾向性的问题。这篇小说好像还没有人拿来当作有倾向性的问题的作品批评过。大家关心"争议"，说明对文艺情况很敏感。有人问《文艺报》和《时代的报告》争论的背景，这个问题我实在一无所知。"十六年"这个提法，很多同志不同意，我也不同意。

我的小说有一点和别人不大一样，写旧社会的多。去年我出了一本小说选，十六篇，九篇是写旧社会的，七篇是写解放后的。以后又发表了十来篇，只有两篇是写新社会的。有人问是不是回避现实生活中的矛盾。我没有回避矛盾的意思。第一，我也还写了一些反映新社会的生活的小说。第二，这是不得已。我对旧社会比较熟悉，对新社会不那么熟悉。我今年六十二岁，前三十年生活在旧社会，后三十年生活在新社会，按说熟悉的程度应该差不多，可是我就是对旧社会还是比较熟悉些，吃得透一些。对新社会的生活，我还没有熟悉到可以从心所欲、挥洒自如。一个作家对生活没有熟悉到可以从心所欲、挥洒自如的程度，就不能取得真正的创作的自由。所谓创作的自由，就是可以自由地想象、自由地虚构。你的想象、虚构都是符合于生活的。一个作家所写的人和事常常有一点影子，但不可能就照那点影子原封不动地写出来，总要补充一点东西，要虚构，要想象。虚构和想象的根据，是生活。不但要熟悉你所写的那个题材，熟悉与那个题材有关的生活，还要熟悉与那个题材无关的生活。你要对某个时代、某个地区、某种范围的生活熟悉到可以随手抓来就放在小说里，很贴切，很真实。海明威说：冰山所以显得雄伟，因为它浮出水面的只有七分之一，七分之六在海里。一个作家在小说里写出来的生活只有七分之一，没有写出来的是七分之六。没有七分之六，就没有七分之一。

生活是第一位的。有生活，就可以头头是道，横写竖写都行；没有生活，就会捉襟见肘，或者，瞎编。

有的青年同志说他也想写写旧社会，我看可以不必。你才二三十岁，你对旧社会不熟悉。而且，我们当然应该多写新社会，写社会主义新人。

要不要有思想，有主题？当然要有。我不同意无主题论。有人说我的小说说不出主题是什么，我自己是心中有数的。比如《岁寒三友》的主题是什么？"涸辙之鲋，相濡以沫。"一个作者必须有思想，有自己的思想。我们要学习马克思主义、毛泽东思想，但是不能用马克思或毛泽东的话，或某一项政策条文，代替自己的思想。一个作者对于生活，对于生活中的某种人或事，总得有自己的看法。作者在观察生活，塑造形象的过程中，总是要伴随自己的思想的。作者的思想不可能脱离形象。同样，也不可能有一种不是浸透了作者思想单独存在的形象。

　　所谓思想，我以为即是作者自己所发现的生活中的美和诗意，作者自己体察到的生活的意义。我写新社会的题材比较少，是因为我还没有较多地发现新的生活中的美和诗意。所谓不熟悉，就是自己没有找到生活的美和诗意。社会主义新人，就是一种社会主义的新的"人"，人的身上的新的美，新的诗意。必须是自己确实发现了，看到，感受到的。也就是说，确实使自己感动过的。要找到人身上的珠玉，人身上的金子。不是概念的，也不是夸饰的。不是自己并没有感动过，而在作品里做出受了感动的样子。比如，我在剧团生活了二十年，应该是比较熟悉的。有的同志建议我写写剧团演员，写写他们的心灵美。我是想写的，但一直还没有写，因为我还没有找到美的心灵。有人说：你可以写写老演员怎样为了社会主义的艺术事业，培养新的一代；可以写写年轻人怎样刻苦练功，为了演好英雄人物……我谢谢这些同志的好心，但是我不能写，因为我没有真正地看到。我要再找找，找到人的心的珠玉，心的黄金。

　　作品的主题，作者的思想，在一个作品里必须具体化为对于所写的人物的态度、感情。

　　对于人或事的态度、感情，大概有这么三种表达方式。一种是"特别地说出"。作者唯恐别人不理解，在叙述、描写中拼命加进一些感情色彩很重的字样，甚至跳出事件外面，自己加以评述、抒情、发议论。一种是尽可能地不动声色。许多西方现代小说的作者就尽量不表示对于所写的人、事的态度，非常冷静。比如海明威。我是主张作者的态度是要让读者感觉到的，但是只能"流露"，不能"特别地说出"。作者的感情、态度最好融化在叙述、描写之中，隐隐约约，存在于字里行间。"东边日出西边雨，道是无晴却有晴。"

　　信口说了这些，请大家指正。

我是一个中国人

——散步随想

我实在不想说话，因为没有什么话可说。我对文艺界的情况很不了解。这几年精力渐减，很少读作品，中国的和外国的。我对自己也不大了解。我究竟算是哪一"档"的作家？什么样的人在读我的作品？这些全都心中无数。我一直还在摸索着，有一点孤独，有时又颇为自得其乐地摸索着。

在山东菏泽讲话，下面递上来一个条子："汪曾祺同志：你近年写了一些无主题小说，请你就这方面谈谈看法。"因为时间关系，我当时没有来得及回答。到了平原，又讲话，顺便谈了谈这个问题。写条子的这位青年同志（我相信是青年）大概对"无主题小说"很感兴趣，可是我对这方面实在无所知。我不知道有没有这个提法，这提法是从哪里来的。我只听说过"无主调音乐"，没有听说过"无主题小说"。我说：我没有写过"无主题小说"。

我的小说都是有主题的。一定要我说，我也能说得出来。这位递条子的同志所称"无主题小说"，我想大概指的我近年发表的一些短小作品，如在《海燕》上发表的《钓人的孩子》，《十月》上发表的一组小说《晚饭花》里的《珠子灯》。这两篇小说都是有主题的。《钓人的孩子》的主题是：货币使人变成魔鬼。《珠子灯》的主题是：封建贞操观念的零落。

不过主题最好不要让人一眼就看出来。

李笠翁论传奇，讲"立主脑"。郭绍虞解释主脑即主题，我是同意郭先生的解释的。我以为李笠翁所说"主脑"，即风筝的脑线。风筝没有脑线，是放不上去的。作品没有主题，是飞不起来的。但是你只要看风筝就行了，何必一定非瞅清楚风筝的脑线不可呢？

脑线使风筝飞起，同时也是对于风筝的限制。脑线断了，风筝就会不知道飞到哪里去了。主题对作品也是一种限制。一个作者应该自觉地使自己受到限制。人的思想不能汗漫无际。我们不能往一片玻璃上为人斟酒。

"鸟飞在天上，影子落在地下。"[1]

任何高超缥缈的思想都是有迹可求的。

捉摸捉摸一个作品的主题，捉摸捉摸作者想说的究竟

---

[1] 蒙古族民歌

是什么，对读者来说，不也是一种乐趣么？"好读书，不求甚解；每有会意，便欣然忘食"，这是一种很惬意的读书方法。读小说，正当如此。

不要把主题讲得太死，太实，太窄。

也许我前面所说的主题，在许多人看来不是主题（因此他们称我的小说为"无主题小说"）。在有些同志看来，主题得是几句具有鼓动性的、有教诲意义的箴言。这样的主题，我诚然是没有。

我是一个中国人。

中国人必须会接受中国传统思想和文化的影响。我接受了什么影响？道家？中国化了的佛家——禅宗？都很少。比较起来，我还是接受儒家的思想多一<u>些</u>。

我不是从道理上，而是从感情上接受儒家思想的。我认为儒家是讲人情的，是一种富于人情味的思想。《论语》里的孔夫子是一个活人。他可以骂人，可以生气着急，赌咒发誓。

我很喜欢《论语·子路曾皙冉有公西华侍坐》。"暮春者，春服既成，冠者五六人，童子六七人，浴乎沂，风乎舞雩，咏而归。"我以为这是一种很美的生活态度。

我欣赏孟子的"大人者，不失其赤子之心"。

我认为陶渊明是一个纯正的儒家。"暧暧远人村，依依墟里烟。狗吠深巷中，鸡鸣桑树颠。"我很熟悉这样的充满人的气息的"人境"，我觉得很亲切。

我喜欢这样的诗："万物静观皆自得，四时佳兴与人同"，"顿觉眼前生意满，须知世上苦人多"。这是蔼然仁者之言。这样的诗人总是想到别人。

有人让我用一句话概括出我的思想，我想了想说：我大概是一个中国式的抒情的人道主义者。

我不了解前些时报上关于人道主义的争论的实质和背景。我愿意看看这样的文章，但是我没有力量去做哲学上的论辩。我的人道主义不带任何理论色彩，很朴素，就是对人的关心，对人的尊重和欣赏。

讲一点人道主义有什么不好呢？说老实话，不是十年"文化大革命"的惨痛教训，不是经过三中全会的拨乱反正，我是不会产生对于人道主义的追求，不会用充满温情的眼睛看人，去发掘普通人身上的美和诗意的。不会感觉到周围生活生意盎然，不会有碧绿透明的幽默感，不会有我近几年的作品。

我当然反对利用"人道主义"来诋毁社会主义，诋毁我们伟大的祖国。

关于现代派。

我的意见很简单：在民族传统的基础上接受外来影

响，在现实主义的基础上吸收现代派的某些表现手法。

最新的现代派我不了解。我知道一点的是老一代的现代派。我曾经很爱读弗·吴尔芙和阿左林的作品（通过翻译）。我觉得在社会主义现实主义的旗帜下的某些苏联作家是吸收了现代派的表现手法的。比如安东诺夫的《在电车上》，显然是用意识流的手法写出来的。意识流是可以表现社会主义内容的，意识流和社会主义内容不是不相容，而是可以给社会主义文学带来一股清新的气息的。

我的一些颇带土气的作品偶尔也吸取了一点现代派手法。比如《大淖记事》里写巧云被奸污后第二天早上的乱糟糟的，断断续续，飘飘忽忽的思想，就是意识流。我在《钓人的孩子》一开头写抗日战争时期昆明大西门外的忙乱纷杂的气氛，用了一系列静态的，只有名词，而无主语、无动词的短句，后面才说出"每个人带着他一生的历史和半个月的哀乐在街上走"，这颇有点现代派的味道。我写过一篇《求雨》，写栽秧时节不下雨，望儿的爸爸和妈妈一天抬头看天好多次，天蓝得要命，望儿的爸爸和妈妈的眼睛是蓝的。望儿看着爸爸和妈妈，望儿的眼睛也是蓝的。望儿和一群孩子上街求雨，路上的行人看着这支幼弱、褴褛、有些污脏而又神圣的小小的队伍，行人的眼睛也是蓝的。这也颇有点现代派的味道（把人的眼睛画蓝了，这是后期印象派的办法）。我觉得这没有什么不可以。而且我觉得只有这样写才能达到预期的效果。也可以说，这样写是为了主题的需要。

我觉得现实主义是可以、应该，甚至是必须吸收一点现代派的手法的，为了使现实主义返老还童。

但是我不赞成把现代派作为一个思想体系原封不动地搬到中国来。

爱护祖国的语言。一个作家应该精通语言。一个作家，如果是用很讲究的中国话写作，即使他吸收了外来的影响，他的作品仍然会具有鲜明的民族风格。外来影响和民族风格不是对立的矛盾。民族风格的决定因素是语言。"五四"以后不少着力学习西方文学的格律和方法的作家，同时也在着力运用中国味儿的语言。徐志摩（他是浙江硖石人）、闻一多（湖北浠水人），都努力地用北京话写作。中国第一个有意识地运用意识流方法，作品很像弗·吴尔芙的女作家林徽音（福州人），她写的《窗子以外》《九十九度中》，所用的语言是很漂亮的地道的京片子。这样的作品带洋味儿，可是一看就是中国人写的。

外国的现代派作家，我想也是精通他自己的国家的语言的。

用一种不合语法，不符合中国的语言习惯的，不中不西、不伦不类的语言写作，以为这可以造成一种特殊的风格，恐怕是不行的。

　　我的作品和我的某些意见，大概不怎么招人喜欢。姥姥不疼，舅舅不爱。也许我有一天会像齐白石似的"衰年变法"，但目前还没有这意思。我仍将沿着这条路走下去。有点孤独，也不赖。

小说笔谈

语　言

在西单听见交通安全宣传车播出"横穿马路不要低头猛跑"，我觉得这是很好的语言。在校尉营一派出所外宣传夏令卫生的墙报上看到一句话"残菜剩饭必须回锅见开再吃"，我觉得这也是很好的语言。这样的语言真是可以悬之国门，不能增减一字。

语言的目的是使人一看就明白，一听就记住。语言的唯一标准，是准确。

北京的店铺，过去都用八个字标明其特点。有的刻在匾上，有的用黑漆漆在店面两旁的粉墙上，都非常贴切。"尘飞白雪，品重红绫"，这是点心铺。"味珍鸡蹠，香渍豚蹄"，是桂香村。煤铺的门额上写着"乌金墨玉，石火光恒"，很美。八面槽有一家"老娘"（接生婆）的门口写的是"轻车快马，吉祥姥姥"，这是诗。

店铺的告白，往往写得非常醒目。如"照配钥匙，立等可取"。在西四看见一家，门口写着："出售新藤椅，修理旧棕床"，很好。过去的澡堂，一进门就看见四个大字："各照衣帽"，真是简到不能再简。

《世说新语》全书的语言都很讲究。

同样的话，这样说，那样说，多几个字，少几个字，味道便不同。张岱记他的一个亲戚的话："你张氏兄弟真是奇。肉只是吃，不知好吃不好吃；酒只是不吃，不知会吃不会吃。"有一个人把这几句话略改了几个字，张岱便斥之为"伧父"。

一个写小说的人得训练自己的"语感"。

要辨别得出，什么语言是无味的。

结　构

戏剧的结构像建筑，小说的结构像树。

戏剧的结构是比较外在的、理智的。写戏总要有介绍人物，矛盾冲突、高潮（写戏一般都要先有提纲，并且要经过讨论），多少是强迫读者（观众）接受这些东西的。戏剧是愚弄。

小说不是这样。一棵树是不会事先想到怎样长一个枝子，一片叶子，再长的。它就是这样长出来了。然而这一个枝子，这一片叶子，这样长，又都是有道理的。从来没有两个树枝、两片树叶是长在一个空间的。

小说的结构是更内在的，更自然的。

我想用另外一个概念代替"结构"——节奏。

中国过去讲"文气"，很有道理。什么是"文气"？我以为是内在的节奏。"血脉流通"、"气韵生动"，说得都很好。

小说的结构是更精细，更复杂，更无迹可求的。

苏东坡说："但常行于所当行，止于所不可不止"，说的是结构。

章太炎《菿汉微言》论汪容甫的骈体文，"起止自在，无首尾呼应之式"。写小说者，正当如此。

小说的结构的特点，是：随便。

叙事与抒情

现在的年轻人写小说是有点爱发议论。夹叙夹议，或者离开故事单独抒情。这种议论和抒情有时是可有可无的。

法朗士专爱在小说里发议论。他的一些小说是以议论为主的，故事无关重要。他不过借一个故事来发表一通牵涉到某一方面的社会问题的大议论。但是法朗士的议论很精彩，很精辟，很深刻。法朗士是哲学家。我们不是。我们发不出很高深的议论。因此，不宜多发。

倾向性不要特别地说出。

一件事可以这样叙述，也可以那样叙述。怎样叙述，都有倾向性。可以是超然的、客观的、尖刻的、嘲讽的（比如鲁迅的《肥皂》《高老夫子》），也可以是寄予深切的同情的（比如《祝福》《伤逝》）。

董解元《西厢记》写张生和莺莺分别："马儿登程，坐车儿临舍；马儿往西行，坐车儿往东拽：两口儿一步儿离得远如一步也！"这是叙事。但这里流露出董解元对张生和莺莺的恋爱的态度，充满了感情。"一步儿离得远如一步也"，何等痛切。

作者如无深情，便不能写得如此痛切。

在叙事中抒情，用抒情的笔触叙事。

怎样表现倾向性？中国的古话说得好：字里行间。

悠闲和精细

写小说就是要把一件平平淡淡的事说得很有情致（世界上哪有许多惊心动魄的事呢）。同样一件事，一个人可以说得娓娓动听，使人如同身临其境；另一个人也许说得索然无味。

《董西厢》是用韵文写的，但是你简直感觉不出是押了韵的。董解元把韵文运用得如此熟练，比用散文还要流畅自如，细致入微，神情毕肖。

写张生问店二哥蒲州有什么可以散心处，店二哥介绍了普救寺：

> 店都知，说一和，道："国家修造了数载余过，其间盖造的非小可，想天宫上光景，赛他不过。说谎后，小人图什么？普天之下，更没两座。"张生当时听说后，道："譬如闲走，与你看去则个。"

张生与店二哥的对话，语气神情，都非常贴切。"说谎后，小人图什么"，活脱是一个二哥的口吻。

写张生游览了普救寺，前面铺叙了许多景物，最后写：

> 张生觑了，失声地道："果然好！"频频地稽首。欲待问是何年建，见梁文上明写着："垂拱二年修。"

这真是神来之笔。"垂拱二年修"，"修"字押得非常稳。这一句把张生的思想活动、神情、动态，全写出来了。——换一个写法就可能很呆板。

要把一件事说得有滋有味，得要慢慢地说，不能着急，这样才能体察人情物理，审词定气，从而提神醒脑，引人入胜。急于要告诉人一件什么事，还想告诉人这件事当中包含的道理，面红耳赤，是不会使人留下印象的。

张岱记柳敬亭说武松打虎，武松到酒店里，蓦地一声，店中的空酒坛都嗡嗡作响，说他"闲中着色，精细至此"。

唯悠闲才能精细。

不要着急。

董解元《西厢记》与其说是戏曲，不如说是小说。人民文学出版社出版的《董西厢》的《前言》里说："它的组织形式和它采取的艺术手法，为后来的戏曲、小说开阔了蹊径"，是很有见识的话。从小说的角度来看，《董西厢》的许多细致处远胜于许多话本。它的许多方法，到现在对我们还有用，看起来还很"新"。

风格和时尚

齐白石在他的一本画集的前面题了四句诗："冷艳如雪箇，来京不值钱。此翁无肝胆，空负一千年。"他后来创出了红花黑叶一派，他的画被买主，——首先是那些壁悬名人字画的大饭庄所接受了。

于非闇开始的画也是吴昌硕式的大写意的。后来张大千告诉他："现在画吴昌硕式的人这样多，你几时才能出头？"他建议于非闇改画院体的工笔画。于非闇于是改画勾勒重彩。于非闇的画也被北京的市民接受了。

扬州八怪的知音是当时的盐商。

我不以为盐商是不懂艺术的。

艺术是要卖钱的，是要被人们欣赏、接受的。

红花黑叶、勾勒重彩、扬州八怪，一时成为风尚。实际上决定一时风尚的是买主。画家的风格不能脱离欣赏者的趣味太远。

小说也是这样。就是像卡夫卡那样的作家。如果他的小说没有一个人欣赏，他的作品是不会存在的。

但是一个作家的风格总得走在时尚前面一点，他的风格才有可能转而成为时尚。

追随时尚的作家，就会为时尚所抛弃。

小说创作随谈

　　我的讲话，自己可以事先做个评价，八个大字，叫作"空空洞洞，乱七八糟"。从北京来的时候，没有做思想准备，走得很匆忙，到长沙后，编辑部的同志才说要我做个发言，谈谈自己的创作。如果我早知道有这么个节目，准备一下，可能会好一些，现在已没有时间准备了。在创作上，我是个"两栖类动物"，搞搞戏曲，也搞搞小说创作。我写小说的资历应该说是比较长的，一九四〇年就发表小说了。解放以前出了个集子，但是后来中断了很久。解放后，我搞了相当长时间的编辑工作。编过《北京文艺》，编过《说说唱唱》，编过《民间文学》。到六十年代初，才偶尔写几篇小说。之后一直没写，写剧本去了，前后中断了二十多年。一直到一九七九年，在一些同志，就是北京的几个老朋友，特别是林斤澜、邓友梅他们的鼓励、支持和责怪下，我才又开始写了一些。第三次起步的时间是比较晚的。因为我长期脱离文学工作，而且我现在的职务还是在剧团里，所以对文学方面的情况很不了解，作品也看得很少。不了解情况，我说的话跟当前文学界的情况很可能是脱节的。

首先谈生活问题。文学是反映生活的，所以作者必须有深厚的生活基础。前几年我听到一种我不大理解的理论，说文学不是反映生活，而是表现我对生活的看法。我不大懂其中区别何在。对生活的看法也不能离开生活本身嘛，你不能单独写你对生活的看法呀！我还是认为文学必须反映生活，必须从生活出发。一个作家当然会对生活有看法，但客体不能没有。作为主体，观察生活的人，没有生活本身，那总不行吧？什么叫"创作自由"？我认为这个"创作自由"不只是说政策尺度的宽窄，容许写什么，不容许写什么。我认为要获得创作自由，有一个前提，那就是一个作家对生活要非常熟悉，熟悉得可以随心所欲，可以挥洒自如，那才有了真正的创作自由了。你有那么多生活可以让你想象、虚构、概括、集中，这样你也就有了创作自由了。而且你也有了创作自信。我深信我写的东西都是真实的，不是捏造的，生活就是那样。一个作家不但要熟悉你所写的那个题材本身的生活，也要熟悉跟你这个题材有关的生活，还要熟悉与你这次所写的题材无关的生活。一句话，各种生活你都要去熟悉。

海明威这句话我很欣赏："冰山之所以雄伟，就因为它露在水面上的只有七分之一。"在构思时，材料比写出来的多得多。你要有可以舍弃的本钱，不能手里只有五百块钱，却要买六百块钱的东西。你起码得有一千块钱，只买五百块钱的东西，你才会感到从容。鲁迅说："宁可把一个短篇小说压缩成一个sketch（速写），千万不要把一个sketch拉成一个短篇小说。"有人说我的一些小说，比如《大淖记事》，浪费了材料，你稍微抻一抻就变成中篇了。我说我不抻，我就是这样。拉长了干什么呀？我要表达的东西那一万二千字就够了。作品写短有个好处，就是作品的实际容量比抻长了要大，你没写出的生活并不是浪费，读者是可以感觉得到的。读者感觉到这个作品很饱满，那个作品很单薄，就是因为作者的生活底子不同，反映在作品里的份量也就不同。生活只有那么一点，又要拉得很长，其结果只有一途，就是瞎编。瞎编和虚构不是一回事。瞎编是你根本不知道那个生活。我在《光明日报》上发表过一篇很短的文章，叫作《说短》。我主张宁可把长文章写短了，不可把短文章抻长了。这是上算的事情。因为你作品总的份量还是在那儿，压短了的文章的感人力量会更强一些。写小说很重要的一点就是要懂得舍弃。

第二谈谈思想问题。一个作家当然要有自己的思想。

作家所创作的形象没有一个不是浸透了作家自己的思想的，完全客观的形象是不可能有的。但这个思想必须是你自己的思想，你自己从生活里头直接得到的想法。也就是说你对你所写的那个生活、那个人、那个事件的态度，要具体化为你的感情，不能是个概念的东西。当然我们的思想应该是在马克思主义、毛泽东思想的指导之下，但是你不能把马克思的某一句话，或是某一个政策条文，拿来当作你的思想。那个是引导、指导你思想的东西，而不是你本人的思想。作家写作品，常有最初触发他的东西，有原始的冲动，用文学理论教科书上的话来说，就是创作的契因。这是从哪里来的？是你看了生活以后有所感，有所动，有了些想法的结果。可能你的想法还是朦胧的，但是真切的、真实的。这一点是很重要的。我为什么写《受戒》？我看到那些和尚、那些村姑，感觉到他们的感情是纯洁的、高贵的、健康的，比我生活圈中的人，要更优美些。按现在的话说就是对劳动人民的情操有了理解，因此我想写出它来。最初写时我没打算发表，当时发表这种小说的可能性也不太大。要不是《北京文学》的李清泉同志，根本不可能发表。在一个谈创作思想问题的会上，有人知道我写了这样一篇小说，还把它作为一种文艺动态来汇报。但我就是有这个创作的欲望、冲动，想表现表现这样一些人。我给它取个说法，叫"满足我自己美学感情的需要"。人家说："你没打算发表，写它干什么？"我说："我自己想写，我写出来留着自己玩儿。"我把自己对生活的看法表现出来了，我觉得要有这个追求。《大淖记事》是怎样写出来的？我小时候就知道，有一个小锡匠和一个水上保安队的情妇发生恋爱关系，叫水上保安队的兵把他打死过去，后来拿尿碱把他救活了。我那时才十六岁，还没有什么"优美的感情、高尚的情操"这么一些概念，但他们这些人对爱情执着的态度给了我很深的感触，朦朦胧胧地觉得，他为了爱情打死了都干。写巧云的模特儿是另外一个人，不是她，我把她挪到这儿来了，这是常有的事。我们家巷子口是挑夫集中的地方，还有一些轿夫。有一个姓戴的轿夫，他的姓我现在还记得，他突然得了血丝虫病，就是象腿病。腿那么粗，抬轿是靠腿脚吃饭的，腿搞成那个样子，就完了！怎么生活下去呢？他有个老婆，不很起眼，头发黄黄的，衣服也不整齐，也不是很精神的，我每天上学都看见她。过两天，我再看见她时，咦，变了个样儿！头发梳得光光的，衣服也穿得很整齐，她去当挑夫去了。用现在的话说，是勇敢地担负起全家生活的担子。当时我很惊奇，或者说我很佩服。这种最初激动你，刺激你的那个东西很重要。

没有那个东西，你写出的东西很可能是从概念出发的。对生活的看法，对人和事的看法，最后要具体化为你对这些人的感情，不能单是概念的、理念的东西。单有那个东西恐怕不行。你的这种感情，这种倾向性，这种思想，是不是要在作品中表现出来？据我了解大概有三种态度。一种是极力把自己的思想、感情说出来。有时候正面地发些议论，作者跳出来说话，表明我对这个事情是什么什么看法。这个也不是不可以。还有一种是不动声色，只是把这个事儿，表面上很平静地说出来，海明威就是这样。海明威写《老人与海》，他并不在里面表态。还有一种，是取前面二者而折衷，是折衷主义。我就是这种态度。我觉得作者的态度、感情是要表现出来的，但是不能自己站出来说，只能在你的叙述之中，在你的描写里面，把你的感情、你的思想融化进去，在字里行间让读者感觉到你的感情，你的思想。

第三谈谈结构技巧问题。我在大学里跟沈从文先生学了几门课。沈先生不会讲课，加上一口湘西凤凰腔，很不好懂。他没有说出什么大道理，只是讲了些很普通的经验。他讲了一句话，对我的整个写作是很有指导作用的，但当时我们有些同学不理解他的话。他翻来覆去地说要"贴到人物来写"，要"紧紧地贴到人物来写"。有同学说："这是什么意思？"以我的理解，一个是他对人物很重视。我觉得在小说里，人物是主要的，或者是主导的，其他各个部分是次要的，是派生的。当然也有些小说不写人物，有些写动物，但那实际上还是写人物；有些着重写事件；还有的小说甚至也没人物也没事件，就是写一种气氛，那当然也可以，我过去也试验过。但是，我觉得，大量的小说还是以人物为主，其他部分如景物描写等等，都还是从人物中派生出来的。现在谈我的第二点理解。当然，我对沈先生这话的理解，可能是"歪批《三国》"，完全讲错了的。我认为沈先生这句话的第二层意思是指作者和人物的关系问题。作者对人物是站在居高临下的态度，还是和人物站在平等地位的态度？我觉得应该和人物平等。当然，讽刺小说要除外，那一般是居高临下的。因为那种作品的人物是讽刺的对象，不能和他站在平等的地位。但对正面人物是要有感情的。沈先生说他对农民、士兵、手工业者怀着"不可言说的温爱"。我很欣赏"温爱"这两个字。他没有用"热爱"而用"温爱"，表明与人物稍微有点距离。即使写坏人，写批判的人物，也要和他站在比较平等的地位，写坏人也要写得是可以理解的，甚至还可以有一点儿"同情"。这样这个坏人才是一个活人，才是深刻的人物。作家在构思和写作的过程中，大部分时间要和人物融为一体。我说大部分时间，不是全过程，有时要离开一些，但大部分时间要和人物"贴"得很紧，人物的哀乐就是你的哀乐。不管叙述也好，描写也好，每句话都应从你的肺腑中流出，也就是从人物的肺腑中流出。这样紧紧地"贴"着人物，你才会写得真切，而且才可能在写作中出现"神来之笔"。我的习惯是先打腹稿，腹稿打得很成熟后，再坐下来写。但就是这样，写的时候也还是有些东西是原来没想到的。比如《大淖记事》写十一子被打死了，巧云拿来一碗尿碱汤，在他耳边说："十一子，十一子，你喝了！"十一子睁开眼，她把尿碱汤灌了进去。我写到这儿，不由自主地加了一句："不知道为什么，她自己也尝了一口。"我写这一句时是流了眼泪的，就是我"贴"到了人物，我感到了人物的感情，知道她一定会这样做。这个细节是事先没有想到的。当然人物是你创造的，但当人物在你心里活起来之后，你就得随时跟着他。王蒙说小说有两种，一种是贴着人物写，一种是不贴着人物写（他的这篇谈话我没有看到，是听别人说的）。当然不贴着人物写也是可以的。有的小说主要不是在写人物，它是借题发挥，借人物发议论。比如法朗士的小说，他写卖菜的小贩骂警察，就是这么点事。他也没有详细地写小贩怎么着，他拉开发了一大通议论，实际是通过卖菜的小事件发挥对资产阶级虚伪的法制的批判。但大部分小说是写人物的，还是贴着人物写比较好。第三，沈先生所谓"贴到人物写"，我的理解，就是写其他部分都要附丽于人物。比如说写风景也不能与人物无关。风景就是人物活动的环境，同时也是人物对周围环境的感觉。风景是人物眼中的风景，大部分时候要用人物的眼睛去看风景，用人物的耳朵去听声音，用人物的感觉去感觉周围的事件。你写秋天，写一个农民，只能是农民感觉的秋天，不能用写大学生感觉的秋天来写农民眼里的秋天。这种情况是有的，就是游离出去了，环境描写与人物相脱节，相游离。如果贴着人物写景物，那么不直接写人物也是写人物。我曾经有一句没有解释清楚的话，我认为"气氛即人物"，讲明白一点，即是全篇每一个地方都应浸透人物的色彩。叙述语言应该尽量与人物靠近，不能完全是你自己的语言。对话当然必须切合人物的身份，不能让农民讲大学生的话。对话最好平淡一些，简单一些，就是普通人说的日常话，不要企图在对话里赋予很多的诗意，很多哲理。托尔斯泰有句名言："人是不能用警句交谈的。"有些青年人给我寄来的稿子里，大家都在说警句。生活要真那样，受得了吗？年轻时我也那么干过，我写两个知识分子，自己觉得好像写得很漂亮。

可是我的的老师沈从文看后却说:"你这不是两个人在对话,是两个聪明脑壳在打架。"我事后想,觉得也有道理,即使是知识分子也不能老是用警句交谈啊。写小说尤其要注意这一点,它与写戏剧不一样。戏剧可以允许人物说一点警句,比如莎士比亚写"活着还是不活,这是个问题……"放在小说里就不行。另外戏剧人物可以长篇大论,生活中的人物却不可能长篇大论。李笠翁有句名言很有道理,他说:"写诗文不可写尽,有十分只能说出二三分。"这个见解很精辟。写戏不行,有十分就得写出十分,因为它不是思索的艺术,不能说我看着看着可以掩卷深思,掩卷深思这场就过去了!我曾经写过一篇很短的小说,写一个孩子,在口外坝上,坐在牛车上,好几里地都是马兰花。这花湖南好像没有,像蝴蝶花似的的,淡紫蓝色,花开得很大。我写这个孩子的感觉,也就是我自己的亲身感觉。我曾经坐过这样的牛车,我当时的感觉好像真是到了一个童话的世界。但我写这个孩子就不能用这句话,因为孩子是河北省农村没上过学的孩子,他根本不知道何为童话。如果我写他想"真是在一个童话里",那就蛮不真实了。我只好写他觉得好像在一个梦里,这还差不多。我在一个作品里写一个放羊的孩子,到农业科学研究所去参观温室。他没见过温室,是个山里的孩子。

他很惊奇，很有兴趣，把它叫"暖房"。暖房里冬天也结黄瓜，也结西红柿。我要写他对黄瓜、西红柿是什么感觉。如果我写他觉得黄瓜、西红柿都长得很鲜艳，那完了！山里孩子的嘴里是不会说"鲜艳"两字的。我琢磨他的感觉，黄瓜那样绿，西红柿那样红，"好像上了颜色一样"。我觉得这样的叙述语言跟人物比较"贴"。我发现有些作品写对话时还像个农民，但描写的时候就跟人物脱节了，这就不能说"贴"住了人物。

另外谈谈语言的问题。我的老师沈从文告诉我，语言只有一个标准，就是准确。一句话要找一个最好的说法，用朴素的语言加以表达。当然也有华丽的语言，但我觉得一般地说，特别是现代小说，语言是越来越朴素，越来越简单。比如海明威的小说，都是写的很简单的事情，句子很短。

下面再讲讲结构问题。结构是多种多样的，没有个成法。大体上有两种结构，一种是较严谨的结构，一种是较松散的结构。莫泊桑的结构比较严谨，契诃夫的结构就比较松散。我是倾向于松散的。我主张按照生活本身的形式来结构作品。有的人说中国结构的特点是有头有尾，从头说到尾。我觉得不一定，用比较跳动的手法也完全可以。我很欣赏苏辙（大概是苏辙）对白居易的评价。他说白居易"拙于记事，寸步不离，犹恐失之"。乍听这种说法会很奇怪，白居易是有名的善于写叙事诗的，苏辙却说他"拙于记事"。其实苏辙的话是有道理的，因为白居易"寸步不离"，对事儿一步不敢离开，"犹恐失之"，生怕把事儿写丢了，这样的写法必定是费力不讨好的。苏辙还说杜甫的《丽人行》是高明的杰作。他说《丽人行》同样是写杨贵妃的，然而却"……似百金战马，注坡暮涧，如履平地"。也就是用打乱了的、跳动的结构。我是主张搞民族形式的，但是说民族形式就是有头有尾，那不一定对。我欣赏中国的一个说法，叫作"文气"，我觉得这是比结构更精微、更内在的一个概念。什么叫文气？我的解释就是内在的节奏。"桐城派"提出，所谓文气就是文章应该怎么起，怎么落，怎么断，怎么连，怎么顿等等这样一些东西，讲究这些东西，文章内在的节奏感就很强。清代的叶燮讲诗讲得很好，说如泰山出云，泰山不会先想好了，我先出哪儿，后出哪儿，没有这套，它是自然冒出来的。这就是说文章有内在的规律，要写得自然。我觉得如果掌握了"文气"，比讲结构更容易形成风格。文章内在的各部分之间的有机联系是非常重要的。有的文章看起来很死板，有些看起来很活。这个"活"，就是内在的有机联系，不要单纯地讲表面的整齐、对称、呼应。

最后谈谈作者的修养问题。在北京有个年轻同志问我："你的修养是怎么形成的？"我告诉他："古今中外，乱七八糟。"我说你应该广泛地吸收。写小说的除了看小说，还要多看点别的东西。要读点民歌，读点戏剧，这里头有很多好东西，值得我们搞小说创作的人学习。我的话说得太多了，瞎说一气，很多地方是我的一家之言！

（本文是在一次青年文学讲习班上的讲话）

小说技巧常谈

成语·乡谈·四字句

　　春节前与林斤澜同去看沈从文先生。座间谈起一位青年作家的小说，沈先生说："他爱用成语写景，这不行。写景不能用成语。"这真是一针见血的经验之谈。写景是为了写人，不能一般化。必须状难状之景，如在目前，这样才能为人物设置一个特殊的环境，使读者能感触到人物所生存的世界。用成语写景，必然是似是而非，模模糊糊，因而也就是可有可无，衬托不出人物。《西游记》爱写景，常于"但见"之后，写一段骈四俪六的通俗小赋，对仗工整，声调铿锵，但多是"四时不谢之花，八节常春之草"一类的陈词套语，读者看到这里大都跳了过去，因为没有特点。

　　由沈先生的话使我连带想到，不但写景，就是描写人物，也不宜多用成语。旧小说多用成语描写人物的外貌，如"面如重枣"、"面如锅底"、"豹头环眼"、"虎背熊腰"，给人的印象是"差不多"。评书里有许多"赞"，如"美人赞"，无非是"柳叶眉、杏核眼，樱桃小口一点点"。刘金定是这样，樊梨花也是这样。《红楼梦》写凤姐极生动，但多于其口角言谈，声音笑貌中得之，至于写她出场时的"亮相"，说她"两弯柳叶吊梢眉，一双丹凤三角眼"，形象实在不大美，也不准确，就是因为受了评书的"赞"的影响，用了成语。

看来凡属描写，无论写景写人，都不宜用成语。

至于叙述语言，则不妨适当地使用一点成语。盖叙述是交代过程，来龙去脉，读者可能想见，稍用成语，能够节省笔墨。但也不宜多用。满篇都是成语，容易有市井气，有伤文体的庄重。

听说欧阳山同志劝广东的青年作家都到北京住几年，广东作家都要过语言关。孙犁同志说老舍在语言上得天独厚。这都是实情话。北京的作家在语言上占了很大的便宜。

大概从明朝起，北京话就成了"官话"。中国自有白话小说，用的就是官话。"三言"、"二拍"的编著者，冯梦龙是苏州人，凌濛初是浙江乌程（即吴兴）人，但文中用吴语甚少。冯梦龙偶尔在对话中用一点吴语，如"直待两脚壁立直，那时不关我事得"（《腾大尹鬼断家私》）。

凌濛初的叙述语言中偶有吴语词汇，如"不匡"（即苏州话里的"弗壳张"，想不到的意思）。《儒林外史》里有安徽话，《西游记》里淮安土语颇多（如"不当人子"）。但是这些小说大体都是用全国通行的官话写的。《红楼梦》是用地道的北京话写的。《红楼梦》对中国现代文学语言的形成，有着不可估量的影响。

有了官话文学，"白话文"的出现就是水到渠成的事，白话文运动的策源地在北京。"五四"时期许多外省籍的作家都是用普通话即官话写作的。有的是有意识地用北京话写作的。闻一多先生的《飞毛腿》就是用纯粹的北京口语写成的。朱自清先生晚年写的随笔，北京味儿也颇浓。

咱们现在都用普通话写作。普通话是以北方话作为基础方言，吸收别处方言的有用成分，以北京音为标准音的。"北方话"包括的范围很广，但是事实上北京话却是北方话的核心，也就是说是普通话的核心。北京话也是一种方言。普通话也仍然带有方言色彩。张奚若先生在当教育部长时做了一次报告，指出"普通话"是普遍通行的话，不是寻常的普普通通的话。就是说，不是没有个性，没有特点，没有地方色彩的话。普通话不是全国语言的最大公约数，不是把词汇压缩到最低程度，因而是缺乏艺术表现力的蒸馏水式的语言。普通话也有其生长的土壤，它的根扎在北京。要精通一种语言，最好是到那个地方住一阵子。欧阳山同志的忠告，是有道理的。

不能到北京，那就只好从书面语言去学，从作品学，那怎么说也是隔了一层。

吸收别处方言的有用成分。别处方言，首先是作家的家乡话。一个人最熟悉，理解最深，最能懂得其传神妙处的，还是自己的家乡话，即"母舌"。有些地区的作家比较占便宜，比如云、贵、川的作家。云、贵、川的话属西南官话，也算在"北方话"之内。这样他们就可以用家乡话写作，既有乡土气息，又易为外方人所懂，也可以说是"得天独厚"。沙汀、艾芜、何士光、周克芹都是这样。有的名物，各地歧异甚大，我以为不必强求统一。比如何士光的《种包谷的老人》，如果改成《种玉米的老人》，读者就会以为这是写的华北的故事。有些地方语词，只能以声音传情，很难望文生义，就有点麻烦。我的家乡（我的家乡属苏北官话区）把一个人穿衣服干净、整齐，挺括，有样子，叫作"格挣挣的"。我在写《受戒》时想用这个词，踌躇了很久。后来发现山西话里也有这个说法，并在元曲里也发现"格挣"这个词，才放心地用了。有些地方话不属"北方话"，比如吴语、粤语、闽南语、闽北语，就更加麻烦了。有些不得不用，无法代替的语词，最好加一点注解。高晓声小说中用了"投煞青鱼"，我到现在还不知道这究竟是什么意思。

作家最好多懂几种方言。有时为了加强地方色彩，作者不得不刻苦地学习这个地方的话。周立波是湖南益阳人，平常说话，乡音未改，《暴风骤雨》里却用了很多东北土话。旧小说里写一个人聪明伶俐，见多识广，每说他"能打各省乡谈"，比如浪子燕青。能多掌握几种方言，也是作家生活知识比较丰富的标志。

听说有些中青年作家非常反对用四字句，说是一看到四字句就讨厌。这使我有点觉得奇怪。

中国语言里本来就有许多四字句，不妨说四字句多是中国语言的特点之一。

我是主张适当地用一点四字句的。理由是：一、可以使文章有点中国味儿。二、经过锤炼的四字句往往比自然状态的口语更为简洁，更能传神。若干年前，偶读张恨水的一本小说，写几个政客在妓院里磋商政局，其中一人，"闭目抽烟，烟灰自落"。老谋深算，不动声色，只此八字，完全画出。三、连用四字句，可以把句与句之间的连词、介词，甚至主语都省掉，把有转折、多层次的几件事贯在一起，造成一种明快流畅的节奏。如："乃瞻衡宇，载欣载奔。僮仆欢迎，稚子候门。三径就荒，松菊犹存。携幼入室，有酒盈樽。"（陶渊明《归去来兮辞》）

反对用四字句，我想有两方面的原因。一方面是作者习惯于用外来的，即"洋"一点的方式叙述，四字句与这种叙述方式格格不入。一方面是觉得滥用四字句，容易使文体滑俗，带评书气。如果是第二种，我觉得可以同情。我并不主张用说评书的语言写小说。如果用一种"别体"，有意地用评书体甚至相声体来写小说，那另当别论。但是评书和相声与现代小说毕竟不是一回事。

呼　应

我曾在一篇谈小说创作的短文中提到章太炎论汪容甫的骈文，"起止自在，无首尾呼应之式"，表示很欣赏。汪容甫能把骈体文写得那样"自在"，行云流水，不讲起承转合那一套，读起来很有生气，不像一般四六文那样呆板，确实很不容易。但这是指行文布局，不是说小说的情节和细节的安排。小说的情节和细节，是要有呼应的。

李笠翁论戏曲讲究"密针线"，讲究照应和埋伏。《闲情偶寄》有一段说得好：

> 编戏有如缝衣，其初则衣完全者剪碎，其后又以剪碎者凑成。剪碎易，凑成难。凑成之工，全在针线紧密。一节偶疏，全篇之破绽出矣。每编一折，必须前顾数折，后顾数折。顾前者欲其照应，顾后者便于埋伏。照应、埋伏，不止照应一人，埋伏一事，凡是剧中有名之人，关涉之事，与前此后此所说之话，节节俱要想到。

我是习惯于打好腹稿的。但一篇较长的小说，如超过一万字，总不能从头至尾每一个字都想好，有一个总体构思之后，总得一边写一边想。写的时候要往前想几段，往后想几段，不能写这段只想这段。有埋伏，有呼应，这样才能使各段之间互相沟通，成为一体，否则就成了拼盘或北京人过年吃的杂拌儿。譬如一弯流水，曲折流去，不断向前，又时时回顾，才能生动多姿。一边写一边想，顾前顾后，会写出一些原来没有想到的细节，或使原来想到但还不够鲜明的细节鲜明起来。我写《八千岁》，写了他允许儿子养几只鸽子，他自己有时也去看看鸽子，原来只是想写他也是个人，对生活的兴趣并未泯灭，但他在被八舅太爷敲了一笔竹杠，到赵厨房去参观满汉全席，赵厨房说鸽蛋燕窝里鸽蛋不够，他说了一句："你要鸽子蛋，我那里有"，都是事前没有想到的。只是觉得他的处境又可怜又可笑，才信手拈来，写了这样一笔。他平日自奉甚薄，饮食粗粝，老吃"草炉烧饼"，遭了变故，后来吃得好一点我是想到的。但让他吃什么，却还没有想好。直到写到快结束时，我才想起在他的儿子把照例的"晚茶"——两个烧饼拿来时，他把烧饼往桌上一拍，大声说："给我去叫一碗三鲜面！"边写边想，前后照顾，可以情文相生，时出新意。

埋伏和照应是要惨淡经营的，但也不能过分地刻意求之。埋伏处要能轻轻一笔，若不经意。照应处要顺理成章，水到渠成。要使读者看不出斧凿痕迹，只觉得自自然然，完完整整，如一丛花，如一棵菜。虽由人力，却似天成。如果使人看出来这里是埋伏，这里是照应，便成死症。

含　藏

"逢人只说三分话，未可全抛一片心"，这是一种庸俗的处世哲学。写小说却必须这样。李笠翁云，作诗文不可说尽，十分只说得二三分。都说出来，就没有意思了。

侯宝林有一个相声小段《买佛龛》。一个老太太买了一个祭灶用的佛龛，一个小伙子问她："老太太，您这佛龛是哪儿买的？"——"嗨，小伙子，这不能说买，得说'请'！"——"那您是多少钱'请'的？"——"嘻！这么个玩意儿——八毛！"听众都笑了。这就够了。如果侯宝林"批讲"一番，说老太太一提到钱，心疼，就把对佛龛的敬意给忘了，那还有什么意思呢？话全说白了，没个捉摸头了。契诃夫写《万卡》，万卡给爷爷写了一封很长的信，诉说他的悲惨的生活，写完了，写信封，信封上写道："寄给乡下的爷爷收。"如果契诃夫写出：万卡不知道，这封信爷爷是不会收到的，那这篇小说的感人力量就大大削弱了，契诃夫也就不是契诃夫了。

我写《异秉》，写到大家听到王二的"大小解分清"的异秉后，陈相公不见了，"原来陈相公在厕所里。这是陶先生发现的。他一头走进厕所，发现陈相公已经蹲在那里。本来，这时候都不是他们俩解大手的时候"。一位评论家在一次讨论会上，说他看到这里，过了半天，才大笑出来。如果我说破了他们是想试试自己也能不能做到"大小解分清"，就不会有这样的效果。如果再发一通议论，说："他们竟然把生活的希望寄托在这样的微不足道的、可笑的生理特征上,庸俗而又可悲悯的小市民呀!"那就更完了。

"话到嘴边留半句",在一点就破的地方,偏偏不要去点。在"裉节儿"上,"七寸三分"的地方,一定要"留"得住。尤三姐有言:"提着影戏人儿上场,好歹别戳破这层纸儿。"把作者的立意点出来,主题倒是清楚了,但也就使主题受到局限,而且意味也就索然了。

小说不宜点题。

"揉面"
——谈语言

语言是艺术

语言本身是艺术，不只是工具。

写小说用的语言，文学的语言，不是口头语言，而是书面语言。是视觉的语言，不是听觉的语言。有的作家的语言离开口语较远，比如鲁迅；有的作家的语言比较接近口语，比如老舍。即使是老舍，我们可以说他的语言接近口语，甚至是口语化，但不能说他用口语写作，他用的是经过加工的口语。老舍是北京人，他的小说里用了很多北京话。陈建功、林斤澜、中杰英的小说里也用了不少北京话。但是他们并不是用北京话写作。他们只是吸取了北京话的词汇，尤其是北京人说话的神气、劲头、"味儿"。他们在北京人说话的基础上创造了各自的艺术语言。

小说是写给人看的，不是写给人听的。

外国人有给自己的亲友读自己的作品的习惯。普希金给老保姆读过诗。屠格涅夫给托尔斯泰读过自己的小说。效果不知如何。中国字不是拼音文字。中国的有文化的人，与其说是用汉语思维，不如说是用汉字思维。汉字的同音字又非常多。因此，很多中国作品不太宜于朗诵。

比如鲁迅的《高老夫子》：

　　他大吃一惊，至于连《中国历史教科书》也失手落在地上了，因为脑壳上突然遭到了什么东西的一击。他倒退两步，定睛看时，一枝夭斜的树枝横在他的面前，已被他的头撞得树叶都微微发抖。他赶紧弯腰去拾书本，书旁边竖着一块木牌，上面写道——

桑

桑　科

看小说看到这里，谁都忍不住失声一笑。如果单是听，是觉不出那么可笑的。

有的诗是专门写来朗诵的。但是有的朗诵诗阅读的效果比耳听还更好一些。比如柯仲平的诗：

人在冰上走，

　　水在冰下流……

　　这写得很美。但是听朗诵的都是识字的，并且大都是有一定的诗的素养的，他们还是把听觉转化成视觉的（人的感觉是相通的），实际还是在想象中看到了那几个字。如果叫一个不识字的，没有文学素养的普通农民来听，大概不会感受到那样的意境，那样浓厚的诗意。"老妪都解"不难，叫老妪都能欣赏就不那么容易。"离离原上草"，老妪未必都能击节。

　　我是不太赞成电台朗诵诗和小说的，尤其是配了乐。我觉得这常常限制了甚至损伤了原作的意境。听这种朗诵总觉得是隔着袜子挠痒痒，很不过瘾，不若直接看书痛快。

　　文学作品的语言和口语最大的不同是精练。高尔基说契诃夫可以用一个字说了很多意思。这在说话时很难办到，而且也不必要。过于简练，甚至使人听不明白。张寿臣的单口相声，看印出来的本子，会觉得很啰唆，但是说相声就得那么说，才明白。反之，老舍的小说也不能当相声来说。

　　其次还有字的颜色、形象、声音。

　　中国字原来是象形文字，它包含形、音、义三个部分。形、音，是会对义产生影响的。中国人习惯于望"文"生义。"浩瀚"必非小水，"涓涓"定是细流。木玄虚的《海赋》里用了许多三点水的字，许多模拟水的声音的词，这有点近于魔道。但是中国字有这些特点，是不能不注意的。

说小说的语言是视觉语言，不是说它没有声音。前已说过，人的感觉是相通的。声音美是语言美的很重要的因素。一个有文学修养的人，对文字训练有素的人，是会直接从字上"看"出它的声音的。中国语言因为有"调"，即"四声"，所以特别富于音乐性。一个搞文字的人，不能不讲一点声音之道。"前有浮声，则后有切响"，沈约把语言声音的规律概括得很扼要。简单地说，就是平仄声要交错使用。一句话都是平声或都是仄声，一顺边，是很难听的。京剧《智取威虎山》里有一句唱词，原来是"迎来春天换人间"，毛主席给改了一个字，把"天"字改成"色"字。有一点旧诗词训练的人都会知道，除了"色"字更具体之外，全句声音上要好听得多。原来全句六个平声字，声音太飘，改一个声音沉重的"色"字，一下子就扳过来了。写小说不比写诗词，不能有那样严的格律，但不能不追求语言的声音美，要训练自己的耳朵。一个写小说的人，如果学写一点旧诗、曲艺、戏曲的唱词，是有好处的。

外国话没有四声，但有类似中国的双声叠韵。高尔基曾批评一个作家的作品，说他用"嘬"音的字太多，很难听。

中国语言里还有对仗这个东西。

中国旧诗用五七言，而文章中多用四六字句。骈体文固然是这样，骈四俪六；就是散文也是这样。尤其是四字句。四字句多，几乎成了汉语的一个特色。没有一篇文章找不出大量的四字句。如果有意避免四字句，便会形成一种非常奇特的拗体。适当地运用一些四字句，可以造成文章的稳定感。

我们现在写作时所用的语言，绝大部分是前人已经用过，在文章里写过的。有的语言，如果知道它的来历，便会产生联想，使这一句话有更丰富的意义。比如毛主席的诗："落花时节读华章。"如果不知出处，"落花时节"，就只是落花的时节。如果读过杜甫的诗，"岐王宅里寻常见，崔九堂前几度闻。正是江南好风景，落花时节又逢君"，就会知道"落花时节"就包含着久别重逢的意思，就可产生联想。《沙家浜》里有两句唱词"垒起七星灶，铜壶煮三江"，是从苏东坡的诗"大瓢贮月归春瓮，小杓分江入夜瓶"脱胎出来的。我们许多的语言，自觉或不自觉地，都是从前人的语言中脱胎而出的。如果平日留心，积学有素，就会如有源之水，触处成文。否则就会下笔枯窘，想要用一个词句，一时却找它不出。

语言是要磨炼，要学的。

怎样学习语言？——随时随地。

首先是向群众学习。

我在张家口听见一个饲养员批评一个有点个人英雄主义的组长：

"一个人再能，当不了四堵墙。旗杆再高，还得有两块石头夹着。"

我觉得这是很好的语言。

我刚到北京京剧团不久，听见一个同志说：

"有枣没枣打三杆，你知道哪块云彩里有雨啊？"

我觉得这也是很好的语言。

一次，我回乡，听家乡人谈过去运河的水位很高，说是站在河堤上可以"踢水洗脚"，我觉得这非常生动。

我在电车上听见一个幼儿园的孩子念一首大概是孩子们自己编的儿歌：

> 山上有个洞，
> 洞里有个碗，
> 碗里有块肉，
> 你吃了，我尝了，
> 我的故事讲完了！

他翻来覆去地念，分明从这种语言的游戏里得到很大的快乐。我反复地听着，也能感受到他的快乐。我觉得这首几乎是没有意义的儿歌的音节很美。我也捉摸出中国语言除了押韵之外还可以押调。"尝"、"完"并不押韵，但是同是阳平，放在一起，产生一种很好玩的音乐感。

《礼记》的《月令》写得很美。

各地的"九九歌"是非常好的诗。

只要你留心，在大街上，在电车上，从人们的谈话中，从广告招贴上，你每天都能学到几句很好的语言。

其次是读书。

我要劝告青年作者，趁现在还年轻，多背几篇古文，背几首诗词，熟读一些现代作家的作品。

即使是看外国的翻译作品，也注意它的语言。我是从契诃夫、海明威、萨洛扬的语言中学到一些东西的。

读一点戏曲、曲艺、民歌。

我在《说说唱唱》当编辑的时候，看到一篇来稿，一个小戏，人物是一个小炉匠，上场念了两句对子：

风吹一炉火，

锤打万点金。

我觉得很美。

一九四七年，我在上海翻看一本老戏考，有一段滩
簧，一个旦角上场唱了一句：

　　春风弹动半天霞。

　　我大为惊异：这是李贺的诗！
　　二十多年前，看到一首傣族的民歌，只有两句，至今
忘记不了：

　　斧头砍过的再生树，
　　战争留下的孤儿。

　　巴甫连柯有一句名言："作家是用手思索的。"得不断
地写，才能扪触到语言。老舍先生告诉过我，说他有得写，
没得写，每天至少要写五百字。有一次我和他一同开会，
有一位同志做了一个冗长而空洞的发言，老舍先生似听
不听，他在一张纸上把几个人的姓名连缀在一起，编了
一副对联：

　　伏园焦菊隐
　　老舍黄药眠

一个作家应该从语言中得到快乐，正像电车上那个念儿歌的孩子一样。

董其昌见一个书家写一个便条也很用心，问他为什么这样，这位书家说："即此便是练字。"作家应该随时锻炼自己的语言，写一封信，一个便条，甚至是一个检查，也要力求语言准确合度。

鲁迅的书信，日记，都是好文章。

语言学中有一个术语，叫作"语感"。作家要锻炼自己对于语言的感觉。

王安石曾见一个青年诗人写的诗，绝句，写的是在宫廷中值班，很欣赏。其中的第三句是："日长奏罢长杨赋"，王安石给改了一下，变成"日长奏赋长杨罢"，且说："诗家语必此等乃健"。为什么这样一改就"健"了呢？写小说的，不必写"日长奏赋长杨罢"这样的句子，但要能体会如何便"健"。要能体会峭拔、委婉、流丽、安详、沉痛……

建议青年作家研究研究老作家的手稿，捉摸他为什么改两个字，为什么要把那两个字颠倒一下。

"如鱼饮水，冷暖自知"，语言艺术有时是可以意会，难于言传的。

揉 面

　　使用语言，譬如揉面。面要揉到了，才软熟，筋道，有劲儿。水和面粉本来是两不相干的，多揉揉，水和面的分子就发生了变化。写作也是这样，下笔之前，要把语言在手里反复抟弄。我的习惯是，打好腹稿。我写京剧剧本，一段唱词，二十来句，我是想得每一句都能背下来，才落笔的。写小说，要把全篇大体想好。怎样开头，怎样结尾，都想好。在写每一段之间，我是想得几乎能背下来，才写的（写的时候自然会又有些变化）。写出后，如果不满意，我就把原稿扔在一边，重新写过。我不习惯在原稿上涂改。在原稿上涂改，我觉得很别扭，思路纷杂，文气不贯。

　　曾见一些青年同志写作，写一句，想一句。我觉得这样写出来的语言往往是松的，散的，不成"个儿"，没有咬劲。

　　有一位评论家说我的语言有点特别，拆开来看，每一句都很平淡，放在一起，就有点味道。我想谁的语言不是这样？拆开来，不都是平平常常的话？

　　中国人写字，除了笔法，还讲究"行气"。包世臣说王羲之的字，看起来大大小小，单看一个字，也不见怎么好，放在一起，字的笔划之间，字与字之间，就如"老翁携带幼孙，顾盼有情，痛痒相关"。安排语言，也是这样。一个词，一个词；一句，一句；痛痒相关，互相映带，才能姿势横生，气韵生动。

中国人写文章讲究"文气"，这是很有道理的。

自铸新词

托尔斯泰称赞过这样的语言，"菌子已经没有了，但是菌子的气味留在空气里"，以为这写得很美。好像是屠格涅夫曾经这样描写一棵大树被伐倒："大树叹息着，庄重地倒下了。"这写得非常真实。"庄重"真好！我们来写，也许会写出"慢慢地倒下"，"沉重地倒下"，写不出"庄重"。鲁迅的《药》这样描写枯草："枯草支支直立，有如铜丝。"大概还没有一个人用"铜丝"来形容过稀疏瘦硬的秋草。《高老夫子》里有这样几句话："我没有再教下去的意思。女学堂真不知道要闹成什么样子。我辈正经人，确乎犯不上酱在一起……""酱在一起"，真是妙绝（高老夫子是绍兴人。如果写的是北京人，就只能说"犯不上一块掺和"，那味道可就差远了）。

我的老师沈从文在《边城》里两次写翠翠拉船，所用字眼不一样。一次是：

有时过渡的是从川东过茶峒的小牛，是羊

群，是新娘子的花轿，翠翠必争着作渡船夫，站在船头，懒懒的攀引缆索，让船缓缓的过去。

又一次：

翠翠斜睨了客人一眼，见客人正盯着她，便把脸背过去，抿着嘴儿，不声不响，很自负的拉着那条横缆。

"懒懒的"、"很自负的"，都是很平常的字眼，但是没有人这样用过。要知道盯着翠翠的客人是翠翠所喜欢的傩送二老，于是"很自负的"四个字在这里就有了很多很深的意思了。

我曾在一篇小说里描写过火车的灯光："车窗蜜黄色的灯光连续地映在果园东边的树墙子上，一方块，一方块，川流不息地追赶着"；在另一篇小说里描写过夜里的马："正在安静地、严肃地咀嚼着草料"，自以为写得很贴切。"追赶"、"严肃"都不是新鲜字眼，但是它表达了我自己在生活中捕捉到的印象。

一个作家要养成一种习惯，时时观察生活，并把自己的印象用清晰的、明确的语言表达出来。写下来也可以。不写下来，就记住（真正用自己的眼睛观察到的印象是不易忘记的）。记忆里保存了这种经用语言固定住的印象多了，写作时就会从笔端流出，不觉吃力。

语言的独创，不是去杜撰一些"谁也不懂的形容词之类"。好的语言都是平平常常的，人人能懂，并且也可能说得出来的语言——只是他没有说出来。人人心中所有，笔下所无。"红杏枝头春意闹"，"满宫明月梨花白"都是这样。"闹"字、"白"字，有什么稀奇呢？然而，未经人道。

写小说不比写散文诗，语言不必那样精致。但是好的小说里总要有一点散文诗。

语言要和人物贴近

我初学写小说时喜欢把人物的对话写得很漂亮，有诗意，有哲理，有时甚至很"玄"。沈从文先生对我说："你这是两个聪明脑壳打架！"他的意思是说这不像真人说的话。托尔斯泰说过："人是不能用警句交谈的。"

尼采的"苏鲁支语录"是一个哲人的独白。吉伯维的《先知》讲的是一些箴言。这都不是人物的对话。《朱子语类》是讲道德，谈学问的，倒是谈得很自然，很亲切，没有那么多道学气，像一个活人说的话。我劝青年同志不妨看看这本书，从里面可以学习语言。

《史记》里用口语记述了很多人的对话，很生动。"伙颐，涉之为王沉沉者！"写出了陈涉的乡人乍见皇帝时的惊叹（"伙颐"历来的注家解释不一，我以为这就是一个状声的感叹词，用现在的字写出来就是："嗬咦！"）。《世说新语》里记录了很多人的对话，寥寥数语，风度宛然。张岱记两个老者去逛一处林园，婆娑其间，一老者说："真是蓬莱仙境了也！"另一个老者说："个边哪有这样！"生动之至，而且一听就是绍兴话。《聊斋志异·翩翩》写两个少妇对话："一日，有少妇笑入，曰：'翩翩小鬼头快活死！薛姑子好梦几时做得？'女迎笑曰：'花城娘子，贵趾久弗涉，今日西南风紧，吹送来也——小哥子抱得未？'曰：'又一小婢子。'女笑曰：'花娘子瓦窑哉！——那弗将来？'曰：'方鸣之，睡却矣。'"这对话是用文言文写的，但是神态跃然纸上。

写对话就应该这样，普普通通，家常里短，有一点人物性格、神态，不能有多少深文大义。——写戏稍稍不同，戏剧的对话有时可以"提高"一点，可以讲一点"字儿话"，大篇大论，讲一点哲理，甚至可以说格言。

可是现在不少青年同志写小说时，也像我初学写作时一样，喜欢让人物讲一些他不可能讲的话，而且用了很多辞藻。有的小说写农民，讲的却是城里的大学生讲的话，——大学生也未必那样讲话。

不单是对话，就是叙述、描写的语言，也要和所写的人物"靠"。

我最近看了一个青年作家写的小说，小说用的是第一人称，小说中的"我"是一个才入小学的孩子，写的是"我"的一个同桌的女同学，这未尝不可。但是这个"我"对他的小同学的印象却是："她长得很纤秀。"这是不可能的。小学生的语言里不可能有这个词。

有的小说，是写农村的。对话是农民的语言，叙述却是知识分子的语言，叙述和对话脱节。

小说里所描写的景物，不但要是作者眼中所见，而且要是所写的人物的眼中所见。对景物的感受，得是人物的感受。不能离开人物，单写作者自己的感受。作者得设身处地，和人物感同身受。小说的颜色、声音、形象、气氛，得和所写的人物水乳交融，浑然一体。就是说，小说的每一个字，都渗透了人物。写景，就是写人。

契诃夫曾听一个农民描写海，说："海是大的。"这很美。一个农民眼中的海也就是这样。如果在写农民的小说中，有海，说海是如何苍茫、浩瀚、蔚蓝……统统都不对。我曾经坐火车经过张家口坝上草原，有几里地，开满了手掌大的蓝色的马兰花，我觉得真是到了一个童话的世界。我后来写一个孩子坐火车通过这片地，本是顺理成章，可以写成：他觉得到了一个童话的世界。但是我不能这样写，因为这个孩子是个农村的孩子，他没有念过书，在他的语言里没有"童话"这样的概念。我只能写：他好像在一个梦里。我写一个从山里来的放羊的孩子看一个农业科学研究所的温室，温室里冬天也结黄瓜，结西红柿：西红柿那样红，黄瓜那样绿，好像上了颜色一样。我只能这样写。"好像上了颜色一样"，这就是这个放羊娃的感受。如果稍为写得华丽一点，就不真实。

有的作者有鲜明的个人风格，可以不用署名，一看就知是某人的作品。但是他的各篇作品的风格又不一样。作者的语言风格每因所写的人物、题材而异。契诃夫写《万卡》和写《草原》《黑修士》所用的语言是很不相同的。作者所写的题材愈广泛，他的风格也是愈易多样。

我写《徙》里用了一些文言的句子，如"呜呼，先生之泽远矣"，"墓草萋萋，落照昏黄，歌声犹在，斯人邈矣"。因为写的是一个旧社会的国文教员。写《受戒》《大淖记事》，就不能用这样的语言。

作者对所写的人物的感情、态度，决定一篇小说的调子，也就是风格。鲁迅写《故乡》《伤逝》和《高老夫子》《肥皂》的感情很不一样。对闰土、涓生有深浅不同的同情，而对高尔础、四铭则是不同的厌恶。因此，调子也不同。高晓声写《拣珍珠》和《陈奂生上城》的调子不同，王蒙的《说客盈门》和《风筝飘带》几乎不像是一个人写的。我写的《受戒》《大淖记事》，抒情的成分多一些，因为我很喜爱所写的人，《异秉》里的人物很可笑，也很可悲悯，所以文体上也就亦庄亦谐。

我觉得一篇小说的开头很难，难的是定全篇的调子。如果对人物的感情、态度把握住了，调子定准了，下面就会写得很顺畅。如果对人物的感情、态度把握不稳，心里没底，或是有什么顾虑，往往就会觉得手生荆棘，有时会半途而废。

作者对所写的人、事，总是有个态度，有感情的。在外国叫作"倾向性"，在中国叫作"褒贬"。但是作者的态度、感情不能跳出故事去单独表现，只能融化在叙述和描写之中，流露于字里行间，这叫作"春秋笔法"。

正如恩格斯所说：倾向性不要特别地说出。

关于小说语言（札记）

语言是本质的东西

"他的文字不仅是表现思想的工具，似乎也是一种目的。"（闻一多：《庄子》）

语言不只是技巧，不只是形式。小说的语言不是纯粹外部的东西。语言和内容是同时存在的，不可剥离的。

语言决定于作家的气质。"气以实志，志以定言，吐纳英华，莫非情性。"（《文心雕龙·体性》）鲁迅有鲁迅的语言，废名有废名的语言，沈从文有沈从文的语言，孙犁有孙犁的语言……何立伟有何立伟的语言，阿城有阿城的语言。我们的理论批评，谈作品的多，谈作家的少，谈作家气质的少。"诵其诗，读其书，不知其人可乎？"（《孟子·万章》）理论批评家的任务，首先在知人。要从总体上把握住一个作家的性格，才能分析他的全部作品。什么是接近一个作家的可靠的途径？——语言。

小说作者的语言是他的人格的一部分。语言体现小说作者对生活的基本的态度。

从小说家的角度看：文如其人；从评论家的角度看：人如其文。

成熟的作者大都有比较稳定的语言风格，但又往往能"文备众体"，写不同的题材用不同的语言。作者对不同的生活，不同的人、事的不同的感情，可以从他的语言的色调上感觉出来。鲁迅对祥林嫂寄予深刻的同情，对于高尔础、四铭是深恶痛绝的。《祝福》和《肥皂》的语调是很不相同的。探索一个作家作品的思想内涵，观察他的倾向性，首先必须掌握他的叙述的语调。《文心雕龙·知音》篇说："夫缀文者情动而辞发，观文者披文以入情。沿波讨源，虽幽必显。世远莫见其面，觇文辄见其心。"一个作品吸引读者（评论者），使读者产生同感的，首先是作者的语言。

研究创作的内部规律，探索作者的思维方式、心理结构，不能不玩味作者的语言。是的，"玩味"。

从众和脱俗

外国的研究者爱统计作家所用的词汇。莎士比亚用了多少词汇，托尔斯泰用了多少词汇，屠格涅夫用了多少词汇。似乎词汇用得越多，这个作家的语言越丰富，还有人编过某一作家的字典。我没有见过这种统计和字典，不能评论它的科学意义，但是我觉得在中国这样做是相当困难的。中国字的歧义很多，语词的组合又很复杂。如果编一本中国文学字典（且不说某一作家的字典），粗略了，意思不大；要精当可读，那是要费很大功夫的。

现代中国小说家的语言趋向于简洁平常。他们力求使自己的语言接近生活语言，少事雕琢，不尚辞藻。现在没有人用唐人小说的语言写作。很少人用梅里美式的语言、屠格涅夫式的语言写作。用徐志摩式的"浓得化不开"的语言写小说的人也极少。小说作者要求自己的语言能产生具体的实感，以区别于其他的书面语言，比如报纸语言、广播语言。我们经常在广播里听到一句话："绚丽多彩"，"绚丽"到底是什么样子呢？这样的语言为小说作者所不取。中国的书面语言有多用双音词的趋势。但是生活语言还保留很多单音的词。避开一般书面语言的双音词，采择口语里的单音词，此是从众，亦是脱俗之一法。如鲁迅的《采薇》：

　　他愈嚼，就愈皱眉，直着脖子咽了几咽，倒哇的一声吐出来了，诉苦似的看着叔齐道：

　　"苦……粗……"

这时候，叔齐真好像落在深潭里，什么希
望也没有了。抖抖的也拗了一角，咀嚼起来，
可真也毫没有可吃的样子：苦……粗……

"苦……粗……"到了广播电台的编辑的手里，大
概会提笔改成"苦涩……粗糙……"那么，全完了！鲁
迅的特有的温和的讽刺，鲁迅的幽默感，全都完了！

从众和脱俗是一回事。

小说家的语言的独特处不在他能用别人不用的词，而
是在别人也用的词里赋以别人想不到的意蕴（他们不去
想，只是抄）。

张戒《诗话》："古诗：'白杨多悲风，萧萧愁杀人'，
萧萧两字处处可用，然惟坟墓之间，白杨悲风尤为至切，
所以为奇。"

鲁迅用字至切，然所用多为常人语也。《高老夫子》：

我没有再教下去的意思。女学堂真不知要
闹成什么样子。我辈正经人，确乎犯不上酱在
一起……

"酱在一起"大概是绍兴土话。但是非常准确。

《祝福》：

他是我的本家，比我长一辈，应该称之曰
"四叔"，是一个讲理学的老监生。但比先前并
没有什么大改变，单是胖了些，但也还未留胡
子，一见面是寒暄，寒暄之后说我"胖了"，
说我胖了之后即大骂其新党。但我知道，这并
非借题在骂我：因为他所骂的还是康有为。但
是，谈话总是不投机的了，于是不多久，我便
一个人剩在书房里。

假如要编一本鲁迅字典，这个"剩"字将怎样注释
呢？除了注明出处（把我前引的一段抄上去），标出绍兴
话的读音之外，大概只有这样写：

剩

是余下的意思。有一种说不出来的孤寂无
聊之感，仿佛被这世界所遗弃，孑然地存在着
了。而且连四叔何时离去的，也都未觉察，可
见四叔既不以鲁迅为意，鲁迅也对四叔并不挽
留，确实是不投机的了。四叔似乎已经走了一
会儿了，鲁迅方发现只有自己一个人剩在那里。
这不是鲁迅的世界，鲁迅只有走。

这样的注释，行么？推敲推敲，也许行。

小说家在下一个字的时候，总得有许多"言外之意"。"看似寻常最奇崛，成如容易却艰辛"，凡是真正意识到小说是语言的艺术的，都深知其中的甘苦。姜白石说："人所常言，我寡言之；人所难言，我易言之。自不俗。"说得不错。一个小说作家在写每一句话时，都要像第一次学会说这句话。中国的画家说"画到生时是熟时"，作画须由生入熟，再由熟入生。语言写到"生"时，才会有味。语言要流畅，但不能"熟"。援笔即来，就会是"大路活"。

现代小说作家所留心的，不止于"用字"，他们更注意的是语言的神气。

神气·音节·字句

"文气论"是中国文论的一个源远流长的重要的范畴。

韩愈提出"气盛言宜"："气，水也；言，浮物也。水大而物之浮者大小毕浮。气之与言，犹是也。气盛则言之短长与声之高下者皆宜。"他所谓"气盛"，我们似可理解为作者的思想充实，情绪饱满。他第一次提出作者的心理状态与表达的语言的关系。

桐城派把"文气论"阐说得很具体。他们所说的"文气"，实际上是语言的内在的节奏，语言的流动感。"文气"是一个精微的概念，但不是不可捉摸。桐城派解释得很实在。刘大櫆认为为文之能事分为三个步骤：一神气，"文之最精处也"；二音节，"文之稍粗处也"；三字句，"文之最粗处也"。桐城派很注重字句。论文章，重字句，似乎有点卑之勿甚高论，但桐城派老老实实地承认这是文章的根本。刘大櫆说："近人论文不知有所谓音节者；至语以字句，则必笑以为末事。此论似高实谬。作文若字句安顿不妙，岂复有文字乎？"他们所说的"字句"，说的是字句的声音，不是它的意义。刘大櫆认为："音节者，神气之迹也。字句者，音节之矩也。神气不可见，于音节见之；音节无可准，以字句准之。""凡行文多寡短长，抑扬高下，无一定之律，而有一定之妙，可以意会而不可以言传。学者求神气而得之于音节，求音节而得之于字句，则思过半矣。"如何以字句准音节？他说得非常具体。"一句之中，或多一字，或少一字；一字之中，或用平声，或用仄声；同一平字仄字，或用阴平阳平上声去声入声，则音节迥异。"

这样重视字句的声音，以为这是文学语言的精髓，是中国文论的一个很独特的见解。别的国家的文艺学里也有涉及语言的声音的，但都没有提到这样的高度，也说不到这样的精辟。这种见解，桐城派以前就有。韩愈所说的"气盛言宜"，"言宜"就包括"言之长短"和"声之高下"。不过到了桐城派就更清楚地意识到这一点，发挥得也更完备了。

二十年代、三十年代的作家是很注意字句的。看看他们的原稿，特别是改动的地方，是会对我们很有启发的。有些改动，看来不改也过得去，但改了之后，确实好得多。《鲁迅全集》第二卷卷首影印了一页《眉间尺》的手稿，末行有一句：

> 他跨下床，借着月光走向门背后，摸到钻
> 火家伙，点上松明，向水瓮里一照。

细看手稿，"走向"原来是"走到"；"摸到"原来是"摸着"。捉摸一下，改了之后，比原来的好。特别是"摸到"比"摸着"好得多。

传统的语言论对我们今天仍然是有用的。我们使用语言时，所注意的无非是两点：一是长短，一是高下。语言之道，说起来复杂，其实也很简单。不过运用之妙，可就存乎一心了。不是懂得简单的道理，就能写得出好语言的。

"积字成句，积句成章，积章成篇。合而读之，音节见矣；歌而咏之，神气出矣。"一篇小说，要有一个贯串全篇的节奏，但是首先要写好每一句话。

有一些青年作家意识到了语言的声音的重要性。所谓"可读性"，首先要悦耳。

小说语言的诗化

意境说也是中国文艺理论的重要范畴，它的影响，它的生命力不下于文气说。意境说最初只应用于诗歌，后来波及了小说。废名说过："我写小说同唐人写绝句一样。"何立伟的一些小说也近似唐人绝句。所谓"唐人绝句"，就是不着重写人物，写故事，而着重写意境，写印象，写感觉。物我同一，作者的主体意识很强。这就使传统的小说观念发生了很大的变化，使小说和诗变得难解难分。这种小说被称为诗化小说。这种小说的语言也就不能不发生变化。这种语言，可以称之为诗化的小说语言——因为它毕竟和诗还不一样。所谓诗化小说的语言，即不同于传统小说的纯散文的语言。这种语言，句与句之间的跨度较大，往往超越了逻辑，超越了合乎一般语法的句式（比如动宾结构）。比如：

老白粗茶淡饭，怡然自得。化纸之后，关门独坐。门外长流水，日长如小年。

——《故人往事·收字纸的老人》

如果用逻辑谨严，合乎语法的散文写，也是可以的，但不易产生如此恬淡的意境。

强调作者的主体意识，同时又充分信赖读者的感受能力，愿意和读者共同完成对某种生活的准确印象，有时作者只是罗列一些事物的表象，单摆浮搁，稍加组织，不置可否，由读者自己去完成画面，注入情感。"鸡声茅店月，人迹板桥霜。""枯藤老树昏鸦，小桥流水人家，古道西风瘦马。"这种超越理智，诉诸直觉的语言，已经被现代小说广泛应用。如：

　　抗日战争时期，昆明小西门外。

　　米市，菜市，肉市。柴驮子，炭驮子。马粪。粗细瓷碗，砂锅铁锅。焖鸡米线，烧饵块。金钱片腿，牛干巴。炒菜的油烟，炸辣子的呛人的气味。红黄蓝白黑，酸甜苦辣咸。

　　　　　　　　　　　　——《钓人的孩子》

这不是作者在语言上耍花招，因为生活就是这样的。如果写得文从理顺，全都"成句"，就不忠实了。语言的一个标准是：诉诸直觉，忠于生活。

文言和白话的界限是不好划的。"一路秋山红叶，老圃黄花，不觉到了济南地界"，是文言，还是白话？只要我们说的是中国话，恐怕就摆脱不了一定的文言的句子。

中国语言还有一个世界各国语言没有的格式，是对仗。对仗，就是思想上、形象上、色彩上的联属和对比。我们总得承认联属和对比是一项美学法则。这在中国语言里发挥到了极致。我们今天写小说，两句之间不必，也不可能在平仄、虚实上都搞得铢两悉称，但是对比关系不该排斥。

……罗汉堂外面，有两棵很大的白果树，有几百年了。夏天，一地浓荫。冬天，满阶黄叶。

——《幽冥钟》

如果不用对仗，怎样能表达时序的变易，产生需要的意境呢？

中国现代小说的语言和中国画，特别是唐宋以后的文人画的关系是非常密切的。中国文人画是写意的。现代中国小说也是写意的多。文人画讲究"笔墨情趣"，就是说"笔墨"本身是目的，物象是次要的。这就回到我们最初谈到的一个命题："他的文字不仅是表现思想的工具，似乎也是一种目的。"

现代小说的语言往往超出现象，进入哲理，对生活做较高度的概括。

小说语言的哲理性，往往接受了外来的影响。

　　每个人带着一生的历史，半个月的哀乐，在街上走。

——《钓人的孩子》

这样的语言是从哪里来的？大概是《巴黎之烦恼》。

传　神

看过一则杂记，唐朝有两个大画家，一个好像是韩干，另外一个我忘了，二人齐名，难分高下。有一次，皇帝——应该是玄宗了——命令他们俩同时给一个皇子画像。画成了，皇帝拿到宫里请皇后看，问哪一张画得像。皇后说："都像。这一张更像。——那一张只画出皇子的外貌，这一张画出了皇子的潇洒从容的神情。"于是二人之优劣遂定。哪一张更像呢？好像是韩干以外的那一位的一张。这个故事，对于写小说是很有启发的。

小说是写人的。写人，有时免不了要给人物画像。但是写小说不比画画，用语言文字描绘人物的形貌，不如用线条颜色表现得那样真切。十九世纪的小说流行摹写人物的肖像，写得很细致，但是不易使读者留下深刻的印象。但是用语言文字捕捉人物的神情——传神，是比较容易办到的，有时能比用颜色线条表现得更鲜明。中国画讲究"形神兼备"，对于写小说来说，传神比写形象更为重要。

我的老师沈从文写《边城》里的翠翠乖觉明慧，并没有过多地刻画其外形，只是捕捉住了翠翠的神气：

　　翠翠在风日里长养着，把皮肤变得黑黑的，触目为青山绿水，一对眸子清明如水晶。自然既长养她且教育她，为人天真活泼，处处俨然如一只小兽物。人又那么乖，如山头黄麂一样，从不想到残忍事情，从不发怒，从不动气。平时在渡船上遇陌生人对她有所注意时，便把光光的眼睛瞅着那陌生人，作成随时皆可举步逃入深山的神气，但明白了人无机心后，就又从从容容地在水边玩耍了。

　　鲁迅先生曾说过：有人说，画一个人最好是画他的眼睛。传神，离不开画眼睛。

《祝福》两次写到祥林嫂的眼睛：

　　她不是鲁镇人。有一年的冬初，四叔家里要换女工，做中人的卫老婆子带她进来了，头上系着白头绳，乌裙，蓝夹袄，月白背心，年纪大约二十六七，脸色青黄，但两颊却还是红的。卫老婆子叫她祥林嫂，说是自己母亲的邻舍，死了当家人，所以出来做工了。四叔皱了皱眉，四婶已经知道了他的意思，是在讨厌她是一个寡妇。但看她模样还周正，手脚都壮大，又只是顺着眼，不开一句口，很像一个安分耐劳的人，便不管四叔的皱眉，将她留下了。

我这回到鲁镇所见的人们中，改变之大，可以说无过于她的了：五年前的花白的头发，即今已经全白，全不像四十上下的人；脸上瘦削不堪，黄中带黑，而且消尽了先前悲哀的神色，仿佛是木刻似的；只有那眼珠间或一轮，还可以表示她是一个活物。

"顺着眼"，大概是绍兴方言；"间或一轮"，现在也不大用了，但意思是可以懂得的，神情可以想见。这"顺"着的眼和间或一轮的眼珠，写出了祥林嫂的神情和她的悲惨的遭遇。

我有几篇小说里用过画眼睛的方法：

两个女儿，长得跟她娘像一个模子里脱出来的。眼睛尤其像，白眼珠鸭蛋青，黑眼珠棋子黑，定神时如清水，闪动时像星星。浑身上下，头是头，脚是脚。头发滑滴滴的，衣服格挣挣的。——这里的风俗，十五六岁的姑娘就都梳上头了。这两个丫头，这一头的好头发！通红的发根，雪白的簪子！娘女三个去赶集，一集的人都朝她们望。

巧云十五岁，长成了一朵花。身材、脸盘都像妈。瓜子脸，一边有一个很深的酒窝。眉毛黑如鸦翅，长入鬓角。眼角有点吊，是一双凤眼。睫毛很长，因此显得眼睛经常眯眯着；忽然回头，睁得大大的，带点吃惊而专注的神情，好像听到远处有人叫她似的。

对于异常漂亮的女人，有时从正面直接地描写很困难；或者已经写了，还嫌不足，中国的和外国的古代的诗人，便不约而同地想出另外一种聪明的办法，即换一个角度，不是描写她本人，而是间接地，描写看到她的别人的反映，从别人的欣赏、倾慕来反衬出她的美。希腊史诗《伊里亚特》里的海伦皇后是一个绝世的美人，但是荷马在描写她的美时，没有形容她的面貌肢体，只是用相当篇幅描写了看到她的几位老人的惊愕。汉代乐府《陌上桑》描写罗敷，也是用的这种方法：

行者见罗敷，下担捋髭须。

少年见罗敷，脱帽著帩头。

耕者忘其犁，锄者忘其锄。

来归相怨怒，但坐观罗敷。

这种方法，不能使人产生具体的印象，但却可以唤起读者无边的想象。他没有看到这个美人是如何的美，但是他想得出她一定非常的美。这样的写法是虚的，但是读者的感受是实的。

这种方法，至少已经有两千多年的历史了，但是现代的作家还在用着。赵树理《小二黑结婚》写小芹，就用过这种方法（我手边无树理同志这篇小说，不能具引）。我在《大淖记事》里写巧云，也用了这种方法：

　　……她在门外的两棵树杈之间结网，在淖边平地上织席，就有一些少年人装着有事的样子来来去去。她上街买东西，甭管是买肉，买菜，打油，打酒，撕布，量头绳，买梳头油、雪花膏，买石碱、浆块，同样的钱，她买回来，分量都比别人多，东西都比别人的好。这个奥秘早被大娘、大婶们发现，她们就托她买东西，只要巧云一上街，都捎了好几个竹篮，回来时压得两个胳臂酸疼酸疼。泰山庙唱戏，人家都是自己扛了板凳去，巧云散着手就去了。一去了，总有人给她找一个得看的好座。台上的戏唱得正热闹，但是没有多少人叫好。因为好些人不是在看戏，是看她。

前引《受戒》里的"娘女三个去赶集，一集的人都朝她们望"，用的也是这方法，只是繁简不同。

这些方法古已有之，应该说是陈旧的方法了，但是运用得好，却可以使之有新意，使人产生新鲜感。方法是不难理解的，也是不难掌握的，但是运用起来，却有不同。运用得好，使人觉得自自然然，很妥贴，很舒服，不露痕迹。虽然有法，恰似无法，用了技巧，却显不出技巧，好像是天生的一段文字，本来就该像这样写。用得不好，就会显得卖弄做作，笨拙生硬，使人像吃馒头时嚼出一块没有蒸熟的生面疙瘩。

这些写神情、画眼睛，从观赏者的角度反映出人的姿媚，都只是方法，是"用"，而不是"体"。"体"，是生活。没有丰富的生活积累，只是知道这些方法，还是写不出好作品的。反之，生活丰富了，对于这些方法，也就容易掌握，容易运用自如。

不过，作为初学写作者，知道这些方法，并且有意识地做一些练习，学习用几句话捉住一个人的神情，描绘若干双眼睛，尝试从别人的反映来写人，是有好处的。这可以锻炼自己的艺术感觉，并且这也是积累生活的验方。生活和艺术感是互相渗透，互为影响的。

谈风格

　　一个人的风格是和他的气质有关系的。布封说过："风格即人。"中国也有"文如其人"的说法。人和人是不一样的。趋舍不同，静躁异趣。杜甫不能为李白的飘逸，李白也不能为杜甫的沉郁。苏东坡的词宜关西大汉执铁绰板唱"大江东去"，柳耆卿的词宜十三四女郎持红牙板唱"今宵酒醒何处，杨柳岸晓风残月"。中国的词大别为豪放与婉约两派。其他文体大体也可以这样划分。不知从什么时候起，因为什么，豪放派占了上风。茅盾同志曾经很感慨地说：现在很少人写婉约的文章了。"十年浩劫"，没有人提起风格这个词。我在"样板团"工作过。江青规定："要写'大江东去'，不要'小桥流水'！"我是个只会写"小桥流水"的人，也只好跟着唱了十年空空洞洞的豪言壮语。三中全会以后，我才又重新开始发表小说，我觉得我可以按照我自己的样子写小说了。三中全会以后，文艺形势空前大好的标志之一，是出现了很多不同风格的作品。这一点是"十七年"所不能比拟的。那时作品的风格比较单一。茅盾同志发出感慨，正是在这样的时候。一个人要使自己的作品有风格，要能认识自己、发现自己，并且，应该不客气地说，欣赏自己。"我与我周旋久，宁作我。"一个人很少愿意自己是另外一个人的。一个人不能说自己写得最好，老子天下第一。但是就这个题材，这样的写法，以我为最好，只有我能这样的写。我和我比，我第一！一个随人俯仰，毫无个性的人是不能成为一个作家的。

其次，要形成个人的风格，读和自己气质相近的书。也就是说，读自己喜欢的书，对自己口味的书。我不太主张一个作家有系统地读书。作家应该博学，一般的名著都应该看看。但是作家不是评论家，更不是文学史家。我们不能按照中外文学史循序渐进，一本一本地读那么多书，更不能按照文学史的定论客观地决定自己的爱恶。我主张抓到什么就读什么，读得下去就一连气读一阵，读不下去就抛在一边。屈原的代表作是《离骚》，我直到现在还是比较喜欢《九歌》。李、杜是大家，他们的诗我也读了一些，但是在大学的时候，我有一阵偏爱王维，后来又读了一阵温飞卿、李商隐。诗何必盛唐。我觉得龚自珍的态度很好："我论文章恕中晚，略工感慨是名家。"有一个人说得更为坦率："一种风情吾最爱，六朝人物晚唐诗。"有何不可。一个人的兴趣有时会随年龄、境遇发生变化。我在大学时很看不起元人小令，认为浅薄无聊。后来因为工作关系，读了一些，才发现其中的淋漓沉痛处。巴尔扎克很伟大，可是我就是不能用社会学的观点读他的《人间喜剧》。托尔斯泰的《战争与和平》，我是到近四十岁时，因为成了右派，才在劳动改造的过程中硬着头皮读完了的。孙犁同志说他喜欢屠格涅夫的长篇，不喜欢他的短篇；我则正好相反。我认为都可以。作家读书，允许有偏爱。作家所偏爱的作品往往会影响他的气质，成为他的个性的一部分。契诃夫说过：告诉我你读的是什么书，我就可知道你是一个怎样的人。作家读书，实际上是读另外一个自己所写的作品。法郎士在《生活文学》第一卷的序言里说过，"为了真诚坦白，批评家应该说：'先生们，关于莎士比亚，关于拉辛，我所讲的就是我自己'"。作家更是这样。一个作家在谈论别的作家时，谈的常常是他自己。"六经注我"，中国的古人早就说过。

一个作家读很多书，但是真正影响到他的风格的，往往只有不多的作家，不多的作品。有人问我受哪些作家影响比较深，我想了想：古人里是归有光，中国现代作家是鲁迅、沈从文、废名，外国作家是契诃夫和阿左林。

我曾经在一次讲话中说到归有光善于以清淡的文笔写平常的人事。这个意思其实古人早就说过。黄梨洲《文案》

卷三《张节母叶孺人墓志铭》云：

> 予读震川文之为女妇者，一往情深，每以一二细事见之，使人欲涕。盖古今来事无巨细，唯此可歌可泣之精神，长留天壤。

姚鼐《与陈硕士》尺牍云：

> 归震川能于不要紧之题，说不要紧之语，却自风韵疏淡，此乃是于太史公深有会处，此境又非石士所易到耳。

王锡爵《归公墓志铭》说归文"无意于感人，而欢愉惨恻之思，溢于言表"。连被归有光诋为"庸妄巨子"的王世贞在晚年也说他"不事雕饰而自有风味"（《归太仆赞序》）。这些话都说得非常中肯。归有光的名文有《先妣事略》《项脊轩志》《寒花葬志》等篇。我受到影响的也只是这几篇。归有光在思想上是正统派，我对他的那些谈学论道的大文实在不感兴趣。我曾想：一个思想迂腐的正统派，怎么能写出那样富于人情味的优美的抒情散文呢？这问题我一直还没有想明白。归有光自称他的文章出于欧阳修。读《泷冈阡表》，可以知道《先妣事略》

这样的文章的渊源。但是归有光比欧阳修写得更平易，更自然。他真是做到"无意为文"，写得像谈家常话似的。他的结构"随事曲折"，若无结构。他的语言更接近口语，叙述语言与人物语言衔接处若无痕迹。他的《项脊轩志》的结尾：

> 庭有枇杷树，吾妻死之年所手植也，今已亭亭如盖矣！

平淡中包含几许惨恻，悠然不尽，是中国古文里的一个有名的结尾。使我更为惊奇的是前面的：

> 吾妻归宁，述诸小妹语曰："闻姊家有阁子，且何谓阁子也？"

话没有说完，就写到这里。想来归有光的夫人还要向小妹解释何谓阁子的，然而，不写了。写出了，有何意味？写了半句，而闺阁姊妹之间闲话神情遂如画出。这种照生活那样去写生活，是很值得我们今天写小说时参考的。我觉得归有光是和现代创作方法最能相通，最有现代味儿的一位中国古代作家。我认为他的观察生活和表现生活的方法很有点像契诃夫。我曾说归有光是中国的契诃夫，并非怪论。

中国现代作家的作品我读得比较熟的是鲁迅。我在下放劳动期间曾发愿将鲁迅的小说和散文像金圣叹批《水浒》那样，逐句逐段地加以批注。搞了两篇，因故未竟其事。中国五十年代以前的短篇小说作家不受鲁迅的影响的，几乎没有。近年来研究鲁迅的谈鲁迅的思想的较多，谈艺术技巧的少。现在有些年轻人已经读不懂鲁迅的书，不知鲁迅的作品好在哪里了。看来宣传艺术家鲁迅，还是我们的责任。这一课必须补上。

我是沈从文先生的学生。

废名这个名字现在几乎没有人知道了。国内出版的中国现代文学史没有一本提到他。这实在是一个真正很有特点的作家。他在当时的读者就不是很多，但是他的作品曾经对相当多的三十年代、四十年代的青年作家，至少是北方的青年作家，产生过颇深的影响。这种影响现在看不到了，但是它并未消失。它像一股泉水，在地下流动着。也许有一天，会汩汩地流到地面上来的。他的作品不多，一共大概写了六本小说，都很薄。他后来受了佛教思想的影响，作品中有见道之言，很不好懂。《莫须有先生传》就有点令人莫名其妙，到了《莫须有先生坐飞机以后》就不知所云了。但是他早期的小说，《桥》《枣》《桃园》和《竹林的故事》，写得真是很美。他把晚唐诗的超越理性、直写感觉的象征手法移到小说里来了。他用写诗的办法写小说，他的小说实际上是诗。他的小说不注重写人物，也几乎没有故事。《竹林的故事》算是长篇，叫作"故事"，实无故事，只是几个孩子每天生活的记录。他不写故事，写意境。但是他的小说是感人的。使人得到一种不同寻常的感动。因为他对于小儿女是那样富于同情心。他用儿童一样明亮而敏感的眼睛观察周围世界，用儿童一样简单而准确的笔墨来记录。他的小说是天真的，具有天真的美。因为他善于捕捉儿童的飘忽不定的思想和情绪，他运用了意识流。他的意识流是从生活里发现的，不是从外国的理论或作品里搬来的。有人说他的小说很像弗吉尼亚·伍尔夫，他说他没有看过伍尔夫的作品。后来找来看看，自己也觉得果然很像。这是一个很有趣的现象。身在不同的国度，素无接触，为什么两个作家会找到同样的方法呢？因为他追随流动的意识，因此他的行文也和别人不一样。周作人曾说废名是一个讲究文章之美的小说家。又说他的行文好比一溪流水，遇到一片草叶，都要去抚摸一下，然后又汪汪地向前流去。这说得实在非常好。

我讲了半天废名，你也许会在心里说：你说的是你自己吧？我跟废名不一样（我们的世界观首先不同）。但是我确实受过他的影响，现在还能看得出来。

契诃夫开创了短篇小说的新纪元。他在世界范围内使

"小说观"发生了很大的变化,从重情节、编故事发展为写生活,按照生活的样子写生活。从戏剧化的结构发展为散文化的结构。于是才有了真正的短篇小说,现代的短篇小说。托尔斯泰最初很看不惯契诃夫的小说。他说契诃夫是一个很怪的作家,他好像把文字随便地丢来丢去,就成了一篇小说了。托尔斯泰的话说得非常好。随便地把文字丢来丢去,这正是现代小说的特点。

"阿左林是古怪的"(这是他自己的一篇小品的题目)。他是一个沉思的、回忆的、静观的作家。他特别擅长于描写安静,描写在安静的回忆中的人物的心理的潜微的变化。他的小说的戏剧性是觉察不出来的戏剧性。他的"意识流"是明澈的,覆盖着清凉的阴影,不是芜杂的、纷乱的。热情的恬淡,入世的隐逸。阿左林笔下的西班牙是一个古旧的西班牙,真正的西班牙。

以上,我老实交待了我曾经接受过的影响,未必准确。至于这些影响怎样形成了我的风格(假如说我有自己的风格),那是说不清楚的。人是复杂的,不能用化学的定性分析方法分析清楚。但是研究一个作家的风格,研究一下他所曾接受的影响是有好处的。如果你想学习一个作家的风格,最好不要直接学习他本人,还是学习他所师承的前辈。你要认老师,还得先见见太老师。一祖三宗,渊源有自。这样才不至流于照猫画虎,邯郸学步。

一个作家形成自己的风格大体要经过三个阶段：一、模仿；二、摆脱；三、自成一家。初学写作者，几乎无一例外，要经过模仿的阶段。我年轻时写作学沈先生，连他的文白杂糅的语言也学。我的《汪曾祺短篇小说选》第一篇《复仇》，就有模仿西方现代派的方法的痕迹。后来岁数大了一点，到了"而立之年"了吧，我就竭力想摆脱我所受的各种影响，尽量使自己的作品不同于别人。郭小川同志在"文化大革命"后期有一次碰到我，说："你说过的一句话，我到现在还记得。"我问他是什么话，他说："你说过：凡是别人那样写过的，我就绝不再那样写！"我想想，是说过。那还是反右以前的事了。我现在不说这个话了。我现在岁数大了，已经无意于使自己的作品像谁，也无意使自己的作品不像谁了。别人是怎样写的，我已经模糊了，我只知道自己这样的写法，只会这样写了。我觉得怎样写合适，就怎样写。我现在看作品，已经很少从形成自己的风格这样的角度去看了。对于曾经影响过我的作家的作品，近几年我也很少再看。然而：

　　菌子已经没有了，但是菌子的气味留在空气里。

　　影响，是仍然存在的。

一个人也不能老是一个风格，只有一种风格。风格，往往是因为所写的题材不同而有差异的。或庄，或谐，或比较抒情，或尖刻冷峻。但是又看得出还是一个人的手笔。一方面，文备众体；另一方面又自成一家。

谈谈风俗画

　　有几位评论家都说我的小说里有风俗画。这一点是我原来没有意识到的。经他们一说，我想想倒是有的。有一位文学界的前辈曾对我说："你那种写法是风俗画的写法。"并说这种写法很难。风俗画的写法是怎样一种写法？这种写法难么？我不知道。有人干脆说我是一个风俗画作家……

　　我是很爱看风俗画的。十七世纪荷兰学派的画，日本的浮世绘，我都爱看。中国的风俗画的传统很久远了。汉代的很多画像石刻、画像砖都画（刻）了迎宾、饮宴、耍杂技——倒立、弄丸、弄飞刀……有名的说书俑，滑稽中带点愚蠢，憨态可掬，看了使人不忘。晋唐的画以宗教画、宫廷画为大宗。但这当中也不是没有风俗画，敦煌壁画中的杰作《张义潮出巡图》就是。墓葬中的笔致粗率天真的壁画，也多涉及当时的风俗。宋代风俗画似乎特别的流行，《清明上河图》是一个突出的例子。我看这幅画，能够一看看半天。我很想在清明那天到汴河上去玩玩，那一定是非常好玩的。南宋的画家也多画风俗。我从马远的《踏歌图》知道"踏歌"是怎么回事，从而增加了对"桃花潭水深千尺，不及汪伦送我情"的理解。这种"踏歌"的遗风，似乎现在朝鲜还有。我也很爱李嵩、苏汉臣的《货郎图》，它让我知道南宋的货郎担上有那么多卖给小孩子们的玩意儿，真是琳琅满目，都蛮有意思。元明的风俗画我所知甚少。清朝罗两峰的《鬼趣图》可以算是风俗画。幸好这时兴起了年画。杨柳青、桃花坞的年画大部分都是风俗画，连不画人物只画动物的也都是，如《老鼠嫁女》。我很喜欢这画，如鲁迅先生所说，所有俨然穿着人的衣冠的鼠类，都尖头尖脑的非常有趣。陈师曾等人都画过北京市井的生活。风俗画的雕塑大师是泥人张。他的《钟馗嫁妹》《大出丧》，是近代风俗画的不朽的名作。

我也爱看讲风俗的书。从《荆楚岁时记》直到清朝人写的《一岁货声》之类的书都爱翻翻。还是上初中的时候，一年暑假，我在祖父的尘封的书架上发现了一套巾箱本木活字聚珍版的丛书，里面有一册《岭表录异》，我就很感兴趣地看起来，后来又看了《岭外代答》。从此就对讲地理的书、游记，产生了一种嗜好。不过我最有兴趣的是讲风俗民情的部分，其次是物产，尤其是吃食。对山川疆域，我看不进去，也记不住。宋元人笔记中有许多是记风俗的，

《梦溪笔谈》《容斋随笔》里有不少条记各地民俗，都写得很有趣。明末的张岱特长于记述风物节令，如记西湖七月半、泰山进香，以及为祈雨而赛水浒人物，都极生动。虽然难免有鲁迅先生所说的夸张之处，但是绘形绘声，详细而不琐碎，实在很教人向往。我也很爱读各地的竹枝词，尤其爱读作者自己在题目下面或句间所加的注解。这些注解常比本文更有情致。我放在手边经常看看的一本书是古典文学出版社出的《东京梦华录》（外四种——《都城纪胜》《西湖老人繁胜录》《梦粱录》《武林旧事》）。这样把记两宋风俗的书汇为一册，于翻检上极便，是值得感谢的，只是断句断错的地方太多。这也难怪。有一位历史学家就说过《东京梦华录》是一本难读的书。因为对当时的情形和语言不明白，所以不好断句。

　　我对风俗有兴趣，是因为我觉得它很美。我曾经在一篇文章里说过："我以为风俗是一个民族集体创作的生活的抒情诗。"（《〈大淖记事〉是怎样写出来的》）这是一句随便说说的话，没有任何学术意义。但也不是一点儿道理没有。我以为，风俗，不论是自然形成的，还是包含一定的人为的成分（如自上而下的推行），都反映了一个民族对生活的挚爱，对"活着"所感到的欢悦。他们把生活中的诗情用一定的外部的形式固定下来，并且相互交流，融为一体。风俗中保留一个民族的常绿的童心，并对这种童心加以圣化。风俗使一个民族永不衰老。风俗是民族感情的重要的组成部分。斯大林把民族感情列为民族的要素之一。民族感情是抽象的，看不见摸不着，但它确实存在着。民族感情常常体现在风俗中。风俗，是具体的。一种风俗对维系民族感情的作用是不可估量的，如那达慕、刁羊、麦西来甫、三月街……

所谓风俗，主要指仪式和节日。仪式即"礼"。礼这个东西，未可厚非。据说辜鸿铭把中国的"礼"翻译成英语时，译为"生活的艺术"。这传闻不知是否可靠，但却很有意思。礼是具有艺术性的，很好玩的，假如我们抛开其中迷信和封建的内核，单看它的形式。礼，包括婚礼和丧礼。很多外国的和中国少数民族的民间舞蹈常常以"××人的婚礼"作题目，那是在真实的婚礼的基础上加工而成的。结婚，对一个少女来说，意味着迈进新的生活，同时也意味着向过去的一切告别了。因此，这一类的舞蹈大都既有喜悦，又有悲哀，混和着复杂的感情，其动人处，也在此。中国西南几个民族都有"哭嫁"的习俗。临嫁的姑娘要把要好的姊妹约来哭（唱）一夜甚至几夜。那歌词大都是充满了真情，很美的。我小时候最爱参加丧礼，不管是亲戚家还是自己家的。我喜欢那种平常没有的"当大事"的肃穆的气氛，所有的人好像一下子都变得雅起来，多情起来了，大家都像在演戏，扮演一种角色，很认真地扮演着。我喜欢"六七开吊"，那是戏的顶点。我们那里开吊那要"点主"。点主，就是在亡人的牌位上加点。白木的牌位上事先写好了某某人之"神王"，要在王字上加一点，这才成了"神主"，点主不是随随便便点的，很隆重。要请一位有功名的老辈人来点。点主的人就位后，生喝道："凝神，——想象，请加墨主！"点主人用一支新墨笔在"王"字上点一点；然后再："凝神，——想象，请加硃主！"点主人再用朱笔点一点，把原来的墨点盖住。这样，那个人的魂灵就进了这块牌位了。"凝神——想象"，这实在很有点抒情的意味，也很有戏剧性。我小时看点主，很受感动，至今印象很深。

至于节日，那更不用说了。试想一下，如果没有那样多的节，我们的童年将是多么贫乏，多么缺乏光彩呀。日本人对传统的节日非常重视。多么现代化的大企业，到了盂兰盆节这一天，也要停产放假，举行集体的娱乐活动。这对于培养和增强民族的自信，无疑是会有好处的。

风俗，仪式和节日，是历史的产物，它必然是要消亡的。谁也不会提出恢复所有的传统的风俗，但是把它们记录下来，给现在的和将来的人看看，是有着各方面的意义的。我很希望中国民俗学会能编出两本书，一本《中国婚丧礼俗》，一本《中国的节日》。现在着手，还来得及。否则，到了"礼失而求于野"，要到穷乡僻壤去访问搜集，就费事了。

为什么要在小说里写进风俗画？前已说过，我这样做原是无意的。只是因为我的相当一部分小说是写我的家乡的，写小城的生活，平常的人事，每天都在发生，举目可见的小小悲欢，这样，写进一点风俗，便是很自然的事了。"人情"和"风土"原是紧密关联。写一点风俗画，对增加作品的生活气息、乡土气息，是有帮助的。风俗画和乡土文学有着血缘关系，虽然二者不是一回事。很难设想一部富于民族色彩的作品而一点不涉及风俗。鲁迅的《故乡》《社戏》，包括《祝福》，是风俗画的典范。《朝花夕拾》每篇都洋溢着罗汉豆的清香。沈从文的《边城》如果不是几次写到端午节赛龙船，便不会有那样浓郁的色彩。"风俗画小说"，在一般人的概念里，不是一个贬词。

风俗画小说的文体几乎都是朴素的。风俗本身是自自然然的。记述风俗的书原来不过是聊资谈助，大都是随笔记之，不事雕饰。幽兰居士孟元老《东京梦华录序》云："此录语言鄙俚，不以文饰者，盖欲上下通晓耳，观者幸详焉。"用华丽的文笔记风俗的人好像还很少。同样，风俗画小说所记述的生活也多是比较平实的，一般不太注重强烈的戏剧化的情节。写风俗而又富于浪漫主义的戏剧性的情节的，似乎只有梅里美一人。但他所写的往往是异乡的奇俗（如世代复仇），而且通常是不把梅里美列在风俗画作家范围内的。风俗画小说，在本质上是现实主义的。

记风俗多少有点怀旧，但那是故国神游，带抒情性，并不流于伤感。风俗画给予人的是慰藉，不是悲苦。就我所见过的风俗画作品来看，调子一般不是低沉的。

小说里写风俗，目的还是写人。不是为写风俗而写风俗，那样就不是小说，而是风俗志了。风俗和人的关系，大体有这样三种：

一种是以风俗作为人的背景。

一种是把风俗和人结合在一起，风俗成为人的活动和心理的契机。比如：

> 去年元夜时，
> 花市灯如昼，
> 月上柳梢头，
> 人约黄昏后。

又如苏北民歌《探妹》：

> 正月里探妹正月正，
> 我带小妹子看花灯，
> 看灯是假的，
> 妹子呀，试试你的心。

《边城》几次写端午节赛龙船，和翠翠的情绪的发育和感情的变化是紧紧扣在一起的，并且是情节发展不可缺少的纽带。

也有时，看起来是写风俗，实际上是在写人。我的小说里写风俗占篇幅最长的大概是《岁寒三友》里描写放焰火的一段。因为这篇小说见到的人不是很多，我把这一段抄录在下面：

这天天气特别好。万里无云，一天皓月。阴城的正中，立起一个四丈多高的架子。有人早早吃了晚饭，就扛了板凳来等着了。各种卖小吃的都来了。卖牛肉高粱酒的，卖回卤豆腐干的，卖五香花生米的、芝麻灌香糖的，卖豆腐脑的，卖煮荸荠的，还有卖河鲜——卖紫皮鲜菱角和新剥鸡头米的……到处是"气死风"的四角玻璃灯，到处是白蒙蒙的热气、香喷喷的茴香八角气味。人们寻亲访友，说短道长，来来往往，亲亲热热。阴城的草都被踏倒了。人们的鞋底也叫秋草的浓汁磨得滑溜溜的。

忽然，上万双眼睛一齐朝着一个方向看。人们的眼睛一会儿睁大，一会儿眯细；人们的嘴一会儿张开，一会儿又合上；一阵阵叫喊，一阵阵欢笑，一阵阵掌声。——陶虎臣点着了焰火了。

中间还有一段具体描写几种焰火的，文长不录。

……火光炎炎，逐渐消隐，这时才听到人们呼唤：

"二丫头，回家咧！"

"四儿，你在哪儿哪？"

"奶奶，等等我，我鞋掉了！"

人们摸摸板凳，才知道：呀，露水下来了。

这里写的是风俗，没有一笔写人物，但是我自己知道笔笔都着意写人，写的是焰火的制造者陶虎臣。我是有意在表现人们看焰火时的欢乐热闹气氛中表现生活一度上升时期陶虎臣的愉快心情，表现用自己的劳作为人们提供欢乐，并于别人的欢乐中感到欣慰的一个善良人的品格的。这一点，在小说里明写出来，也是可以的，但是我故意不写，我把陶虎臣隐去了，让他消融在欢乐的人群之中。我想读者如果感觉到看焰火的热闹和欢乐，也就会感觉到陶虎臣这个人。人在其中，却无觅处。

写风俗，不能离开人，不能和人物脱节，不能和故事情节游离。写风俗不能流连忘返，收不到人物的身上。

风俗画小说是有局限性的。一是风俗画小说往往只就人事的外部加以描写，较少刻画人物的内心世界，不大做心理描写，因此人物的典型性较差。二是，风俗画一般是清新浅易的，不大能够概括十分深刻的社会生活内容，缺乏历史的厚度，也达不到史诗一样的恢宏的气魄。因此，风俗画小说常常不能代表一个时代的文学创作的主流。这一点，风俗画小说作者应该有自知之明，不要因为自己的作品没有受到重视而气愤。

因此，我希望自己，也希望别人，不要只是写风俗画。并且，在写风俗画小说时也要有所突破，向生活的深度和广度掘进和开拓。

说　短

——与友人书

短，是现代小说的特征之一。

短，是出于对读者的尊重。

现代小说是忙书，不是闲书。现代小说不是在花园里读的，不是在书斋里读的。现代小说的读者不是有钱的老妇人，躺在樱桃花的阴影里，由陪伴女郎读给她听。不是文人雅士，明窗净几，竹韵茶烟。现代小说的读者是工人、学生、干部。他们读小说都是抓空儿。他们在码头上、候车室里、集体宿舍、小饭馆里读小说，一面读小说，一面抓起一个芝麻烧饼或者汉堡包（看也不看）送进嘴里，同时思索着生活。现代小说要符合现代生活方式，现代生活的节奏。现代小说是快餐，是芝麻烧饼或汉堡包。当然，要做得好吃一些。

小说写得长，主要原因是情节过于曲折。现代小说不要太多的情节。

以前人读小说是想知道一些他不知道的生活，或者世界上根本不存在的生活。他要读的不是生活，而是故事，或者还加上作者华丽的文笔。现代的读者是严肃的。他们有时也要读读大仲马的小说，但是只是看看玩玩，谁也不相信他编造的那一套。现代读者要求的是真实，想读的是生活，生活本身。现代读者不能容忍编造。一个作者的责任只是把你看到的、想过的一点生活诚实地告诉读者。你相信，这一点生活读者也是知道的，并且他也是完全可以写出来的。作者的责任只是用你自己的方式，尽量把这一点生活说得有意思一些。现代小说的作者和读者之间的界线逐渐在泯除。作者和读者的地位是平等的。最好不要想到我写小说，你看。而是，咱们来谈谈生活。生活，是没有多少情节的。

小说长，另一个原因是描写过多。

屠格涅夫的风景描写很优美。但那是屠格涅夫式的风景，屠格涅夫眼中的风景，不是人物所感受到的风景。屠格涅夫所写的是没落的俄罗斯贵族，他们的感觉和屠格涅夫有相通之处，所以把这些人物放在屠格涅夫式的风景之中还不"硌生"。写现代人，现代的中国人，就不能用这种写景方式，不能脱离人物来写景。小说中的景最好是人物眼中之景，心中之景。至少景与人要协调。现代小说写景，只要是："天黑下来了……"，"雾很大……"，"树叶都落光了……"，就够了。

巴尔扎克长于刻画人物，画了很多人物肖像，做了许多很长很生动的人物性格描写。这种方式不适用于现代小说。这种方式对读者带有很大的强迫性，逼得人只能按照巴尔扎克的方式观察生活。现代读者是自由的，他不愿听人驱使，他要用自己的眼睛看生活，你只要扼要地跟他谈一个人，一件事，不要过多地描写。作者最好客观一点，尽量闪在一边，让人物自己去行动，让读者自己接近人物。

我不大喜欢"性格"这个词。一说"性格"就总意味着一个奇异独特的人。现代小说写的只是平常的"人"。

小说长，还有一个原因是对话多。

有些小说让人物做长篇对话，有思想，有学问，成了坐而论道或相对谈诗，而且所用的语言都很规整，这在生活里是没有的。生活里有谁这样地谈话，别人将会回过头来看着他们，心想：这几位是怎么了？

对话要少，要自然。对话只是平常的说话，只是于平常中却有韵味。对话，要像一串结得很好的果子。

对话要和叙述语言衔接，就像果子在树叶里。

长，还因为议论和抒情太多。

我并不一般地反对在小说里发议论，但议论必须很富于机智。带有讽刺性的小说常有议论，所谓嬉笑怒骂，皆成文章。

抒情，不要流于感伤。一篇短篇小说，有一句抒情诗就足够了。抒情就像菜里的味精一样，不能多放。

长还有一个原因是句子长，句子太规整。写小说要像说话，要有语态。说话，不可能每一个句子都很规整，主语、谓语、附加语全都齐备，像教科书上的语言。教科书的语言是呆板的语言。要使语言生动，要把句子尽量写得短，能切开就切开，这样的语言才明确。平常说话没有说挺长的句子的。能省略的部分都省掉。我在《异秉》中写陈相公一天的生活，碾药就写"碾药"，裁纸就写"裁纸"，两个字就算一句。因为生活里叙述一件事就是这样叙述的。如果把句子写齐全了，就会成为："他生活里的另一个项目是碾药"，"他生活里的又一个项目是裁纸"，那多啰唆！——而且，让人感到你这个人说话像做文章（你和读者的距离立刻就拉远了）。写小说绝不能做文章，所用的语言必须是活的，就像聊天说话一样。

现代小说的语言大都是很简短的。从这个意义来说，我觉得海明威比曹雪芹离我更近一些。

鲁迅的教导是非常有益的：竭力将可有可无的字句删去。

我写《徙》，原来是这样开头的：

世界上曾经有过很多歌，都已经消失了。

我出去散了一会儿步，改成了：

　　很多歌消失了。

我牺牲了一些字，赢得的是文体的峻洁。

短，才有风格。现代小说的风格，几乎就等于：短。

短，也是为了自己。

《桥边小说三篇》后记

我现在住的地方叫作蒲黄榆。曹禺同志有一次为一点事打电话给我，顺便问起："你住的地方的地名怎么那么怪？"我搬来之前也觉得这地名很怪："捕黄鱼？——北京怎么能捕得到黄鱼呢？"后来经过考证，才知道这是一个三角地带，"蒲黄榆"是三个旧地名的缩称。"蒲"是东蒲桥，"黄"是黄土坑，"榆"是榆树村。这犹之"陕甘宁"、"晋察冀"，不知来历的，会觉得莫名其妙。我的住所在东蒲桥畔，因此把这三篇小说题为《桥边小说》，别无深意。

这三篇写的也还是旧题材。近来有人写文章，说我的小说开始了对传统文化的怀恋，我看后哑然。当代小说寻觅旧文化的根源，我以为这不是坏事。但我当初这样做，不是有意识的。我写旧题材，只是因为我对旧社会的生活比较熟悉，对我的旧时邻里有较真切的了解和较深的感情。我也愿意写写新的生活，新的人物。但我以为小说是回忆。必须把热腾腾的生活熟悉得像童年往事一样，生活和作者的感情都经过反复沉淀，除净火气，特别是除净感伤主义，这样才能形成小说。但我现在还不能。对于现实生活，我的感情是相当浮躁的。

这三篇也是短小说。《詹大胖子》和《茶干》有人物无故事，《幽冥钟》则几乎连人物也没有，只有一点感情。这样的小说打破了小说和散文的界限，简直近似随笔。结构尤其随便，想到什么写什么，想怎么写就怎么写。我这样做是有意的（也是经过苦心经营的）。我要对"小说"这个概念进行一次冲决：小说是谈生活，不是编故事；小说要真诚，不能耍花招。小说当然要讲技巧，但是：修辞立其诚。

小小说是什么？

小小说原来就有。外国也有小小说。但是中国近年来小小说特别流行，读者面很广，于是小小说就成了一个值得注意的新事物，"小小说"也就在事实上形成一个新的概念。小小说是什么？这个概念包含一些什么内容？探索一下这个问题，将有助于小小说创作的发展。

小小说的流行，不只是因为现在的生活节奏快，人们生活紧张，缺少闲豫的时间。如果是这样，那么长篇小说就没有人读了。更重要的原因恐怕是读者对文学形式的要求更多了。他们要求有新的品种、新的样式、新的口味。承认这一点，小小说才能真正在文学大宴中占到一个席位，小小说的作者才能有自己独特的追求。

小小说不就是小的小说。小，不只是它的外部特征。小小说仍然可以看作是短篇小说的一个分支，但它又是短篇小说的边缘。短篇小说的一般素质，小小说是应该具备的。小小说和短篇小说在本质上既相近，又有所区别。

大体上说，短篇小说散文的成分更多一些，而小小说则应有更多的诗的成分。小小说是短篇小说和诗杂交出来的一个新的品种。它不能有叙事诗那样的恢宏，也不如抒情诗有那样强的音乐性。它可以说是用散文写的比叙事诗更为空灵，较抒情诗更具情节性的那么一种东西。它又不是散文诗，因为它毕竟还是小说。小小说是四不像。因此它才有意思，才好玩，才叫人喜欢。

　　小小说是小的。小的就是小的。从里到外都是小的。"小中见大"，是评论家随便说说的，有一点小小说创作经验的人都知道这在事实上是办不到的。谁也没有真的从一滴水里看见过大海。大形势、大问题、大题材，都是小小说所不能容纳的。要求小小说有广阔厚重的历史感，概括一个时代，这等于强迫一头毛驴去拉一列火车。小小说作者所发现、所思索、所表现的只能是生活的一个小小的片段。这个片段是别人没有表现过，没有思索过，没有发现过的。最重要的是发现。发现，必然就伴随着思索，同时也就比较容易地自然地找到合适的表现形式。文学本来都是发现。但是小小说的作者需要更有"具眼"，因为引起小小说作者注意的，往往是平常人易于忽略的小事。这件小事得是天生来的一块小小说的材料。这样的材料并非俯拾皆是，随手一抓就能抓得到的。小小说的材料的获得往往带有偶然性，邂逅相逢，不期而遇。并且，往往要储存一段时间，作者才能大致弄清楚这件小事的意义。写小小说确实需要一点"禅机"。

　　小小说不大可能有十分深刻的思想，也不宜于有很深刻的思想。小小说可以有一点哲理，但不能在里面进行严肃的哲学的思辨（中篇小说、长篇小说可以）。小小说的特点是思想清浅。半亩方塘，一湾溪水，浅而不露。小小说应当有一定程度的朦胧性。朦胧不是手法，而是作者的思想本来就不是十分清楚。有那么一点意思，但是并不透彻。"此中有真意，欲辨已忘言。"世界上没有一个人真正对世界了解得十分彻底而且全面，他只能了解他所感知的那一部分世界。海明威说十九世纪的小说家自以为是上帝，他什么都知道。巴尔扎克就认为他什么都知道，读者只需听他说。于是读者就成了听什么是什么的老实人，而他自己也就说了许多他其实并不知道的东西。所谓含蓄，并不是作者知道许多东西，故意不多说，他只是不说他还不怎么知道的东西。小小说的作者应该很诚恳地向读者表示：关于这件小事，它的意义，我到现在，还只能想到这个程度。一篇小小说发表了，创作过程并未结束。作者还可以继续想下去，读者也愿意和作者一起继续想下去。这样，读者才能既得到欣赏的快感，也得到思考的快感。追求，就是还没有达到。追求是作者的事，也是读者的事。小小说不需要过多的热情，甚至不要热情。大喊大叫，指手画脚，是会叫读者厌烦的。小小说的作者对于他所发现的生活片段，最好超然一些，保持一个客观者的态度，尽可能的不动声色。小小说总是有个态度的，但是要尽量收敛。可以对一个人表示欣赏，但不能夸成一朵花；可以对一件事加以讽刺，但不辛辣。小小说作者需要的是：聪明、安静、亲切。

小小说是一串鲜樱桃，一枝带露的白兰花，本色天然，充盈完美。小小说不是压缩饼干、脱水蔬菜，不能把一个短篇小说拧干了水分，紧压在一个小小的篇幅里，变成一篇小小说。——当然也没有人干这种划不来的傻事。小小说不能写得很干，很紧，很局促。越是篇幅有限，越要从容不迫。小小说自成一体，别是一功。小小说是斗方、册页、扇面儿。斗方、册页、扇面儿的画法和中堂、长卷的画法是不一样的。布局、用笔、用墨、设色，都不大一样。长江万里图很难缩写在一个小横批里。宋人有在纨扇上画龙舟竞渡图、仙山楼阁图的。用笔虽极工细，但是一定留出很大的空白，不能挤得满满的。空白，是小小说的特点。可以说，小小说是空白的艺术。中国画讲究"计白当黑"。包世臣论书，以为应使"字之上下左右皆有字"。因为注意"留白"，小小说的天地便很宽余了。所谓"留白"，简单直接地说，就是少写。小小说不是删削而成的。删得太狠的小说是可以看得出来的，往往不

· 144 ·

顺，不和谐，不"圆"。应该在写的时候就控制住自己的笔，每捉摸一句，都要想一想：这一句是不是可以不写？尽量少写，写下来的便都是必要的，一句是一句。那些没有写下来的仍然是存在的，存在于每一句的"上下左右"。这样才能做到句有余味，篇有余意。

小幅画尤其要讲究"笔墨情趣"。小小说需要精选的语言。古人论诗云："七言绝句如二十八个贤人，著一个屠酤不得。"写小小说也应如此。小小说最好不要有评书气、相声气，不要用一种半文不白的轻佻的文体。小小说当有幽默感，但不是游戏文章。小小说不宜用奇僻险怪的句子，如宋人所说的"恶硬语"。小小说的语言要朴素、平易，但有韵致。

虽不能至，心向往之。

两栖杂述

　　我是两栖类。写小说，也写戏曲。我本来是写小说的。二十年来在一个京剧院担任编剧。近二三年又写了一点短篇小说。我过去的朋友听说我写京剧，见面时说："你怎么会写京剧呢？——你本来是写小说的，而且是有点'洋'的！"他觉得这简直不可思议。有些新相识的朋友，看过我近年的小说后，很诚恳地跟我说："您还是写小说吧，写什么戏呢！"他们都觉得小说和戏——京剧，是两码事，而且多多少少有点觉得我写京剧是糟蹋自己，为我惋惜。我很感谢他们的心意。有些戏曲界的先辈则希望我还是留下来写戏，当我表示我并不想离开戏曲界时，就很高兴。我也很感谢他们的心意。曹禺同志有一次跟我说："你还是双管齐下吧！"我接受了他的建议。

　　我小时候没有想过写戏，也没有想过写小说。我喜欢画画。

　　我的父亲是个画画的，在我们那个县城里有点名气。

我从小就很喜欢看他画画。每当他把画画的那间屋子打开（他不常画画），支上窗户，我就非常高兴。我看他研了颜色，磨了墨，铺好了纸；看他抽着烟想了一会儿，对着雪白的宣纸看了半天，用指甲或笔杆的一头在纸上比划比划，划几个道道，定了一幅画的间架章法，然后画出几个"花头"（父亲是画写意花卉的），然后画枝干、布叶、勾筋、补石、点苔，最后再"收拾"一遍，题款，用印，用按钉钉在壁上，抽着烟对着它看半天。我很用心地看了全过程，每一步都看得很有兴趣。

我从小学到中学，都"以画名"。我父亲有一些石印的和珂罗版印的画谱，我都看得很熟了。放学回家，路过裱画店，我都要进去看看。

高中毕业，我本来是想考美专的。

我到四十来岁还想彻底改行，从头学画。

我始终认为用笔、墨、颜色来抒写胸怀，更为直接，也更快乐。

我到底没有成为一个画家。

到现在我还有爱看画的习惯，爱看展览会。有时兴之所至，特别是运动中挨整的时候，还时常随便涂抹几笔，发泄发泄。

喜欢画，对写小说，也有点好处。一个是，我在构思一篇小说的时候，有点像我父亲画画那样，先有一团情致，一种意向。然后定间架、画"花头"、立枝干、布叶、勾筋……一个是，可以锻炼对于形体、颜色、"神气"的敏感。我以为，一篇小说，总得有点画意。

我是怎样写起小说来的呢？

除了画画，我的"国文"成绩一直很好。从小学五年级到初中三年级，我的国文老师一直是高北溟先生。为了纪念他，我的小说《徙》里直接用了高先生的名字。他的为人、学问和教学的方法也就像我的小说里所写的那样，——当然不尽相同，有些地方是虚构的。在他手里，我读过的文章，印象最深的是归有光的《项脊轩志》《先妣事略》。

有几个暑假，我还从韦子廉先生学习过。韦先生是专攻桐城派的。我跟着他，每天背一篇桐城派古文。姚鼐的、方苞的、刘大櫆和戴名世的。加在一起，不下千百十篇。

到现在，还可以从我的小说里看出归有光和桐城派的影响。归有光以清淡之笔写平常的人情，我是喜欢的（虽然我不喜欢他正统派思想），我觉得他有些地方很像契诃夫。"桐城义法"，我以为是有道理的。桐城派讲究文章的提、放、断、连、疾、徐、顿、挫，讲"文气"。正如中国画讲"血脉流通"、"气韵生动"。我以为"文气"是比"结构"更为内在，更精微的概念，和内容、思想更有有机联系。这是一个很好的、很先进的概念，比许多西方现代美学的概念还要现代的概念。文气是思想的直接的形式。我希望评论家能把"文气论"引进小说批评中来，并且用它来评论外国小说。

我好像命中注定要当沈从文先生的学生。

我读了高中二年级以后，日本人打了邻县，我"逃难"在乡下，住在我的小说《受戒》里所写的小和尚庵里。除了高中教科书，我只带了两本书，一本屠格涅夫的《猎人笔记》，一本上海一家野鸡书店盗印的《沈从文小说选》。我于是翻来覆去地看这两本书。

我到昆明考大学，报了西南联大中国文学系，就是因为这个大学中文系有朱自清先生、闻一多先生，还有沈先生。

我选读了沈先生的三门课："各体文习作"、"中国小说史"和"创作实习"。

我追随沈先生多年，受到教益很多，印象最深的是两句话。

一句是："要贴到人物来写。"

他的意思不大好懂。根据我的理解，有这样几层意思：

第一，小说是写人物的。人物是主要的，先行的。其余部分都是次要的，派生的。作者要爱所写的人物。沈先生曾说过，对于兵士和农民"怀了不可言说的温爱"。"温爱"，我觉得提得很好。他不说"热爱"，而说"温爱"，我以为这更能准确地说明作者和人物的关系。作者对所写的人物要具有充满人道主义的温情,要有带抒情意味的同情心。

第二,作者要和人物站在一起,对人物采取一个平等的态度。除了讽刺小说,作者对于人物不宜居高临下。要用自己的心贴近人物的心,以人物哀乐为自己的哀乐。这样才能在写作的大部分的过程中,把自己和人物融为一体,语语出自自己的肺腑,也是人物的肺腑。这样才不会做出浮泛的、不真实的、概念的和抄袭借用来的描述。这样,一个作品的形成,才会是人物行动逻辑自然的结果。这个作品是"流"出来的,而不是"做"出来的。人物的身上没有作者为了外在的目的强加于他身上的东西。

第三,人物以外的其他的东西都是附属于人物的。景物、环境,都得服从于人物,景物、环境都得具有人物的色彩,不能脱节,不能游离。一切景物、环境、声音、颜色、气味,都必须是人物所能感受到的。写景,就是写人,是写人物对于周围世界的感觉。这样,才会使一篇作品处处浸透了人物,散发着人物的气息,在不是写人物的部分有人物。

另外一句话是:"千万不要冷嘲。"

这是对于生活的态度,也是写作的态度。我在旧社会,因为生活的穷困和卑屈,对于现实不满而又找不到出路,又读了一些西方的现代派的作品，对于生活形成一种带有悲观色彩的尖刻、嘲弄、玩世不恭的态度。这在我的一些作品里也有所流露。沈先生发觉了这点，在昆明时就跟我讲过；我到上海后，又写信给我讲到这点。他要求的是对于生活的"执着"，要对生活充满热情，即使在严酷的现实面前，也不能觉得"世事一无可取，也一无可为"。一个人，总应该用自己的工作，使这个世界更美好一些，给这个世界增加一点好东西。在任何逆境之中也不能丧失对于生活带有抒情意味的情趣，不能丧失对于生活的爱。沈先生在下放咸宁干校时，还写信给黄永玉，说："这里的荷花真好！"沈先生八十岁了，还每天工作十几个小时，完成《中国服饰研究》这样的巨著，就是靠这点对于生活的执着和热情支持着的。沈先生的这句话对我的影响很深。

我是怎样写起京剧剧本来的呢？

我从小爱看京剧，也爱唱唱。我父亲会拉胡琴，我初中一年级的时候就随着他的胡琴唱戏，唱老生，也唱青衣。到读大学时还唱。有个广东同学听到我唱戏，就说："丢那妈，猫叫！"

因为读的是中文系，我后来又学唱了昆曲。

我喜欢看戏，看京剧，也爱看地方戏，特别爱看川剧。

我没有想到过写戏曲剧本。

因为当编辑，编《说说唱唱》，想写作，又不下去，没有生活，不免发牢骚。那年恰好是纪念世界名人吴敬梓，有人就建议我在《儒林外史》里找一个题材，写写京剧剧本，我就写了一个《范进中举》。这个剧本演出了，还在北京市戏曲会演中得了一个奖。

一九五八年，我戴了右派帽子下去劳动。摘了帽子，想调回北京，恰好北京京剧团还有个编剧名额，我就这样调到了京剧团，一直到现在。二十年了。

搞文学的人是不大看得起京剧的。

这也难怪。京剧的文学性确实是很差，很多剧本简直是不知所云。前几个月，我在北京，每天到玉渊潭散步，每天听一个演员在练《珠帘寨》的定场诗：

李白斗酒诗百篇，

长安市上酒家眠，

摔死国舅段文楚，

唐王一怒贬北番！

李克用和李太白有什么关系呢？

《花田错》里有一句唱词：

桃花不比杏花黄……

桃花不黄，杏花也不黄呀！

可是，京剧毕竟是我们的文化遗产呀！而且，就是京剧，也有些很好的东西。比如大家都知道的《四进士》，用了那样多的典型的细节，刻画了宋士杰这样一个独特的人物，这就不用说了。我以为这出戏放在世界戏剧名作之林中，是毫不逊色的。再如《打渔杀家》里萧恩和桂英离家时的对话：

> 萧　恩　开门哪（出门介）
>
> 桂　英　爹爹请转。
>
> 萧　恩　儿呀何事？
>
> 桂　英　这门还未曾上锁呢。
>
> 萧　恩　这门嗟，关也罢不关也罢。
>
> 桂　英　里面还有许多动用家具呢。
>
> 萧　恩　傻孩子呀，门都不要了，要家具则甚哪！
>
> 桂　英　不要了？
>
> 萧　恩　不省事的冤家……！

我觉得这是小说，很好的小说。我觉得写小说的，也是可以从戏曲里学到很多东西的。

戏曲、京剧，有些手法好像很旧。但是中国人觉得它很旧，外国人觉得它很新。比如"自报家门"，这就比用整整一幕戏来介绍人物省事得多。比如布莱希特的"间离效果"说，是受了中国戏曲的启发而提出来的，这很新呀！

我觉得我们不要妄自菲薄，数典忘祖。我们要"以故为新"，从遗产中找出新的东西来，特别是搞西方现代派的同志，我建议他们读一点旧文学，用比较文学的方法研究研究中国的古典文学。我总是希望能把古今中外熔为一炉。

我搞京剧，有一个想法，很想提高一下京剧的文学水平，提高其可读性，想把京剧变成一种现代艺术，可以和现代文学作品放在一起，使人们承认它和王蒙的、高晓声的、林斤澜的、邓友梅的小说是一个水平的东西，只不过形式不同。

搞搞京剧还有一个好处，即知道戏和小说是两种东西（当然又是相通的）。戏要夸张，要强调；小说要含蓄，要淡远。李笠翁说写诗文不可说尽，十分只能说二三分；写戏剧必须说尽，十分要说到十分。这是很有见地的话。托尔斯泰说人是不能用警句交谈的，这是指的小说；戏里的人物是可以用警句交谈的。因此，不能把小说写得像戏，不能有太多情节，太多的戏剧性。如果写的是一篇戏剧性很强的小说，那你不如干脆写成戏。

以上是一个两栖类的自白。

除了搞戏，我还搞过曲艺，编过《说说唱唱》；搞过民间文学，编了好几年《民间文学》。"文化大革命"以后，我发表的第一篇作品不是小说，而是民间文学的论文，而且和甘肃有点关系，是《"花儿"的格律》。我觉得这对写小说没有坏处。特别是民间文学，那真是一个宝库。我甚至可以武断地说，不读一点民歌和民间故事，是不能成为一个好小说家的。

我这个两栖类，这个"杂家"有点什么经验？一个是要尊重、热爱祖国的文学艺术传统；一个是兼收并蓄，兴趣更广泛一些，知识更丰富一些。

我希望有更多的两栖类，希望诗人、小说家都来写写戏曲。

谈读杂书

　　我读书很杂，毫无系统，也没有目的。随手抓起一本书来就看。觉得没意思，就丢开。我看杂书所用的时间比看文学作品和评论的要多得多。常看的是有关节令风物民俗的，如《荆楚岁时记》《东京梦华录》。其次是方志、游记，如《岭表录异》《岭外代答》。讲草木虫鱼的书我也爱看，如法布尔的《昆虫记》，吴其濬的《植物名实图考》，陈淏子的《花镜》。讲正经学问的书，只要写得通达而不迂腐的也很好看，如《癸巳类稿》。《十驾斋养新录》差一点，其中一部分也挺好玩。我也爱读书论、画论。有些书无法归类，如《宋提刑洗冤录》，这是讲验尸的。有些书本身内容就很庞杂，如《梦溪笔谈》《容斋随笔》之类的书，只好笼统地称之为笔记了。

　　读杂书至少有以下几种好处：第一，这是很好的休息。泡一杯茶懒懒地靠在沙发里，看杂书一册，这比打扑克要舒服得多。第二，可以增长知识，认识世界。我从法布尔的书里知道知了原来是个聋子，从吴其濬的书里知道古诗里的葵就是湖南、四川人现在还吃的冬苋菜，实在非常高兴。第三，可以学习语言。杂书的文字都写得比较随便，比较自然，不是正襟危坐，刻意为文，但自有情致，而且接近口语。一个现代作家从古人学语言，与其苦读《昭明文选》、"唐宋八家"，不如多看杂书。这样较易融入自己的笔下。这是我的一点经验之谈。青年作家，不妨试试。第四，从杂书里可以悟出一些写小说、写散文的道理，尤其是书论和画论。包世臣《艺舟双楫》云："吴兴书笔，专用平顺，一点一画，一字一行，排次顶接而成。古帖字体，大小颇有相径庭者，如老翁携幼孙行，长短参差，而情意真挚，痛痒相关。吴兴书如市人入隘巷，鱼贯徐行，而争先竞后之色，人人见面，安能使上下左右空白有字哉！"他讲的是写字，写小说、散文不也正当如此吗？小说、散文的各部分，应该"情意真挚，痛痒相关"，这样才能做到"形散而神不散"。

沈从文和他的《边城》

　　《边城》是沈从文先生所写的唯一的一个中篇小说。说是中篇小说，是因为篇幅比较长，约有六万多字；还因它有一个有头有尾的故事，——沈先生的短篇小说有好些是没有什么故事的，如《牛》《三三》《八骏图》……都只是通过一点点小事，写人的感情、感觉、情绪。

　　《边城》的故事其实也很简单：茶峒山城一里外有一小溪，溪边有一弄渡船的老人。老人的女儿和一个兵有了私情，和那个兵一同死了，留下一个孤雏，名叫翠翠，老船夫和外孙女相依为命地生活着。茶峒城里有个在水码头上掌事的龙头大哥顺顺，顺顺有两个儿子，天保和傩送，两兄弟都爱上翠翠。翠翠爱二老傩送，不爱大老天保。大老天保在失望之下驾船往下游去，失事淹死；傩送因为哥哥的死在心里结了一个难解疙瘩，也驾船出外了。雷雨之夜，渡船老人死了，剩下翠翠一个人。傩送对翠翠的感情没有变，但是他一直没有回来。

就这样一个简单的故事，却写出了几个活生生的人物，写了一首将近七万字的长诗！

因为故事写得很美，写得真实，有人就认为真有那么一回事。有的华侨青年，读了《边城》，回国来很想到茶峒去看看，看看那个溪水、白塔、渡船，看看渡船老人的坟，看看翠翠曾在哪里吹竹管……

大概是看不到的。这故事是沈从文编出来的。

有没有一个翠翠？

有的。可她不是在茶峒的碧溪岨，是沪西县一个绒线铺的女孩子。

《湘行散记》里说：

> ……在十三个伙伴中我有两个极好的朋友。……其次是那个年纪顶轻的，名字就叫"雌右"。一个成衣人的独生子，为人伶俐勇敢，希有少见。……这小孩子年纪虽小，心可不小！同我们到县城街转了三次，就看中一个绒线铺的女孩子，问我借钱向那女孩子买了三次白棉线草鞋带子……那女孩子名叫"翠翠"，我写《边城》故事时，弄渡船的外孙女，明慧温柔

的品性，就从那绒线铺小女孩脱胎出来。[1]

她是沪西县的么？也不是。她是山东崂山的。

看了《湘行散记》，我很怕上了《灯》里那个青衣女子同样的当，把沈先生编的故事信以为真，特地上他家去核对一回，问他翠翠是不是绒线铺的女孩子。他的回答是："我们（他和夫人张兆和）上崂山去，在汽车里看到出殡的，一个女孩子打着幡。我说：这个我可以帮你写个小说。"幸亏他夫人补充了一句："翠翠的性格、形象，是绒线铺那个女孩子。"

沈先生还说："我平生只看过那么一条渡船，在棉花坡。"那么，碧溪岨的渡船是从棉花坡移过来的。棉花坡离碧溪岨不远，但总还有一个距离。

读到这里，你会立刻想起鲁迅所说的脸在那里，衣服在那里的那段有名的话。是的，作家酝酿人物形象和故事情节是一个很复杂的过程。一九五七年，沈先生曾经跟我说过："我们过去写小说都是真真假假的，哪有现在这样都是真事的呢。"有一个诗人很欣赏"真真假假"这句话，说是这说明了创作的规律，也说明了什么是浪漫主义。翠翠，《边城》，都是想象出来的。然而必须有丰

---

[1] 见《老伴》。

富的生活经验，积累了众多的印象，并加上作者的思想、感情和才能，才有可能想象得真实，以至把创作变得好像是报道。

沈从文善于写中国农村的少女。沈先生笔下的湘西少女不是一个，而是一串。

三三、夭夭、翠翠，她们是那样的相似，又是那样的不同。她们都很爱娇，但是各因身世不同，娇得不一样。三三生在小溪边的碾坊里，父亲早死，跟着母亲长大，除了碾坊自溪，足迹所到最远处只是在堡子里的总爷家。她虽然已经开始有了一个少女对于"人生"朦朦胧胧的神往，但究竟是个孩子，浑不解事，娇得有点痴。夭夭是个有钱的橘子园主人的幺姑娘，一家子都宠着她。她已经订了婚，未婚夫是个在城里读书的学生。她可以背了一个特别精致的背篓，到集市上去采购她所中意的东西，找高手银匠洗她的粗如手指的银链子。她能和地方上的小军官从容说话。她是个"黑里俏"，性格明朗豁达，口角伶俐。她很娇，娇中带点野。翠翠是个无父无母的孤雏，她也娇，但是娇得乖极了。

用文笔描绘少女的外形，是笨人干的事。沈从文画少女，主要是画她的神情，并把她安置在一个颜色美丽的背景上，一些动人的声音当中。

……为了住处两山多竹篁，翠色逼人而来，老船夫随便给这个可怜的孤雏，拾取了一个近身的名字，叫作翠翠。

　　翠翠在风日里长养着，把皮肤变得黑黑的，触目为青山绿水，一对眸子清明如水晶，自然既长养她且教育她。为人天真活泼，处处俨然如一只小兽物。人又那么乖，和山头黄麂一样，从不想到残忍事情，从不发愁，从不动气。平时在渡船上遇陌生人对她有所注意时，便把光光的眼睛瞅着那陌生人，做成随时都可举步逃入深山的神气，但明白了面前的人无机心后，就又从从容容来完成任务了。

　　风日清和的天气，无人过渡，镇日长闲，祖父同翠翠便坐在门前大岩石上晒太阳；或把一段木头从高处向水中抛去，嗾使身边黄狗从岩石高处跃下，把木头衔回来；或翠翠与黄狗皆张着耳朵，听祖父说些城中多年以前的战争故事；或祖父同翠翠两人，各把小竹做成的竖笛，逗在嘴边吹着迎亲送女的曲子，过渡人来了，老船夫放下了竹管，独自跟到船边去横溪渡人。在岩上的一个，见船开动时，于是锐声喊着：

"爷爷，爷爷，你听我吹，你唱！"

爷爷到溪中央于是很快乐地唱起来，哑哑的声音，振荡寂静的空气里，溪中仿佛也热闹了些。实则歌声的来复，反而使一切更加寂静。

篁竹、山水、笛声，都是翠翠的一部分。它们共同在你们心里造成这女孩子美的印象。

翠翠的美，美在她的性格。

《边城》是写爱情的，写中国农村的爱情，写一个刚刚进入青春期的农村女孩子的爱情。这种爱是那样的纯粹，那样不俗，那样像空气里小花、青草的香气，像风送来的小溪流水的声音，若有若无，不可捉摸，然而又是那样的实实在在，那样的真。这样的爱情叫人想起古人说得很好，但不大为人所理解的一句话：思无邪。

沈从文的小说往往是用季节的颜色、声音来计算时间的。

翠翠的爱情的发展是跟几个端午节连在一起的。

翠翠十五岁了。

端午节又快到了。

传来了龙船下水预习的鼓声。

蓬蓬鼓声掠水越山到了渡夫那里时，最先注意到的是那只黄狗。那黄狗汪汪地吠着，受了惊似的绕屋乱走；有人过渡时，便随船渡过河东岸去，且跑到那小山头向城里一方面大吠。

翠翠正坐在门外大石上用棕叶编蚱蜢、蜈蚣玩，见黄狗先在太阳下睡着，忽然醒来便发疯似的乱跑，过了河又回来，就问它骂它：

"狗、狗，你做什么！不许这样子！"

"可是一会儿那远处声音被她发现了，她于是也绕屋跑着，并且同黄狗一块儿渡过了小溪，站在小山头听了许久，让那点迷人的鼓声，把自己带到一个过去的节日里去。"两年前的一个节日里去。

作者这里用了倒叙。

两年前，翠翠才十三岁。

这一年的端午，翠翠是难忘的。因为她遇见了傩送。

翠翠还不大懂事。她和爷爷一同到茶峒城里去看龙船，爷爷走开了，天快黑了，看龙船的人都回家了，翠翠一个人等爷爷，傩送见了她，把她还当一个孩子，很关心地对她说了几句话，翠翠还误会了，骂了人家一句："你个悖时砍脑壳的！"及至傩送好心派人打火把送她回去，她才知道刚才那人就是出名的傩送二老，"记起自己先前骂人那句话，心里又吃惊又害羞，再也不说什么，默默地随了那火把走了"。到了家，"另外一件事，属于自己不关祖父的，却使翠翠沉默了一个夜晚"。这写得非常含蓄。

翠翠过了两个中秋，两个新年，但"总不如那个端午所经过的事甜而美"。

十五岁的端午不是翠翠所要的那个端午。"从祖父和那长年谈话里，翠翠听明白了二老是在下游六百里外沅水中部青浪滩过端午的。"未及见二老，倒见到大老天保。大老还送他们一只鸭子。回家时，祖父说："顺顺真是好人，大方得很。大老也很好。这一家人都好！"翠翠说："一家人都好，你认识他们一家人吗？"祖父不明白这句话的意思所在，聪明的读者是明白的。路上祖父说了假如大老请人来做媒的笑话，"翠翠着了恼，把火炬向路两旁乱晃着，向前快快地走去了"。

"翠翠，莫闹，我摔到河里去了，鸭子会走脱的！"

"谁也不稀罕那只鸭子！"

翠翠向前走去，忽然停住了发闷：

"爷爷，你的船是不是正在下青浪滩呢？"

这一句没头没脑的问话，说出了这女孩子的心正在飞向什么所在。

端午又来了。翠翠长大了，十六了。

翠翠和爷爷到城里看龙船。

　　未走之前，先有许多曲折。祖父和翠翠在三天前业已预先约好，祖父守船，翠翠同黄狗过顺顺吊脚楼去看热闹。翠翠先不答应，后来答应了。但过了一天，翠翠又翻悔，以为要看两人去看，要守船两人守船。初五大早，祖父上城买办过节的东西。翠翠独自在家，看看过渡的女孩子，唱唱歌，心上浸入了一丝儿凄凉。远处鼓声起来了，她知道绘有朱红长线的龙船这时节已下河了。细雨下个不止，溪面一片烟。将近吃早饭时节，祖父回来了，办了节货，却因为到处请人喝酒，被顺顺把个酒葫芦扣下了。正像翠翠所预料的那样，酒葫芦有人送回来了。送葫芦回来的是二老。二老向翠翠说："翠翠，吃了饭，和你爷爷到我家吊脚楼上去看划船吧？"翠翠不明白这陌生人的好意，不懂得为什么一定要到他家中去看船，抿着小嘴笑笑。到了那里，祖父离开去看一个水碾子。翠翠看见二老头上包着红布，在龙船上指挥，心中便印着两年前的旧事。黄狗不见了，翠翠便离了座位，各处去寻她的黄狗。在人丛中却听到两个不相干的妇人谈话。谈的是寨子上王乡绅想把女儿嫁给二老，用水碾子作陪嫁。二老喜欢一个撑渡船的。翠翠脸发火烧。二老船过吊脚楼，失足落水，爬起来上岸，一见翠翠就说："翠翠，你来了，爷爷也来了吗？"翠翠脸还发烧，不便作声，心想："黄狗跑到什么地方去了呢？"二老又说："怎不到我家楼上去看呢？我已经要人替你弄了个好位子。"翠翠心想："碾坊陪嫁，稀奇事情咧。"翠翠到河下时，小小心腔中充满一种说不分明的东西。翠翠锐声叫黄狗，黄狗扑下水中，向翠翠方面泅来。到身边时，身上全是水。翠翠说："得了，狗，装什么疯！你又不翻船，谁要你落水呢？"爷爷来了，说了点疯话。爷爷说："二老捉得鸭子，一定又会送给我们的。"话不及说完，二老来了，站在翠翠面前微微笑着。翠翠也不由不抿着嘴微笑着。

顺顺派媒人来为大老天保提亲。祖父说得问问翠翠。祖父叫翠翠，翠翠拿了一簸箕豌豆上了船。"翠翠，翠翠，先前那个人来做什么，你知道不知道？"翠翠说："我不知道。"说后脸同脖颈全红了。翠翠弄明白了，人来做媒的是大老！不曾把头抬起，心忡忡地跳着，脸烧得厉害，仍然剥她的豌豆，且随手把空豆荚抛到水中去，望着它们在流水中从从容容流去，自己也俨然从容了许多。又一次，祖父说了个笑话，说大老请保山来提亲，翠翠那神气不愿意；假若那个人还有个兄弟，想来为翠翠唱歌，攀交情，翠翠将怎么说。翠翠吃了一惊，勉强笑着，轻轻地带点恳求的神气说："爷爷，莫说这个笑话吧。"翠翠说："看天上的月亮,那么大!"说着出了屋外,便在那一派清光的露天中站定。

……

有个女同志,过去很少看过沈从文的小说,看了《边城》提出了一个问题:"他怎么能把女孩子的心捉摸得那么透,把一些细微曲折的地方都写出来了?这些东西我们都是有过的,——沈从文是个男的。"我想了想,只好说:"曹雪芹也是个男的。"

沈先生在给我们上创作课的时候,经常说的一句话,是:"要贴到人物来写。"他还说:"要滚到里面去写。"他的话不太好懂。他的意思是说:笔要紧紧地靠近人物的感情、情绪,不要游离开,不要置身在人物之外。要和人物同呼吸,共哀乐,拿起笔来以后,要随时和人物生活在一起,除了人物,什么都不想,用志不分,一心一意。

首先要有一颗仁者之心,爱人物,爱这些女孩子,才能体会到她们的许多飘飘忽忽的,跳动的心事。

祖父也写得很好。这是一个古朴、正直、本分、尽职的老人。某些地方,特别是为孙女的事进行打听、试探的时候,又有几分狡猾,狡猾中仍带着妩媚。主要的还是写了老人对这个孤雏的怜爱,一颗随时为翠翠而跳动的心。

黄狗也写得很好。这条狗是这一家的成员之一,它参与了他们的全部生活，全部的命运。一条懂事的、通人性的狗。——沈从文非常善于写动物，写牛、写小猪、写鸡，写这些农村中常见的，和人一同生活的动物。

大老、二老、顺顺都是侧面写的，笔墨不多，也都给人留下颇深的印象。包括那个杨马兵、毛伙，一个是一个。

沈从文不是一个雕塑家，他是一个画家。一个风景画的大师。他画的不是油画，是中国的彩墨画，笔致疏朗，着色明丽。

沈先生的小说中有很多篇描写湘西风景的，各不相同。《边城》写酉水：

> 那条河水便是历史上知名的酉水，新名字叫作白河。白河下游到辰州与沅水汇流后，便略显浑浊，有出山泉水的意思。靠溯流而上，则三丈五丈的深潭，清澈见底。深潭中为白日所映照，河底小的石子，有花纹的玛瑙石子，全看得明明白白。水中游鱼来去，全如浮在空气里。两岸多高山，山中多可以造纸的细竹，长年作深翠颜色，逼人眼目。近水人家多在桃杏花里。春天时只需注意，凡有桃花处必有人

家，凡有人家处必可沽酒。夏天则晾晒在日光下耀目的紫花布衣裤，可以作为人家所在的旗帜。秋冬来时，酉水中游如王村、岔菜、保靖、里邪和许多无名山村，人家房屋在悬岩上的，滨水面的，无不朗然入目。黄泥的墙，乌黑的瓦，位置却那么妥帖，且与四周环境极其调和，使人迎面得到的印象，实在非常愉快。

描写风景，是中国文学的一个悠久传统。晋宋时期形成山水诗。吴均的《与宋元思书》是写江南风景的名著。柳宗元的《永州八记》，苏东坡、王安石的许多游记，明代的袁氏兄弟、张岱，这些写风景的高手，都是会对沈先生有启发的。就中沈先生最为钦佩的，据我所知，是郦道元的《水经注》。

古人的记叙虽可资借鉴，主要还得靠本人亲自去感受，养成对于形体、颜色、声音，乃至气味的敏感，并有一种特殊的记忆力，能把各种印象保存在记忆里，要用时即可移到纸上。沈先生从小就爱各处去看、去听、去闻嗅。"我的心总得为一种新鲜声音、新鲜颜色、新鲜气味而跳。"（《从文自传》）

雨后放晴的天气，日头炙到人肩上、背上已有了点力量。溪边芦苇水杨柳，菜园中菜蔬，莫不繁荣滋茂，带着一种有野性的生气。草丛里绿色蚱蜢各处飞着，翅膀搏动空气时喁喁作声。枝头新蝉声音虽不成腔，却也渐渐宏大。两山深翠逼人的竹篁中，有黄鸟和竹雀、杜鹃交递鸣叫。翠翠感觉着，望着，听着，同时也思索着……

这是夏季的白天。

月光如银子，无处不可照及，山上竹篁在月光下变成一片黑色。身边草丛中虫声繁密如落雨，间或不知从什么地方，忽然会有一只草莺"嗤嗤嗤嗤嘘！"转着它的喉咙，不久之间，这小鸟儿又好像明白这是半夜，不应当那么吵闹，便仍然闭着那小小眼儿安睡了。

这是夏天的夜。

小饭店门前长案上常有煎得焦黄的鲤鱼豆

腐，身上装饰了红辣椒丝，卧在浅口钵头里，钵旁大竹筒中插着大把朱红筷子……

这是多么热烈的颜色！

到了卖杂货的铺子里，有大把的粉条，大缸的白糖，有炮仗，有红蜡烛，莫不给翠翠一种很深的印象，回到祖父身边，总把这些东西说个半天。

粉条、白糖、炮仗、蜡烛，这都是极其常见的东西，然而它们配搭在一起，是一幅对比鲜明的画。

天已经快夜，别的雀子似乎都休息了，只杜鹃叫个不息，石头泥土为白日晒了一整天，草木为白日晒了一整天，到这时节各放散出一种热气。空气中有泥土气味，有草木气味，还有各种甲虫类气味。翠翠看着天上的红云，听着渡口飘来乡生意人的杂乱声音，心中有些儿薄薄的凄凉。

甲虫气味大概还没有哪个诗人在作品里描写过！

曾经有人说沈从文是个文体家。

沈先生曾有意识地试验过各种文体。《月下小景》叙事重复铺张，有意模仿六朝翻译的佛经，语言也多四字为句，近似偈语。《神巫之爱》的对话让人想起《圣经》的《雅歌》和萨孚的情诗。他还曾用骈文写过一个故事。其他小说中也常有骈偶的句子，如"凡有桃花处必有人家，凡有人家处必可沽酒"，"地方像茶馆却不卖茶，不是烟馆却可以抽烟"。但是通常所用的是他的"沈从文体"。这种"沈从文体"用它自己的话，就是"充满泥土气息"和"文白杂糅"[1]。他的语言有一些是湘西话，还有他个人的口头语，如"即刻"、"照例"之类。他的语言里有相当多的文言成分——文言的词汇和文言的句法。问题是他把家乡话与普通话，文言和口语配置在一起，十分调和，毫不"硌生"，这样就形成了沈从文自己的特殊文体。他的语言是从多方面吸取的。间或有一些当时的作家都难免的欧化的句子，如"……的我"，但极少。大部分语言是具有民族特点的。就中写人叙事简洁处，受《史记》《世说新语》的影响不少。他的语言是朴实的，朴实而有情致；

---

[1] 见一九五七年出版《沈从文小说选集》题记。

流畅的，流畅而清晰。这种朴实，来自于雕琢；这种流畅，来自于推敲。他很注意语言的节奏感，注意色彩，也注意声音。他从来不用生造的，谁也不懂的形容词之类，用的是人人能懂的普通词汇。但是常能对于普通词汇赋予新的意义。比如《边城》里两次写翠翠拉船，所用字眼不同。一次是：

> 有时过渡的是从川东过茶峒的小牛，是羊群，是新娘子的花轿，翠翠必争着作渡船夫，站在船头，懒懒的攀引缆索，让船缓缓的过去。

又一次是：

> 翠翠斜睨了客人一眼，见客人正盯着她，便把脸背过去，抿着嘴儿，不声不响，很自负的拉着那条横缆。

"懒懒的"，"很自负的"都是很平常的字眼，但是没有人这样用过，用在这里，就成了未经人道语了。尤其是"很自负的"。你要知道，这"客人"不是别个，是傩送二老呀，于是"很自负的"，就有了很多很深的意思。

这个词用在这里真是最准确不过了！

沈先生对我们说过语言的唯一标准是准确（契诃夫也说过类似的意思）。所谓"准确"，就是要去找，去选择，去比较。也许你相信这是"妙手偶得之"，但是我更相信这是"众里寻他千百度，蓦然回首，那人却在灯火阑珊处"。

《边城》不到七万字，可是整整写了半年。这不是得来全不费功夫。沈先生常说：人做事要耐烦。沈从文很会写对话。他的对话都没有什么深文大义，也不追求所谓"性格化的语言"，只是极普通的说话。然而写得如闻其声，如见其人。比如端午之前，翠翠和祖父商量谁去看龙船：

> 见祖父不再说话，翠翠就说："我走了，谁陪你？"
>
> 祖父说："你走了，船陪我。"
>
> 翠翠把一对眉毛皱拢去苦笑着，"船陪你，嗨，嗨，船陪你。爷爷，你真是，只有这只宝贝船！"

比如黄昏来时，翠翠心中无端地有些薄薄的凄凉，一个人胡思乱想，想到自己下桃源县过洞庭湖，爷爷要拿把刀放在包袱里，搭下水船去杀了她！她被自己的胡想吓怕起来了。心直跳，就锐声喊她的祖父：

"爷爷，爷爷，你把船拉回来呀！"

请求了祖父两次，祖父还不回来。她又叫：

"爷爷，为什么不上来？我要你！"

有人说沈从文的小说不讲结构。

沈先生的某些早期小说诚然有失之散漫冗长的。《惠明》就相当散，最散的大概要算《泥涂》。但是后来的大部分小说是很讲结构的。他说他有些小说是为了教学需要而写的，为了给学生示范，"用不同方法处理不同问题"。这"不同方法"包括或极少用对话，或全篇都用对话（如《若墨医生》）等等，也指不同的结构方法。他常把他的小说改来改去，改的也往往是结构。他曾经干过一件事，把写好的小说剪成一条一条的，重新拼合，看看什么样的结构最好。他不大用"结构"这个词，常用的是"组织"、"安排"，怎样把材料组织好，安排位置得更妥帖。他对结构的要求是："匀称"。这是比表面的整齐更为内在的东西。一个作家在写一局部时要顾及整体，随时意识到这种匀称感。正如一棵树，一个枝子，一片叶子，这样长，那样长，都是必需的，有道理的。否则就如一束绢花，虽有颜色，终少生气。《边城》的结构是很讲究的，是完美地实现了沈先生所要求的匀称的，不长不短，恰到好处，不能增减一分。

有人说《边城》像一个长卷。其实像一套二十一开的册页，每一节都自成首尾，而又一气贯注。——更像长卷的是《长河》。

沈先生很注意开头，尤其注意结尾。

他的小说的开头是各式各样的。

《边城》的开头取了讲故事的方式：

由四川过湖南去，靠东有一条官路，这官路将近湘西边境，到了一个地方名叫"茶峒"的小山城时，有一小溪，溪边有座白色小塔，塔下住了一户单独的人家。这人家只一个老人，一个女孩子，一只黄狗。

这样的开头很朴素，很平易亲切，而且一下子就带起全文牧歌一样的意境。

汤显祖评董解元《西厢记》，论及戏曲的收尾，说"尾"有两种，一种是"度尾"，一种是"煞尾"。"度尾"如画舫笙歌，从远地来，过近地，又向远地去；"煞尾"如骏马收缰，忽然停住，寸步不移，他说得很好。收尾不外这两种。《边城》各章的收尾，两种兼见。

> 翠翠正坐在门外大石上用棕叶编蚱蜢、蜈蚣玩，见黄狗先在太阳下睡觉，忽然醒来便发疯似的乱跑，过了河又回来，就问它骂它：
>
> "狗，狗，你做什么！不许这样子！"
>
> 可是一会儿那远处声音被她发现了，于是也绕屋跑着，并且同黄狗一块儿渡过了小溪，站在小山头听了许久，让那点迷人的鼓声，把自己带到一个过去的节日里去。

这是"度尾"。

> ……翠翠感觉着，望着，听着，同时也思索着：
>
> "爷爷今年七十岁……三年六个月的

歌——谁送那只白鸭子呢？……得碾子的好运气，碾子得谁更是好运气……"

痴着，忽地站起，半簸箕豌豆便倾倒到水中去了。伸手把那簸箕从水中捞起时，隔溪有人喊过渡。

这是"煞尾"。
全文的最后，更是一个精彩的结尾：

到了冬天，那个圮坍了的白塔，又重新修好了。那个在月下歌唱，使翠翠在睡梦里为歌声把灵魂轻轻浮起的年青人，还不曾回到茶峒来。

这个人也许永远不回来了，也许明天回来。

七万字一齐收在这一句话上。故事完了，读者还要想半天。你会随小说里的人物对远人做无边的思念，随她一同盼望着，热情而迫切。

我有一次在沈先生家谈起他的小说的结尾都很好，他笑眯眯地说："我很会结尾。"

三十年来，作为作家的沈从文很少被人提起（这些年他以一个文物专家的资格在文化界占一席位），不过也还有少数人在读他的小说。有一个很有才华的小说家对沈先生的小说存着偏爱。他今年春节，温读了沈先生的小说，一边思索着一个问题：什么是艺术生命？他的意思是说：为什么沈先生的作品现在还有蓬勃的生命？我对这个问题也想了几天，最后还是从沈先生的小说里找到了答案，那就是《长河》里的天天所说的："好看的应该长远存在。"

现在，似乎沈先生的小说又受到了重视。出版社要出版沈先生的选集，不止一个大学的文学系开始研究沈从文了。这是好事。这是"百花齐放"的一种体现。这对推动创作的繁荣是有好处的。我想。

沈从文的寂寞

——浅谈他的散文

一九八一年湖南人民出版社出了沈先生的散文选。选集中所收文章，除了一篇《一个传奇的故事》、一篇《张八寨二十分钟》，其余的《从文自传》《湘行散记》《湘西》，都是三十年代写的。沈先生写这些文章时才三十几岁，相隔已经半个世纪了。我说这些话，只是点明一下时间，并没有太多感慨。四十年前，我和沈先生到一个图书馆去，站在一架一架的图书面前，沈先生说："看到有那么多人写了那么多书，我真是什么也不想写了！"古往今来，那么多人写了那么多书，书的命运，盈虚消长，起落兴衰，有多少道理可说呢。不过一个人被遗忘了多年，现在忽然又来出他的书，总叫人不能不想起一些问题。这有什么历史的和现实的意义？这对于今天的读者——主要是青年读者的品德教育、美感教育和语言文字的教育有没有作用？作用有多大？……

这些问题应该由评论家、文学史家来回答。我不想回答，也回答不了。我是沈先生的学生，却不是他的研究者（已经有几位他的研究者写出了很好的论文）。我只能谈谈读了他的散文后的印象。当然是很粗浅的。

文如其人。有几篇谈沈先生的文章都把他的人品和作品联系起来。朱光潜先生在《花城》上发表的短文就是这样。这是一篇好文章。其中说到沈先生是寂寞的，尤为知言。我现在也只能用这种办法。沈先生用手中一支笔写了一生，也用这支笔写了他自己。他本人就像一个作品，一篇他自己所写的作品那样的作品。

我觉得沈先生是一个热情的爱国主义者，一个不老的抒情诗人，一个顽强的不知疲倦的语言文字的工艺大师。

这真是一个少见的热爱家乡，热爱土地的人。他经常来往的是家乡人，说的是家乡话，谈的是家乡的人和事。他不止一次和我谈起棉花坡的渡船，谈起枫树坳，秋天，满城飘舞着枫叶。一九八一年他回凤凰一次，带着他的夫人和友人看了他的小说里所写过的景物，都看到了，水车和石碾子也终于看到了，没有看到的只是那个大型榨油坊。七十九岁的老人，说起这些，还像一个孩子。他记得的那样多，知道的那样多，想过的那样多，写了的那样多，这真是少有的事。他自己说他最满意的小说是写一条延长千里的沅水边上的人和事的。选集中的散文更全部是写湘西的。这在中国的作家里不多，在外国的作家里也不多。

这些作品都是有所为而作的。

沈先生非常善于写风景。他写风景是有目的的。正如他自己所说：

> 一首诗或者仅仅二十八个字，一幅画大小不过一方尺，留给后人的印象，却永远是清新壮丽，增加人对于祖国大好河山的感情。（《张八寨二十分钟》）

风景不殊，时间流动。沈先生常在水边，逝者如斯，他经常提到的一个名词是"历史"。他想的是这块土地，这个民族的过去和未来。他的散文不是晋人的山水诗，不是要引人消沉出世，而是要人振作进取。

读沈先生的作品常令人想起鲁迅的作品，想起《故乡》《社戏》。（沈先生最初拿笔，就是受了鲁迅以农村回忆为题材的小说的影响，思想上也必然受其影响。）他们所写的都是一个贫穷而衰弱的农村。地方是很美的，人民勤劳而朴素，他们的心灵也是那样高尚美好，然而却在一种无望的情况中辛苦麻木地生活着。鲁迅的心是悲凉的。他的小说就混合着美丽与悲凉。湘西地方偏僻，被一种更为愚昧的势力以更为野蛮的方式统治着。那里的生活是"怕人"的，所出的事情简直是离奇的。一个从这种生活里过来的青年人，跑到大城市里，接受了"五四"以来的民主思想，转过头来再看看那里的生活，不能不感到痛苦。《新与旧》里表现了这种痛苦，《菜园》里表现了这种痛苦，《丈夫》《贵生》里也表现了这种痛苦，他的散文也到处流露了这种痛苦。土著军阀随便地杀人，一杀就是两三千。刑名师爷随便地用红笔勒那么一笔，又急忙提着长衫，拿着白铜水烟袋跑到高坡上去欣赏这种不雅观的游戏。卖菜的周家小妹被一个团长抢去了。"小婊子"嫁了个老烟鬼。一个矿工的女儿，十三岁就被驻防军排长看中，出了两块钱引诱破了身，最后咽了三钱烟膏，死掉了。……说起这些，能不叫人痛苦？这都是谁的责任？"浦市地方屠户也那么瘦了，是谁的责任？"——这问题看似提得可笑，实可悲。便是这种诙谐语气，也是从一种无可奈何的痛苦心境中发出的。这是一种控诉。在小说里，因为要"把道理包含在现象中"，控诉是无言的。在散文中有时就明明白白地说了出来。"读书人的同情，专家的调查，对这种人有什么用？若不能在调查和同情以外有一个'办法'，这种人总永远用血和泪在同样情形中打发日子。地狱俨然就是为他们而设的。他们的生活，正说明'生命'在无知与穷困包围中必然的种种。"（《辰溪的煤》）沈先生是一个不习惯于大喊大叫的人，但这样的控诉实不能说是十分"温柔敦厚"。不知道为什么他的这些话很少有人注意。

沈从文不是一个悲观主义者。个人得失事小，国家前途事大。他曾经明确提出："民族兴衰，事在人为。"就在那样黑暗腐朽（用他的说法是"腐烂"）的时候，他也没有丧失信心。他总是想激发青年的自尊心和自信心。"在事业上有以自现，在学术上有以自立。"他最反对愤世嫉俗，玩世不恭。在昆明，他就跟我说过："千万不要冷嘲。"一九四六年，我到上海，失业，曾想过要自杀，他写了一封长信把我大骂了一通，说我没出息。信中又提到"千万不要冷嘲"。他在《〈长河〉题记》中说："横在我们面前的许多事都使人痛苦，可是却不用悲观。社会还正在变化中，骤然而来的风风雨雨，说不定把许多人的高尚理想，卷扫摧残，弄得无踪无迹，然而一个人对于人类前途的热忱，和工作的虔敬态度，是应当永远存在，且必然能给后来者以极大鼓励的！"事情真奇怪，沈先生这些话是一九四二年说的，听起来却好像是针对"文化大革命"而说的。我们都经过那十年"痛苦怕人"的生活，国家暂时还有许多困难，有许多问题待解决。有一些青年，包括一些青年作家，不免产生冷嘲情绪，觉得世事一无可取，也一无可为。你们是不是可以听听一个老作家四十年前所说的这些很迂执的话呢？

我说这些话好像有点岔了题。不过也还不是离题万里。我的目的只是想说说沈先生的以民族兴亡为己任的爱国热情。

沈先生关心的是人，人的变化，人的前途。他几次提家乡人的品德性格被一种"大力"所扭曲、压扁。"去乡已十八年，一入辰河流域，什么都不同了。表面上看来，事事物物自然都有了极大进步，试仔细注意注意，便见出在变化中的一种堕落趋势。最明显的事，即农村社会所保有那点正直朴素的人情美，几乎快要消失无余，代替而来的却是近二十年实际社会培养成功的一种唯实唯利的庸俗人生观。敬鬼神畏天命的迷信固然已经被常识所摧毁，然而做人时的义利取舍是非辨别也随同泯没了。"（《〈长河〉题记》）他并没有想把时间拉回去，回到封建宗法社会，归真返璞。他明白，那是不可能的。他只是希望能在一种新的条件下，使民族的热情、品德，那点正直朴素的人情美能够得到新的发展。他在回忆了划龙船的美丽情景后，想到："我们用什么方法，就可使这些人心中感觉一种对'明天'的'惶恐'，且放弃过去对自然的和平态度，重新来一股劲儿，用划龙船的精神活下去？这些人在娱乐上的狂热，就证明这种狂热能换个方向，就可使他们还配在世界上占据一片土地，活得更愉快更长久一些。不过有什么方法，可以改造这些人的狂热到一件新的竞争方面去，可是个费思索的问题。"（《箱子岩》）

"希望到这个地面上，还有一群精悍结实的青年，来驾驭钢铁征服自然，这责任应当归谁？"——"一时自然不会得到任何结论。"他希望青年人能活得"庄严一点，合理一点"，这当然也只是"近乎荒唐的理想"。不过他总是希望着。

他把希望寄托在几个明慧温柔，天真纯粹的小儿女身上。寄托在翠翠身上，寄托在《长河》里的三姊妹身上，也寄托在"一个多情水手与一个多情妇人"身上。——这是一篇写得很美的散文。牛保和那个不知名字的妇人的爱，是一种不正常的爱（这种不正常不该由他们负责），然而是一种非常淳朴真挚，非常美的爱。这种爱里闪耀着一种悠久的民族品德的光。沈先生在《〈长河〉题记》中说："在《边城》题记上，曾提起一个问题，即拟将'过去'和'当前'对照，所谓民族品德的消失与重造，可能从什么地方着手。《边城》中人物的正直和热情，虽然已经成为过去陈迹了，应当还保留些本质在年轻人的血里或梦里，相宜环境中，即可重新燃起年轻人的自尊心和自信心。"提起《边城》和沈先生的许多其他作品，人们往往愿意和"牧歌"这个词联在一起。这有一半是误解。沈先生的文章有一点牧歌的调子。所写的多涉及自然美和爱情，这也有点近似牧歌。但就本质来说，和中世纪的田园诗不是一回事，不是那样恬静无为。有人说《边城》写的是一个世外桃源，更全部是误解（沈先生在《桃源与沅州》中就把来到桃源县访幽探胜的"风雅"人狠狠地嘲笑了一下）。《边城》（和沈先生的其他作品）不是挽歌，而是希望之歌。民族品德会回来么？

这个人也许永远不回来了，也许明天回来！

回来了！你看看张八寨那个弄船女孩子！

令我显得慌张的，并不是渡船的摇动，却是那个站在船头，嘱咐我不必慌张，自己却从从容容在那里当家做事的弄船女孩子。我们似乎相熟又十分陌生。世界上就真有这种巧事，原来她比我二十四年写到的一个小说中人翠翠，虽晚生十来岁，目前所处环境却仿佛相同，同样在这么青山绿水中摆渡，青春生命在慢慢长成。不同处是社会变化大，见世面多，虽对人无机心，而对自己生存却充满信心。一种"从劳动中得到快乐增加幸福成功"的信心。这也正是一种新型的乡村女孩子共同的特征。目前一位有一点与众不同，只是所在背景环境。

沈先生的重造民族品德的思想，不知道为什么，多年来不被理解。"我作品能够在市场上流行，实际上近于买椟还珠，你们能欣赏我故事的清新，照例那作品背后蕴藏的热情却忽略了，你们能欣赏我文字的朴实，照例那作品背后隐伏的悲痛也忽略了。""寄意寒星荃不察"，沈先生不能不感到寂寞。他的散文里一再提到屈原，不是偶然的。

寂寞不是坏事。从某个意义上，可以说寂寞造就了沈从文。寂寞有助于深思，有助于想象。"我有自己的生活与思想，可以说是皆从孤独中得来的。我的教育，也是从孤独中得来的。"他的四十本小说，是在寂寞中完成的。他所希望的读者，也是"在多种事业里低头努力，很寂寞的从事于民族复兴大业的人"(《〈长河〉题记》)。安于寂寞是一种美德。寂寞的人是充实的。

寂寞是一种境界，一种很美的境界。沈先生笔下的湘西，总是那么安安静静的。边城是这样，长河是这样，鸭窠围、杨家岨也是这样。静中有动，静中有人。沈先生擅长用一些颜色、一些声音来描绘这种安静的诗境。在这方面，他在近代散文作家中可称圣手。

　　　黑夜占领了全个河面时，还可以看到木筏
上的火光，吊脚楼窗口的灯光，以及上岸下船在河岸大石间飘忽动人的火炬红光。这时节岸上船上都有人说话，吊脚楼上且有妇人在黯淡灯光下唱小曲的声音，每次唱完一支小曲时，就有人笑嚷。什么人家吊脚楼下有匹小羊叫，固执而且柔和的声音，使人听来觉得忧郁。

这些人房子窗口既一面临河，可以凭了窗口呼喊河下船中人，当船上人过了瘾，胡闹已够，下船时，或者尚有些事情嘱托，或者其他原因，一个晃着火炬停顿在大石间，一个便凭立在窗口，"大老你记着，船下行时又来！""好，我来的，我记着的。""你见了顺顺就说：'会呢，完了；孩子大牛呢，脚膝骨好了；细粉带三斤，冰糖或片糖带三斤。'""记得到，记得到，大娘你放心，我见了顺顺大爷就说：'会呢，完了。大牛呢，好了。细粉来三斤，冰糖来三斤。'""杨氏，杨氏，一共四吊七，莫错账！""是的，放心呵，你说四吊七就四吊七，年三十夜莫会多要你的！你自己记着就是了。"这样那样的说着，我一一都可听到，而且一面还可以听着在黑暗中某一处咩咩的羊鸣。(《鸭窠围的夜》)

真是如闻其声。这样的河上河下喊叫着的对话，我好像在别一处也曾听到过。这是一些多么平常琐碎的话呀，然而这就是人世的生活。那只小羊固执而柔和地叫着，使沈先生不能忘记，也使我多年不能忘记，并且如沈先生常说的，一想起就觉得心里"很软"。

　　不多久，许多木筏皆离岸了，许多下行船也拔了锚，推开篷，着手荡桨摇橹了。我卧在船舱中，就只听到水面人语声，以及橹桨激水声，与橹桨本身被扳动时咿咿哑哑声。河岸吊脚楼上妇人在晓气迷濛中锐声的喊人，正如同音乐中的笙管一样，超越众声而上。河面杂声的综合，交织了庄严与流动，一切真是一个圣境。

　　岸上吊脚楼前枯树边，正有两个妇人，穿了毛蓝布衣服，不知商量些什么，幽幽的说着话。这里雪已极少，山头皆裸露作深棕色，远山则为深紫色。地方静得很，河边无一只船，无一个人，一堆柴。只不知河边某一个大石后面有人正在捶捣衣服，一下一下的捣。对河也有人说话，却看不清楚人在何处。(《一个多情水手与一个多情妇人》)

"空山不见人，但闻人语响"，"竹喧归浣女，莲动下渔舟"，静中有动，以动为静，这是中国文学的一个长久的传统。但是这种境界只有一个摆脱浮世的营扰，习惯于寂寞的人方能于静观中得之。齐白石题画云："白石老人心闲气静时一挥"，寂寞安静，是艺术创作所必需的气质。一个热衷于利禄，心气浮躁的人，是不能接近自然，也不能接近生活的。沈先生"习静"的方法是写字。在昆明，有一阵，他常常用毛笔在竹纸书写的两句诗是"绿树连村暗，黄花入麦稀"。我就是从他常常书写的这两句诗（当然不止这两句）里解悟到应该怎样用少量文字描写一种安静而活泼，充满生气的"人境"的。

　　我就是不想明白道理却永远为现象所倾心的人。我看一切，却并不把那个社会价值掺加进去，估定我的爱憎。我不愿问价钱上的多少来为万物做一个好坏批评，却愿意考查他在我官觉上使我愉快不愉快的分量。我永远不厌倦的是"看"一切。宇宙万汇在动作中，在静止中，在我印象里，我都能抓定它的最美丽与最调和的风度，但我的爱好显然却不能同一般目的相合。我不明白一切同人类生活相联结时的美恶，另外一句话来说，就是我不大领会伦

理的美。接近人生时我永远是个艺术家的感情，却不是所谓道德君子的感情。(《从文自传·女难》)

沈先生五十年前所做的这个"自我鉴定"是相当准确的。他的这种诗人气质，从小就有，至今不衰。

《从文自传》是一本奇特的书。这本书可以从各种角度去看。你可以看到从辛亥革命到"五四"湘西一隅的怕人生活，了解一点中国历史；可以看到一个人"生活陷于完全绝望中，还能充满勇气与信心始终坚持工作，他的动力来源何在"，从而增加一点自己对生活的勇气与信心。沈先生自己说这是一本"顽童自传"。我对这本书特别感兴趣，是因为这是一本培养作家的教科书，它告诉我人是怎样成为诗人的。一个人能不能成为一个作家，童年生活是起决定作用的。首先要对生活充满兴趣，充满好奇心，什么都想看看。要到处看，到处听，到处闻嗅，一颗心"永远为一种新鲜颜色、新鲜声音、新鲜气味而跳"，要用感官去"吃"各种印象。要会看，看得仔细，看得清楚，抓得住生活中"最美的风度"；看了，还得温习，记着，回想起来还异常明朗，要用时即可方便地移到纸上。什么都去看看，要在平平常常的生活里看到它的美，它的诗意，它的亚细亚式残酷和愚昧。比如，熔铁，这有什么看头呢？然而沈先生却把这过程写了好长一段，写得那样生动！一个打豆腐的，因为一件荒唐的爱情要被杀头，临刑前柔弱地笑笑，"我记得这个微笑，十余年来在我印象中还异常明朗"（《清乡所见》）。沈先生的这本《自传》中记录了很多他从生活中得到的美的深刻印象和经验。一个人的艺术感觉就是这样从小锻炼出来的。有一本书叫作《爱的教育》，沈先生这本书实可称为一本"美的教育"。我就是从这本薄薄的小书里学到很多东西，比读了几十本文艺理论书还有用。

沈先生是个感情丰富的人，非常容易动情，非常容易受感动（一个艺术家若不比常人更为善感，是不成的）。他对生活，对人，对祖国的山河草木都充满感情，对什么都爱着，用一颗蔼然仁者之心爱着。

> 山头一抹淡淡的午后阳光感动我，水底各色圆如棋子的石头也感动我。我心中似乎毫无渣滓，透明烛照，对万汇百物，对拉船人与小小船只，一切都那么爱着，十分温暖的爱着！
> （一九三四年一月十八日）

因为充满感情，才使《湘行散记》和《湘西》流溢着动人的光彩。这里有些篇章可以说是游记，或报告文学，但不同于一般的游记或报告文学，它不是那样冷静，那样客观。有些篇，单看题目，如《常德的船》《沅陵的人》，尤其是《辰溪的煤》，真不知道这会是一些多么枯燥无味的东西，然而你看下去，你就会发现，一点都不枯燥！它不同于许多报告文学，是因为作者生于斯，长于斯，在这里生活过（而且是那样地生活过），它是凭作者自己的生活经验，凭亲历的第一手材料写的；不是凭采访调查材料写的。这里寄托了作者的哀戚、悲悯和希望，作者与这片地，这些人是血肉相关的，感情是深沉而真挚的，不像许多报告文学的感情是空而浅的，——尽管装饰了好多动情的词句。因为作者对生活熟悉且多情，故写来也极自如，毫无勉强，有时不厌其烦，使读者也不厌其烦；有时几笔带过，使读者悠然神往。

　　和抒情诗人气质相联系的，是沈先生还很富于幽默感。《一个爱惜鼻子的朋友》是一篇非常有趣的妙文。我每次看到"姓印的可算得是个球迷。任何人邀他去踢球。他皆高兴奉陪，球离他不管多远，他总得赶去踢那么一脚。每到星期天，军营中有人往沿河下游四里的教练营大操场同学兵玩球时，这个人也必参加热闹。大操场里极多牛粪，有一次同人争球，见牛粪也拼命一脚踢去，弄得另一个人全身一塌糊涂"，总难免失声大笑。这个人大概就是《自传》里提到的印鉴远。我好像见过这个人。黑黑、瘦瘦的，说话时爱往前探着头。而且无端地觉得他的脚背一定很高。细想想，大概是没有见过，我见过他的可能性极小。因为沈先生把他写得太生动，以至于使他在我印象里活起来了。沅陵的阙五老，是个多有风趣的妙人！沈先生的幽默是很含蓄蕴藉的。他并不存心逗笑，只是充满了对生活的情趣，觉得许多人，许多事都很好玩。只有一个心地善良，与人无忤，好脾气的人，才能有这种透明的幽默感。他是用微笑来看这个世界的，经常总是很温和地笑着，很少生气着急的时候。——当然也有。

仁者寿。因为这种抒情气质，从不大计较个人得失荣辱，沈先生才能经受了各种打击磨难，依旧还好好地活了下来。八十岁了，还是精力充沛，兴致勃勃。他后来"改行"搞文物研究，乐此不疲，每日孜孜，一坐下去就是十几个小时，也跟这点诗人气质有关。他搞的那些东西，陶瓷、漆器、丝绸、服饰，都是"物"，但是他看到的是人，人的聪明，人的创造，人的艺术爱美心和坚持不懈的劳动。他说起这些东西时那样兴奋激动，赞叹不已，样子真是非常天真。他搞的文物工作，我真想给它起一个名字，叫作"抒情考古学"。

沈先生的语言文字功力，是举世公认的。所以有这样的功力，一方面是由于读书多。"由《楚辞》、《史记》、曹植诗到'挂枝儿'曲,什么我都欢喜看看。"我个人觉得,沈先生的语言受魏晋人文章影响较大。试看:"由沅陵南岸看北岸山城,房屋接瓦连椽,较高处露出雉堞,沿山围绕,丛树点缀其间,风光入眼,实不俗气。由北岸向南望,则河边小山间、竹园、树木、庙宇、高塔、民居,仿佛各个位置都在最适当处。山后较远处群峰罗列,如屏如障,烟云变幻,颜色积翠堆蓝。早晚相对,令人想象其中必有帝子天神,驾螭乘蜺,驰骤其间。绕城长河,每年三四月春水发后,洪江油船颜色鲜明,在摇橹歌呼中联翩下驶。长方形大木筏,数十精壮汉子,各据筏上一角,举桡激水,乘流而下。就中最令人感动处,是小船半渡,游目四瞩,俨然四围皆山,山外重山,一切如画。水深流速,弄船女子,腰腿劲健,胆大心平,危立船头,视若无事。"(《沅陵的人》)这不令人想到郦道元的《水经注》?我觉得沈先生写得比郦道元还要好些,因为《水经注》没有这样的生活气息,他多写景,少写人。另外一方面,是从生活学,向群众学习。"我文字风格,假若还有些值得注意处,那只因为我记得水上人的言语太多了。"(《我的写作与水的关系》)沈先生所用的字有好些是直接从生活来,书上没有的。比如"我一个人坐在灌满冷气的小小船舱中"(《箱子岩》)的"灌"字,"把鞋脱了还不即睡,便镶到水手身旁去看牌"(《鸭窠围的夜》)的"镶"

字。这就同鲁迅在《高老夫子》里"我辈正经人犯不上酱在一起"的"酱"字一样,是用得非常准确的。这样的字,在生活里,群众是用着的,但在知识分子口中,在许多作家的笔下,已经消失了。我们应当在生活里多找找这种字。还有一方面,是不断地实践。

沈先生说:"本人学习用笔还不到十年,手中一支笔,也只能说正逐渐在成熟中,慢慢脱去矜持、浮夸、生硬、做作,日益接近自然。"(《从文自传·附记》)沈先生写作,共三十年。头一个十年,是试验阶段,学习使用文字阶段。当中十年,是成熟期。这些散文正是成熟期所写。成熟的标志,是脱去"矜持、浮夸、生硬、做作"。

沈先生说他的作品是一些"习作",他要试验用各种不同方法来组织铺陈。这几十篇散文所用的叙事方法就没有一篇是雷同的!

"一切作品都需要个性,都必须浸透作者人格和感情,想达到这个目的,写作时要独断,彻底的独断!(文学在这时代虽不免被当作商品之一种,便是商品,也有精粗,且即在同一物品上,制作者还可匠心独运,不落窠臼,社会上流行的风格,流行的款式,尽可置之不问。)"(《从文小说习作选·代序》)这在今天,对许多青年作家,也不失为一种忠告。一个作家,要有自己的风格,经得起时间的考验,必须耐得住寂寞,不要赶时髦,不要追求"票房价值"。

"虽然如此，我还预备继续我这个工作，且永远不放下我一点狂妄的想象，以为在另外一时，你们少数的少数，会越过那条间隔城乡的深沟，从一个乡下人的作品中，发现一种燃烧的感情，对于人类智慧与美丽永远的倾心，康健诚实的赞颂，以及对愚蠢自私极端憎恶的感情。这种感情且居然能刺激你们，引起你们对人生向上的憧憬，对当前一切的怀疑。先生，这打算在目前近于一个乡下人的打算，是不是。然而到另外一时，我相信有这种事。"(《从文小说习作选·代序》)莫非这"另外一时"已经到了么？

沈从文先生在西南联大

沈先生在联大开过三门课：各体文习作、创作实习和中国小说史。三门课我都选了，——各体文习作是中文系二年级必修课，其余两门是选修。西南联大的课程分必修与选修两种。中文系的语言学概论、文字学概论、文学史（分段）……是必修课，其余大都是任凭学生自选。诗经、楚辞、庄子、昭明文选、唐诗、宋诗、词选、散曲、杂剧与传奇……选什么，选哪位教授的课都成。但要凑够一定的学分（这叫"学分制"）。一学期我只选两门课，那不行。自由，也不能自由到这种地步。

创作能不能教？这是一个世界性的争论问题。很多人认为创作不能教。我们当时的系主任罗常培先生就说过：大学是不培养作家的，作家是社会培养的。这话有道理。沈先生自己就没有上过什么大学。他教的学生后来成为作家的，也极少。但是也不是绝对不能教。沈先生的学生现在能算是作家的，也还有那么几个。问题是由什么样的人来教，用什么方法教。现在的大学里很少开创作课的，原因是找不到合适的人来教。偶尔有大学开这门课的，收效甚微，原因是教得不甚得法。

教创作靠"讲"不成。如果在课堂上讲鲁迅先生所讥笑的"小说作法"之类，讲如何作人物肖像，如何描写环境，如何结构，结构有几种——攒珠式的、橘瓣式的……那是要误人子弟的。教创作主要是让学生自己"写"。沈先生把他的课叫作"习作"、"实习"，很能说明问题。如果要讲，那"讲"要在"写"之后。就学生的作业，讲他的得失。教授先讲一套，让学生照猫画虎，那是行不通的。

沈先生是不赞成命题作文的，学生想写什么就写什么。但有时在课堂上也出两个题目。沈先生出的题目都非常具体。我记得他曾给我的上一班同学出过一个题目："我们的小庭院有什么"，有几个同学就这个题目写了相当不错的散文，都发表了。他给比我低一班的同学曾出过一个题目："记一间屋子里的空气"！我的那一班出过些什么题目，我倒不记得了。沈先生为什么出这样的题目？他认为：先得学会车零件，然后才能学组装。我觉得先做一些这样的片段的习作，是有好处的，这可以锻炼基本功。现在有些青年文学爱好者，往往一上来就写大作品，篇幅很长，而功力不够，原因就在零件车得少了。

沈先生的讲课，可以说是毫无系统。前已说过，他大都是看了学生的作业，就这些作业讲一些问题。他是经过一番思考的，但并不去翻阅很多参考书。沈先生读很多书，但从不引经据典，他总是凭自己的直觉说话，从来不说阿里斯多德怎么说、福楼拜怎么说、托尔斯泰怎么说、高尔基怎么说。他的湘西口音很重，声音又低，有些学生听了一堂课，往往觉得不知道听了一些什么。沈先生的讲课是非常谦抑，非常自制的。他不用手势，没有任何舞台道白式的腔调，没有一点哗众取宠的江湖气。他讲得很诚恳，甚至很天真。但是你要是真正听"懂"了他的话，——听"懂"了他的话里并未发挥罄尽的余意，你是会受益匪浅，而且会终生受用的。听沈先生的课，要像孔子的学生听孔子讲话一样："举一隅而三隅反。"

沈先生讲课时所说的话我几乎全都忘了（我这人从来不记笔记）！我们有一个同学把闻一多先生讲唐诗课的笔记记得极详细，现已整理出版，书名就叫《闻一多论唐诗》，很有学术价值，就是不知道他把闻先生讲唐诗时的"神气"记下来了没有。我如果把沈先生讲课时的精辟见解记下来，也可以成为一本《沈从文论创作》。可惜我不是这样的有心人。

沈先生关于我的习作讲过的话我只记得一点了，是关于人物对话的。我写了一篇小说（内容早已忘记干净），有许多对话。我竭力把对话写得美一点，有诗意，有哲理。

沈先生说："你这不是对话，是两个聪明脑壳打架！"从此我知道对话就是人物所说的普普通通的话，要尽量写得朴素。不要哲理，不要诗意。这样才真实。

沈先生经常说的一句话是："要贴到人物来写。"很多同学不懂他的这句话是什么意思。我以为这是小说学的精髓。据我的理解，沈先生这句极其简略的话包含这样几层意思：小说里，人物是主要的，主导的；其余部分都是派生的，次要的。环境描写、作者的主观抒情、议论，都只能附着于人物，不能和人物游离，作者要和人物同呼吸、共哀乐。作者的心要随时紧贴着人物。什么时候作者的心"贴"不住人物，笔下就会浮、泛、飘、滑，花里胡哨，故弄玄虚，失去了诚意。而且，作者的叙述语言要和人物相协调。写农民，叙述语言要接近农民；写市民，叙述语言要近似市民。小说要避免"学生腔"。

我以为沈先生这些话是浸透了淳朴的现实主义精神的。

沈先生教写作，写的比说的多，他常常在学生的作业后面写很长的读后感，有时会比原作还长。这些读后感有时评析本文得失，也有时从这篇习作说开去，谈及有关创作的问题，见解精到，文笔讲究。——一个作家应该不论写什么都写得讲究。这些读后感也都没有保存下来，否则是会比《废邮存底》还有看头的。可惜！

沈先生教创作还有一种方法，我以为是行之有效的。学生写了一个作品，他除了写很长的读后感之外，还会介绍你看一些与你这个作品写法相近似的中外名家的作品。记得我写过一篇不成熟的小说《灯下》，记一个店铺里上灯以后各色人的活动，无主要人物、主要情节，散散漫漫。沈先生就介绍我看了几篇这样的作品，包括他自己写的《腐烂》。学生看看别人是怎样写的，自己是怎样写的，对比借鉴，是会有长进的。这些书都是沈先生找来，带给学生的。因此他每次上课，走进教室里时总要夹着一大摞书。

沈先生就是这样教创作的。我不知道还有没有别的更好的方法教创作。我希望现在的大学里教创作的老师能用沈先生的方法试一试。

学生习作写得较好的，沈先生就做主寄到相熟的报刊上发表。这对学生是很大的鼓励。多年以来，沈先生就干着给别人的作品找地方发表这种事。经他的手介绍出去的稿子，可以说是不计其数了。我在一九四六年前写的作品，几乎全都是沈先生寄出去的。他这辈子为别人寄稿子用去的邮费也是一个相当可观的数目了。为了防止超重太多，节省邮费，他大都把原稿的纸边裁去，只剩下纸芯。这当然不大好看。但是抗战时期，百物昂贵，不能不打这点小算盘。

沈先生教书，但愿学生省点事，不怕自己麻烦。他讲中国小说史，有些资料不易找到，他就自己抄，用夺金标毛笔，筷子头大的小行书抄在云南竹纸上。这种竹纸高一尺，长四尺，并不裁断，抄得了，卷成一卷。上课时分发给学生。他上创作课夹了一摞书，上小说史时就夹了好些纸卷。沈先生做事，都是这样，一切自己动手，细心耐烦。他自己说他这种方式是"手工业方式"。他写了那么多作品，后来又写了很多大部头关于文物的著作，都是用这种手工业方式搞出来的。

沈先生对学生的影响，课外比课堂上要大得多。他后来为了躲避日本飞机空袭，全家移住到呈贡桃园。每星期上课，进城住两天。文林街二十号联大教职员宿舍有他一间屋子。他一进城，宿舍里几乎从早到晚都有客人。客人多半是同事和学生，客人来，大都是来借书，求字，看沈先生收到的宝贝，谈天。

沈先生有很多书，但他不是"藏书家"，他的书，除了自己看，是借给人看的，联大文学院的同学，多数手里都有一两本沈先生的书，扉页上用淡墨签了"上官碧"的名字。谁借了什么书，什么时候借的，沈先生是从来不记得的。直到联大"复员"，有些同学的行装里还带着沈先生的书，这些书也就随之而漂流到四面八方了。沈先生书多，而且很杂，除了一般的四部书、中国现代文学、外国文学的译本，社会学、人类学、黑格尔的《小逻辑》、弗洛伊德、亨利·詹姆斯、道教史、陶瓷史、《髹饰录》、《糖霜谱》……兼收并蓄，五花八门。这些书，沈先生大都认真读过。沈先生称自己的学问为"杂知识"。一个作家读书，是应该杂一点的。沈先生读过的书，往往在书后写两行题记。有的是记一个日期，那天天气如何，也有时发一点感慨。有一本书的后面写道："某月某日，见一大胖女人从桥上过，心中十分难过。"这两句话我一直记得，可是一直不知道是什么意思。大胖女人为什么使沈先生十分难过呢？

沈先生对打扑克简直是痛恨。他认为这样地消耗时间，是不可原谅的。他曾随几位作家到井冈山住了几天。这几位作家成天在宾馆里打扑克，沈先生说起来就很气愤："在这种地方，打扑克！"沈先生小小年纪就学会掷骰子，各种赌术他也都明白，但他后来不玩这些。沈先生的娱乐，除了看看电影，就是写字。他写章草，笔稍偃侧，起笔不用隶法，收笔稍尖，自成一格。他喜欢写窄长的直幅，纸长四尺，阔只三寸。他写字不择纸笔，常用糊窗的高丽纸。他说："我的字值三分钱！"从前要求他写字的，他几乎有求必应。近年有病，不能握管，沈先生的字变得很珍贵了。

沈先生后来不写小说，搞文物研究了，国外、国内，很多人都觉得很奇怪。熟悉沈先生的历史的人，觉得并不奇怪。沈先生年轻时就对文物有极其浓厚的兴趣。他对陶瓷的研究甚深，后来又对丝绸、刺绣、木雕、漆器……都有广博的知识。沈先生研究的文物基本上是手工艺制品。他从这些工艺品看到的是劳动者的创造性。他为这些优美的造型、不可思议的色彩、神奇精巧的技艺发出的惊叹，是对人的惊叹。他热爱的不是物，而是人，他对一件工艺品的孩子气的天真激情，使人感动。我曾戏称他搞的文物研究是"抒情考古学"。他八十岁生日，我曾写过一首诗送给他，中有一联："玩物从来非丧志，著书老去为抒情"，是纪实。他有一阵在昆明收集了很多耿马漆盒。这种黑红两色刮花的圆形缅漆盒，昆明多的是，而且很便宜。沈先生一进城就到处逛地摊，选买这种漆盒。他屋里装甜食点心、装文具邮票的……，都是这种盒子。有一次买得一个直径一尺五寸的大漆盒，一再抚摩，说："这可以做一期《红黑》杂志的封面！"他买到的缅漆盒，除了自用，大多数都送人了。有一回，他不知从哪里弄到很多土家族的挑花布，摆得一屋子，这间宿舍成了一个展览室。来看的人很多，沈先生于是很快乐。这些挑花图案带天真稚气而秀雅生动，确实很美。

沈先生不长于讲课，而善于谈天。谈天的范围很广，时局、物价……谈得较多的是风景和人物。他几次谈及玉龙雪山的杜鹃花有多大，某处高山绝顶上有一户人家，——就是这样一户！他谈某一位老先生养了二十只猫。谈一位研究东方哲学的先生跑警报时带了一只小皮箱，皮箱里没有金银财宝，装的是一个聪明女人写给他的信。谈徐志摩上课时带了一个很大的烟台苹果，一边吃，一边讲，还说："中国东西并不都比外国的差，烟台苹果就很好！"谈梁思成在一座塔上测绘内部结构，差一点从塔上掉下去。谈林徽音发着高烧，还躺在客厅里和客人谈文艺。他谈得最多的大概是金岳霖。金先生终生未娶，长期独身。他养了一只大斗鸡。这鸡能把脖子伸到桌上来，和金先生一起吃饭。他到处搜罗大石榴、大梨。买到大的，就拿去和同事的孩子的比，比输了，就把大梨、大石榴送给小朋友，他再去买！……沈先生谈及的这些人有共同特点。一是都对工作、对学问热爱到了痴迷的程度；二是为人天真到像一个孩子，对生活充满兴趣，不管在什么环境下永远不消沉沮丧，无机心，少俗虑。这些人的气质也正是沈先生的气质。"闻多素心人，乐与数晨夕"，沈先生谈及熟朋友时总是很有感情的。

文林街文林堂旁边有一条小巷，大概叫作金鸡巷，巷里的小院中有一座小楼。楼上住着联大的同学：王树藏、陈蕴珍（萧珊）、施载宣（萧荻）、刘北汜。当中有个小客厅。这小客厅常有熟同学来喝茶聊天，成了一个小小的沙龙。沈先生常来坐坐。有时还把他的朋友也拉来和大家谈谈。老舍先生从重庆过昆明时，沈先生曾拉他来谈过"小说和戏剧"。金岳霖先生也来过，谈的题目是"小说和哲学"。金先生是搞哲学的，主要是搞逻辑的，但是读过很多小说，从普鲁斯特到《江湖奇侠传》。"小说和哲学"这题目是沈先生给他出的。不料金先生讲了半天，结论却是：小说和哲学没有关系。他说《红楼梦》里的哲学也不是哲学。他谈到兴浓处，忽然停下来，说："对不起，我这里有个小动物！"说着把右手从后脖领伸进去，捉出了一只跳蚤，甚为得意。有人问金先生为什么搞逻辑，金先生说："我觉得它很好玩！"

沈先生在生活上极不讲究。他进城没有正经吃过饭，大都是在文林街二十号对面一家小米线铺吃一碗米线。有时加一个西红柿，打一个鸡蛋。有一次我和他上街闲逛，到玉溪街，他在一个米线摊上要了一盘凉鸡，还到附近茶馆里借了一个盖碗，打了一碗酒。他用盖碗盖子喝了一点，其余的都叫我一个人喝了。

沈先生在西南联大是一九三八年到一九四六年。一晃，四十多年了！

漫评《烟壶》

叫我来评介邓友梅的《烟壶》，其实是不合适的。我很少写评论。记得好像是柯罗连科对高尔基说过，一个作家在谈到别人的作品时，只要说：这一篇写得不错，就够了，不需要更多的话。评论家可不能这样。一个评论家，要能一眼就看出一篇作品的历史地位。而我只能就小说论小说，谈一点读后的印象和感想。

友梅最初跟我谈起他要写一个关于鼻烟壶的小说的时候，我只是听着，没有表示什么。说老实话，我对鼻烟壶是没有什么好感的。这大概是受了鲁迅先生反对小摆设和"象牙微雕"的影响。我对内画尤其不感兴趣，特别是内画戏装人物，我觉得这是一种恶劣的趣味。读了《烟壶》，我的看法有些改变。友梅这篇小说的写法有点特别，开头一节是发了一大篇议论。他的那一番鼻烟优越论我是不相信的。闻鼻烟代替不了抽烟。蒙古人是现在还闻鼻烟的，但是他们同时也还要抽关东烟。这只能是游戏笔墨。但是他对作为工艺品的鼻烟壶的论赞，我却是拟同意的，因为这说的是真话，正经话。友梅好奇，到一个地方，总喜欢到处闲逛，收集一些具有民族特色、地方特色的工艺品。这表现了一个作家对于生活的广博的兴趣，对精美的工艺的赏悦，和对于制造工艺的匠师的敬爱。我想这是友梅写作《烟壶》的动机。他写这样的题材并不是找什么冷门。即使是找冷门，如果不是平日就有对于工艺美术的嗜爱，这样的冷门也是找不到的。

《烟壶》里的聂小轩师傅有一段关于他所从事的行业的具有哲理性的谈话：

"打个比方，这世界好比个客店，人生如同过客。我们吃的用的多是以前的客人留下的。要从咱们这儿起，你也住我也住，谁都取点什么，谁也不添什么，久而久之，我们留给后人的不就成了一堆瓦砾了？反之，来往客商，不论多少，每人都留点什么，你栽棵树，我种棵草，这店可就越来越兴旺，越过越富裕。后来的人也不枉称你们一声先辈。辈辈人如此，这世界不就更有个恋头了？"

乍一听，这一番话的境界似乎太高了。一个手艺人，能说得出来么？然而这却是真实的，可信的。手工艺人我不太熟悉。我比较熟悉戏曲演员。戏曲演员到了晚年，往往十分热衷于授徒传艺。他们常说："我不能把我从前辈人学到的这点玩意儿带走，我得留下点东西。""文化大革命"中冤死了一些艺人，同行们也总是叹惜："他身上有东西呀！"

"给后人留下点东西"，这是朴素的哲理，是他们的职业道德，也是他们立身做人的准则。从这种朴素的思想可能通向社会主义，通向爱国主义。许多艺人，往往是由于爱本行的那点"玩意儿"，爱"中国人勤劳才智的结晶"，因而更爱咱们这个国家的。聂小轩的这一思想是贯串全篇的思想。内画也好，古月轩也好，这是咱们中国的玩意儿，不能叫他从我这儿绝了。这才引出一大篇曲曲折折的故事。我想，这篇小说真正的爱国主义的"核"，应该在这里。

《烟壶》写的是庚子年间的事，距现在已经八十多年，邓友梅今年五十多岁，当然没有赶上。友梅不是北京人。然而他竟然写出一篇反映八十年前北京生活的小说，这简直有点不可思议！这还不比写历史小说（《烟壶》虽写历史，但在一般概念里是不把它划在历史小说范围里的）。历史小说，写唐朝、汉朝的事，死无对证，谁也不能指出这写得对还是不对。庚子年的事，说近不近，说远也不远。这最不好写。八十多岁的人现在还有健在的，七十多岁的也赶上那个时期的后尾。笔下稍稍粗疏，就会有人说："不像。"然而友梅竟写了那个时期的那样多的生活场景，写得详尽而真切，使人如同身临其境。友梅小说的材料，是靠平时积累的，不是临时现抓的。临时现抓的小说也有，看得出来，不会有这样厚实。友梅有个特点，喜欢听人谈掌故，聊闲篇。三十多年前，我认识友梅时，他是从部队上下来的革命干部、党员，年纪轻轻的，可是却和一些八旗子弟、没落王孙厮混在一起。当时是有人颇不以为然的。然而友梅我行我素。友梅对他们不鄙视、不歧视，也不存什么功利主义。他和所有人的关系都是平等的。也正因为这样，许多老北京才乐于把他所知的掌故逸闻、人情风俗毫无保留地说给他听。他把听来的材料和童年印象相印证，再加之以灵活的想象，于是八十多年前的旧北京就在他心里活了起来。

《烟壶》是中篇小说，中篇总得有曲折的、富于戏剧性的情节、故事。情节，总要编。世界上没有一块天生就富于情节的生活的矿石。我相信《烟壶》的情节大部分也是编出来的。编和编不一样。有的离奇怪诞，破绽百出；有的顺理成章，若有其事。友梅能把一堆零散的生活素材，团巴团巴，编成一个完完整整的故事，虽然还不能说是天衣无缝，无可挑剔，但是不使人觉得如北京人所说的："老虎闻鼻烟——没有那八宗事。"这真是一宗本事。我是不会编故事的，也不赞成编故事。但是故事编圆了，我也佩服。因此，我认为友梅的《烟壶》是一篇"力作"。

友梅写人物，我以为好处是能掌握分寸。乌世保知道聂小轩轧断了手，"他望着聂小轩那血淋淋的衣袖和没有血色的、微闭双眼的面容惊呆了，吓傻了。从屋里走到院子，从院子又回到屋里。想做什么又不知该做什么。想说话又找不到话可说。"这写得非常真实。这就是乌世保，一个由"它撒勒哈番"转成手工艺人的心地善良而又窝窝囊囊的八旗子弟活生生的写照。乌世保蒙冤出狱，家破人亡，走投无路，朋友寿明给他谋划了生计，建议他画内画烟壶，给他找了蒜市口小客店安身，给他办了铺盖，还给他留下几两银子先垫补用，可谓周到之至。乌世保过意不去，连忙拦着说："这就够麻烦您的了，这银子可万万不敢收。"寿明说："您别拦，听我说。这银子连同我给您办铺盖，都不是我白给你的，我给不起。咱们不是搭伙做生意吗？我替你买材料卖烟壶，照理有我一份回扣，这份回扣我是要拿的。替你办铺盖、留零花，这算垫本，我以后也是要从您卖货的款子里收回来的，不光收回，还要收息，这是规矩。交朋友是交朋友，做生意是做生意，送人情是送人情，放垫本是放垫本，都要分清。您刚做这行生意，多有不懂的地方，我不能不点拨明白了。"好！这真是一个靠为人长眼跑合为生的穷旗人的口吻，不是一个为朋友两肋插刀的侠客。他也仗义，也爱财。既重友情，也深明世故。这一番话真是小葱拌豆腐，如刀切，如水洗，清楚明白，嘎嘣爽脆。这才叫通过对话写人物。邓友梅有两下子！

　　友梅很会写妇女。他的几篇写北京市井的小说里总有一个出身卑微，不是旗人，却支撑了一个败落的旗人家庭的劳动妇女。她们刚强正直，善良明理，坦荡磊落。《那五》里那位庶母，《烟壶》里的刘奶妈，都是这样。《烟壶》写得最成功的人物，我以为是柳娘（我这样说友梅也许会觉得伤心）。她俊俏而不俗气，能干而不诈唬，光彩照人，英气勃勃，有心胸，有作为，有决断，拿得起，放得下，掰得开，踢得动，不论遇到什么事都能沉着镇定，头脑清醒，方寸不乱，举措从容。这真是市井中难得的一方碧玉，挺立在水边的一株雪白雪白的马蹄莲，她的出场就不凡：

　　……这时外边大门响了两声，脆脆朗朗响起女人的声音："爹，我买了蒿子回来了。"寿明和乌世保知道是柳娘回来，忙站起身。聂小轩掀开竹帘说道："快来见客人，乌大爷和寿爷来了。"柳娘应了一声，把买的蒿子、线香、嫩藕等东西送进西间，整理一下衣服，进到南屋，向寿明和乌世保道了万福说："我爹打回来就打听乌大爷来过没有，今儿可算到了。寿爷您坐！哟，我们老爷子这是怎么了？大热的天让客人干着，连茶也没沏呀！您说话，我沏茶去！"这柳娘干嘣楞脆说完一串话，提起提梁宜兴大壶，挑帘走了出去。乌世保只觉着泛着光彩，散着香气的一个人影像阵清清爽爽的小旋风在屋内打了个旋又转了出去，使他耳目繁忙，应接不暇，竟没看仔细是什么模样。

寿明为乌世保做媒，聂小轩征求柳娘的意思，问她"咱们还按祖上的规矩，连收徒再择婚一起办好不好呢？"柳娘的回答是："哟，住了一场牢我们老爷子学开通了！可是晚了，这话该在乌大爷搬咱们家来以前问我。如今人已经住进来，饭已经同桌吃了，活儿已经挨肩做了，我要说不愿意，您这台阶怎么下？我这风言风语怎么听呢？唉！"

这里柳娘有点"放刁"了，当初把师哥接到家里来住，是谁的主意呀？你可事前也没跟老爷子商量过就说出口了！

友梅这篇小说基本上用的是叙述，极少描写。偶尔描写，也是插在叙述之间，不把叙述停顿下来，做静止的描写。这是史笔，这是自有《史记》以来中国文学的悠久的传统。但是不完全是直叙，时有补叙、倒叙，这也是《史记》笔法。因为叙述方法多变化，故质朴而不呆板，流畅而不浮滑，舒卷自如，起止自在。有时洋洋洒洒，下笔千

· 216 ·

言；有时戛然收住，多一句也不说。友梅是很注意语言的。近年功力大见长进。他的语言所以生动，除了下字准确，词达意显，我觉得还因为起落多姿，富于"语态"。"语态"的来源，我想是，一、作者把自己摆了进去了，在描述人物事件时带着叙述者的感情色彩，如梁任公所说："笔锋常带感情"；同时作者又置身事外，保持冷静和客观，不跳出来抒愤懑，发感慨。二、是作者在叙述时随时不忘记对面有个读者，随时要观察读者的反应，他是不是感兴趣，有没有厌烦？有的时候还要征求读者的意见，问问他对斯人斯事有何感想。写小说，是跟人聊天，而且得相信听你聊天的人是个聪明解事，通情达理，欣赏趣味很高的人，而且，他自己就会写小说，写小说的人要诚恳，谦虚，不矜持，不卖弄，对读者十分地尊重。否则，读者会觉得你侮辱了他！

这篇小说的不足之处，我觉得有这些：

一、对聂小轩以及乌世保、柳娘对古月轩的感情写得不够。小说较多写了古月轩烧制之难，而较少写这种瓷器之美。如果聂小轩的爱国主义感情是由对于这门工艺的深爱出发的，那么，应该花一点笔墨写一写他们烧制出一批成品之后的如醉如痴的喜悦，他们应该欣赏、兴奋、爱不释手，笑，流泪，相对如梦寐，忘乎所以。这篇小说一般只描叙人物的外部动作，不做心理描写。但是在写聂小轩想要砍去自己的右手时，应该写一写他的"广陵散从此绝矣"的悲怆沉痛的心情。因为聂小轩的这一行动不是正面描写的，而是通过柳娘和乌世保的眼睛来写的，不能直接写他的心理活动，但是事后如果有一两句揪肝诀胆、血泪交加的话也好。

二、乌世保应该写得更聪明，更有才气一些。这个人百无一用，但是应该聪明过人，他在旗人所玩的玩艺中，应该是不玩则已，一玩则精绝。这个人应该琴棋书画什么都能来两下。否则聂小轩就不会相中他当徒弟，柳娘也不会无缘无故地爱这样一个比棒槌多两个耳朵的凡庸的人了。柳娘爱他什么呢？无非是他身上这点才吧。

三、九爷写得有点漫画化。

人之所以为人

——读《棋王》笔记

脑袋在肩上，

文章靠自己。

——阿城《孩子王》

读了阿城的小说，我觉得，这样的小说我写不出来。我相信，不但是我，很多人都写不出来。这样就很好。这样就增加了一篇新的小说，给小说的这个概念带进了一点新的东西。否则，多写一篇，少写一篇：写，或不写，差不多。

提笔想写一点读了阿城小说之后的感想，煞费踌躇。因为我不认识他。我很少写评论。我评论过的极少的作家都是我很熟的人。这样我说起话来心里才比较有底。我认为写评论最好联系到所评的作家这个人，不能只是就作品谈作品。就作品谈作品，只论文，不论人，我认为这是目前文学评论的一个缺点。我不认识阿城，没有见过。他的父亲我是见过的。那是他倒了霉的时候，似乎还在生着病。我无端地觉得阿城像他的父亲。这很好。

阿城曾是"知青"。现有的辞书里还没有"知青"这个词条。这一条很难写。绝不能简单地解释为"有知识的青年"。这是一个特定的历史时期的产物，一个很特殊的社会现象，一个经历坎坷、别具风貌的阶层。

知青并不都是一样。正如阿城在《一些话》中所说："知青上山下乡是一种特殊情况下的扭曲现象，它使有的人狂妄，有的人消沉，有的人投机，有的人安静。"这样的知青我大都见过。但是大多数知青，都有一个共同的特点，如阿城所说："老老实实地面对人生，在中国诚实地生活。"大多数知青看问题比我们这一代现实得多。他们是很清醒的现实主义者。

大多数知青是从温情脉脉的纱幕中被放逐到中国的干硬的土地上去的。我小的时候唱过一支带有感伤主义色彩的歌："离开父，离开母，离开兄弟姊妹们，独自行千里……"知青正是这样。他们不再是老师的学生，父母的儿女，姊妹的兄弟，赤条条地被掷到"广阔天地"之中去了。他们要用自己的双手谋食。于是，他们开始用自己的眼睛去看世界。棋呆子王一生说："你们这些人好日子过惯了，世上不明白的事儿多着呢！"多数知青从"好日子"里被甩出来了，于是他们明白许多他们原来不明白的事。

我发现，知青和我们年轻时不同。他们不软弱，较少不着边际的幻想，几乎没有感伤主义。他们的心不是水蜜桃，不是香白杏。他们的心是坚果，是山核桃。

知青和老一代的最大的不同，是他们较少教条主义。我们这一代，多多少少都带有教条主义色彩。

我很庆幸地看到（也从阿城的小说里）这一代没有被生活打倒。知青里自杀的极少、极少。他们大都不怨天尤人。彷徨、幻灭，都已经过去了。他们怀疑过，但是通过怀疑得到了信念。他们没有流于愤世嫉俗，玩世不恭。他们是看透了许多东西，但是也看到了一些东西。这就是中国和人。中国人。他们的眼睛从自己的脚下移向远方的地平线。他们是一些悲壮的乐观主义者。有了他们，地球就可以修理得较为整齐，历史就可以源源不绝地默默地延伸。

他们是有希望的一代，有作为的一代。阿城的小说给我们传达了一个非常可喜的信息。我想，这是阿城的小说赢得广大的读者，在青年的心灵中产生共鸣的原因。

《棋王》写的是什么？我以为写的就是关于吃和下棋

的故事。先说吃，再说下棋。

　　文学作品描写吃的很少（弗吉尼亚·沃尔夫曾提出过为什么小说里写宴会，很少描写那些食物的）。大概古今中外的作家都有点清高，认为吃是很俗的事。其实吃是人生第一需要。阿城是一个认识吃的意义并且把吃当作小说的重要情节的作家（陆文夫的《美食家》写的是一个馋人的故事，不是关于吃的）。他对吃的态度是虔诚的。《棋王》有两处写吃，都很精彩。一处是王一生在火车上吃饭，一处是吃蛇。一处写对吃的需求，一处写吃的快乐——一种神圣的快乐。写得那样精细深刻，不厌其烦，以至读了之后，会引起读者肠胃的生理感觉。正面写吃，我以为是阿城对生活的极其现实的态度。对于吃的这样的刻画，非经身受，不能道出。这使阿城的小说显得非常真实，不假。《棋王》的情节按说是很奇，但是奇而不假。

　　我不会下棋，不解棋道，但我相信有像王一生那样的棋呆子。我欣赏王一生对下棋的看法："我迷象棋。一下棋，就什么都忘了。待在棋里舒服。"人总要待在一种什么东西里，沉溺其中。苟有所得，才能实证自己的存在，切实地掂出自己的价值。王一生一个人和几个人赛棋，连环大战，在胜利后，呜呜地哭着说："妈，儿今天明白事儿了。人还要有点儿东西，才叫活着。"是的，人总要有点东西，活着才有意义。人总要把自己生命的精华都调动出来，倾力一搏，像干将、莫邪一样，把自己炼进自己的剑里，这，才叫活着。

"不有博弈者乎？为之犹贤乎已。"弈虽小道，可以喻大。"用志不分，乃凝于神"，古今成事业者都需要有这么一点精神。这是我们这个时代需要的精神。

我这样说，阿城也许不高兴。作者的立意，不宜说破。说破便煞风景。说得太实，尤其令人扫兴。

阿城的小说结尾都是胜利。人的胜利。《棋王》的结尾，王一生胜了。《孩子王》的结尾，"我"被解除了职务，重回生产队劳动去了。但是他胜利了。他教的学生王福写出了这样的好文章："……早上出的白太阳，父亲在山上走，走进白太阳里去。我想，父亲有力气啦。"教的学生写出这样的好文章，这是胜利，是对一切陈规的胜利。

《树王》的结尾，萧疙瘩死了，但是他死得很悲壮。

因此，我说阿城是一个乐观主义者。

有人告诉我，阿城把道家思想揉进了小说。《棋王》里的确有一些道家的话。但那是拣烂纸的老头的思想。甚至也可以说是王一生的思想，不一定就是阿城的思想。阿城大概是看过一些道家的书。他的思想难免受到一些影响。《树王》好像就涉及一点"天"和"人"的关系（这篇东西我还没太看懂，捉不准他究竟想说什么，容我再看看，再想想）。但是我不希望把阿城和道家纠在一起。他最近的小说《孩子王》，我就看不出有什么道家的痕迹。我不希望阿城一头扎进道家里出不来。

阿城是有师承的。他看过不少古今中外的书。外国的，我觉得他大概受过海明威的影响，还有陀思妥也夫斯基。中国的，他受鲁迅的影响是很明显的。他似乎还受过废名的影响。他有些造句光秃秃的，不求规整，有点像《莫须有先生传》。但这都是瞎猜。他的叙述方法和语言是他自己的。司空图《二十四诗品》云："俯拾即是，不取诸邻。俱道适往，着手成春。"说得很好。阿城的文体的可贵处正在"不取诸邻"。"脑袋在肩上，文章靠自己。"

阿城是敏感的。他对生活的观察很精细，能够从平常的生活现象中看出别人视若无睹的特殊的情趣。他的观察是伴随了思索的。否则他就不会在生活中看到生活的底蕴。这样，他才能积蓄了各样的生活的印象。可以俯拾，形成作品。

然而在摄取到生活印象的当时，即在"十年动乱"期间，在他下放劳动的时候，没有写出小说。这是可以理解的，正常的。

只有在今天，现在，阿城才能更清晰地回顾那一段极不正常时期的生活，那个时期的人，写下来。因为他有了成熟的、冷静的、理直气壮的、不必左顾右盼的思想。一下笔，就都对了。

他的信心和笔力来自党的十一届三中全会以后中国生活的现实。十一届三中全会救了中国，救了一代青年人，也救了现实主义。

阿城业已成为有自己独特风格的青年作家，循此而进，精益求精，如王一生之于棋艺，必将成为中国小说的大家。

从哀愁到沉郁

——何立伟小说集《小城无故事》序

　　我最初读到的何立伟的小说是《小城无故事》。发表在《人民文学》上的。当时就觉得很新鲜。这样的小说我好像曾经很熟悉，但又似乎生疏了多年了。接着就有点担心。担心作者会受到批评，也担心《人民文学》因为发表这样的作品而受到批评。我担心某些读者和评论家会看不惯这样的小说，担心他们对看不惯的小说会提出非议。然而我的担心是多余了。看来我的思想还是相当保守的，对读者和评论家的估计过低了。何立伟和《人民文学》全都太平无事。——也许有一点"事"。但是我不知道。我放心了。何立伟接着发表了不少小说，有的小说还得了奖。我听到一些关于何立伟小说的议论，都是称赞的，都说何立伟是一个值得注意的、有自己的特点的青年作家。何立伟得到社会的承认，他在文艺界站住脚了，我很高兴。为立伟本人高兴，也为中国多了一个真正的作家而高兴。何立伟现在的情况可以说是"崭露头角"，他的作品也预示出他会有很远大的前程。从何立伟以及其他一些破土而出，显露不同的才华的青年作家身上，我们看到中国文学的一片勃勃的生机，这真是太好了。

但是我以前看过立伟的小说很少，——我近年来不大看小说，好像只有《小城无故事》这一篇。

蒋子丹告诉我，何立伟要出小说集，要我写序。有一次见到王蒙，我告诉他何立伟要我写序。（我知道立伟的小说有一些是经他的手发出去的。）王蒙说："你写吧！"我说我看过他的小说很少，王蒙说："看看吧，你会喜欢的。"我心想：好吧。

何立伟把他的小说的复印件寄来给我了，写序就由一句话变成了真事。复印件寄到时，我在香港。回来后知道他的小说发稿在即，就连日看他的小说。这样突击式地看小说，囫囵吞枣，能够品出多少滋味来呢？我于是感到为人写序是一件冒险的事。如果序里所说的话，全无是处，是会叫作者很难过的。但是我还是愿意来写这篇序。理由就是：我愿意。

子丹后来曾陪了立伟和另外一位湖南青年作家徐晓鹤到我在北京的住处来看过我。他们全都才华熠熠，挥斥方遒，都很快活。我很喜欢他们的年轻气盛的谈吐。因为时间匆促，未暇深谈。谈了些什么，我已经不记得了。只记得我大概谈起过废名。为什么谈起废名，大概是我觉得立伟的小说与废名有某些相似处。

立伟最近来信，说："上回在北京您同我谈起废名，我回来后找到他的书细细读，发觉我与他有很多内在的东西颇接近，便极喜欢。"

那么何立伟过去是没有细读过废名的小说的，然而他又发觉他与废名有很多内在的东西颇接近，这是很耐人深思的。正如废名，有人告诉他，他的小说与英国女作家弗吉尼亚·沃尔夫很相似，废名说"我没有看过她的小说"，后来找了弗吉尼亚·沃尔夫的小说来看了，说"果然很相似。"一个作家，没有读过另一作家的作品，却彼此相似，这是很奇怪的。

但是何立伟是何立伟，废名是废名。我看了立伟的全部小说，特别是后来的几篇，觉得立伟和废名很不一样。我的这篇序恐怕将写成一篇何立伟、废名异同论，这真是始料所不及。

废名是一位被忽视的作家。在中国被忽视，在世界上也被忽视了。废名作品数量不多，但是影响很大，很深，很远。我的老师沈从文承认他受过废名的影响。他曾写评论，把自己的几篇小说和废名的几篇对比。沈先生当时已经成名。一个成名的作家这样坦率而谦逊的态度是令人感动的。虽然沈先生对废名后期的小说十分不以为然。何其芳在《给艾青先生的一封信》提到刘西渭（李健吾）

非常认真地读了《画梦录》，但"主要地只看出了我受了废名影响的那一点"。那么受了废名影响的这一点，何其芳是承认的。我还可以开出一系列受过废名影响的作家的名单，只是因为本人没有公开表态，我也只好为尊者讳了。"但开风气不为师"，废名是开了一代文学风气的，至少在北方。这样一个影响深远的作家，生前死后都很寂寞，令人怃然。

我读过废名的小说，《桃园》《竹林的故事》《桥》《枣》……都很喜欢。在昆明（也许在上海）读过周作人写的《怀废名》。他说废名的小说的一个特点是注重文章之美。说他的小说如一湾溪水，遇到一片草叶都要抚摸一下，然后再汩汩地向前流去（大意），这其实就是意识流，只是当时在中国，"意识流"的理论和小说介绍进来的还不多。这也是很有意思的事。西方的意识流的理论和小说还没有介绍进来，中国已经有用意识流的方法写的小说，并且比之西方毫无逊色，说明意识流并非是外来的。人类生活发展到一定阶段，对意识的认识发展到一定阶段，就会产生意识流的作品。这是不能反对，无法反对的。废名也许并不知道"意识流"，正像他以前不知道弗吉尼亚·沃尔夫。他只是想真切地反映生活。他发现生活中意识是流动的，于是找到了一种新的对于生活的写法，于是开了一代风气。这种写法没有什么奥秘，只是追求：

更像生活。

周作人的文章还说废名之貌奇古，其额如螳螂。一九四八年我住在北京大学红楼，时常可以看到废名，他其时已经写了《莫须有先生坐飞机以后》，潜心于佛学。我只是看到他穿了灰色的长衫，在北大的路上缓缓地独行，面色平静，推了一个平头。我注意了他的相貌，没有发现其额如螳螂，也不见有什么奇古。——一个人额如螳螂，是什么样子呢？实在想象不出。

何立伟与废名的相似处是哀愁。

立伟一部分小说所写的生活是湖南小城镇的封闭的生活，一种古铜色的生活。他的小说有一些写的是长沙，但仍是封闭着的长沙的一个角隅。这种古铜有如宣德炉，因为熔入了锤碎了的乌斯藏佛之类的贵重金属，所以呈现出斑斓的光泽。有些小说写了封闭生活中的古朴的人情。《小城无故事》里的吴婆婆每次看到癫姑娘，总要摸两个冷了的荷叶粑粑走出凉棚喊拢来那癫子。"莫发癫！快快同我吃了！"萧七罗锅侧边喊："癫子，癫子，你拢来！""癫子，癫子，把碗葱花米豆腐你吃！"霍霍霍霍喝下肚，将那蓝花瓷碗往地上一撂，啪地碗碎了。萧七罗锅也不发火，只摇着他精光的脑壳蹲身下去一片一片拣碎瓷。还有用，回去拿它做得瓦片子，刨得芋头同南瓜。这实在写得非常好。拣了碎瓷，回去做得瓦片子，刨得芋头同南瓜，这是一种非常美的感情，很真实的感情。

　　但是这种封闭的古铜色的生活是存留不住的，它正在被打破，被铃木牌摩托车，被邓丽君的歌唱所打破。姚笃正老裁缝终于不得不学着做喇叭裤、牛仔裤（《砚坪那个地方》）。这是有点可笑的。然而，有什么办法呢？

　　面对这种行将消逝的古朴的生活，何立伟的感情是复杂的。这种感情大体上可以名之为"哀愁"。鲁迅在评论废名的小说时说："……在一九二五年出版的《竹林的故事》里，才见以清淡为衣，而如著者所说，仍能'从他们当中理出我的哀愁'的作品。"从立伟的一些前期的小说中，我们都可觉察到这种哀愁。如《荷灯》，如《好清好清的杉木河》……这种哀愁出于对生存于古朴世界的人的关心。这种哀愁像《小城无故事》里癫子姑娘手捏的栀子花，"香得并不酽，只淡淡有些幽远"。"满街满巷都是那栀子花淡远的香。然而用力一闻，竟又并没有。"何立伟的不少篇小说都散发着栀子花的香味，栀子花一样的哀愁。

　　鲁迅论废名文中说："可惜的是大约作者过于珍惜他有限的'哀愁'，不久就不欲像先前一般的闪露，于是从率直的读者看来，就只见其有意低徊，顾影自怜之态了。"老实说，看了一些立伟的短篇，我是有点担心的。一个作者如果停留在自己的哀愁中，是很容易流于有意低徊的。

立伟是珍惜自己的哀愁的。他有意把作品写得很淡。他凝眸看世界，但把自己的深情掩藏着，不露声色。他像一个坐在发紫发黑的小竹凳上看风景的人，虽然在他的心上流过很多东西。有些小说在最易使人动情的节骨眼上往往轻轻带过，甚至写得模模糊糊的，使人得捉摸一下才明白是怎么回事。如《搬家》，如《雪霁》。但是他后来的作品，感情的色彩就渐渐强烈了起来。他对那种封闭的生活表现了一种忧愤。他的两个中篇，《苍狗》和《花非花》都是这样。像《花非花》那样窒息生机的生活，是叫人会喊叫出来的。但是何立伟并没有喊叫，他竭力控制着自己的激情，他的忧愤是没有成焰的火，于是便形为沉郁。也仍然是不动声色的，但这样的不动声色而写出的貌似平淡的生活却有了强烈的现实感。

我很高兴何立伟在小说里写了希望。谁是改造这个封闭世界的力量？像刘虹（《花非花》）这样追求美好，爱生活的纯净的人（刘虹写得一点都不概念化，是很难得的）。"那世界，正一天天地、无可抗拒地新鲜起来，富于活力与弹性"，是这样！

对立伟的这种变化，有人有不同意见，但我以为是好的。也许因为立伟所走过来的路和我有点像。

废名说过："我写小说同唐人写绝句一样。"立伟很欣赏他这句话。立伟的一些小说也是用绝句的方法写的，他和废名不谋而合。所谓唐人绝句，其实主要指中晚唐的绝句，尤其是晚唐绝句。晚唐绝句的特点，说穿了，就是重感觉，重意境。"小城无故事"，立伟的小说不重故事，有些篇简直无故事可言，他追求的是一种诗的境界，一种淡雅的，有些朦胧的可以意会的气氛，"烟笼寒水月笼纱"。与其说他用写诗的方法写小说，不如说他用小说的形式写诗。这是何立伟赢得读者，受到好评的主要原因。我也是喜欢晚唐绝句的。最近看到一本书，说是诗以五古为最难写，一个诗人不善于写五古，是不能算作大诗人的。我想想，这有道理。诗至五古，堂庑始大，才厚重。杜甫的《北征》，我是到中年以后才感到其中的苍凉悲壮的。我觉得，立伟的《苍狗》和《花非花》，其实已经不是绝句，而是接近五古了。何立伟正在成熟。

何立伟的语言是有特色的。他写直觉，没有经过理智筛滤的，或者超越理智的直觉，故多奇句。这一点和日本的新感觉派相似，和废名也很相似。废名的名句："万寿宫丁丁响"，即略去万寿宫有铃铎，风吹铃铎，直接写万寿宫丁丁响。这在一群孩子的感觉中是非常真切的。立伟的造句奇峭似废名，甚至一些虚词也相似，如爱用"遂"、"乃"。立伟还爱用"抑且"，这也有废名的味道。立伟以前没有细读过废名的作品，相似乃尔，真是奇怪！我觉得文章不可无奇句，但不宜多。龚定庵论人："某公端端，酒后露轻狂，乃真狂。"奇句和狂态一样，偶露，才可爱。立伟初期的小说，我就觉得奇句过多。奇句如江瑶柱，多吃，是会使人"发风动气"的。立伟后来的小说，语言渐多平实，偶有奇句。我以为这也是好的。

立伟要我写序，尽两日之功写成，可能说了一些煞风景的话，不知道立伟会不会难过。

林斤澜的矮凳桥

　　林斤澜回温州住了一段，回到北京，写出了一系列关于矮凳桥的小说。他回温州，回北京，都是回。这些小说陆续发表后，有些篇我读过。读得漫不经心。我觉得不大看得明白，也没有读出好来。去年十月，我下决心，推开别的事，集中精力，读斤澜的小说，读了四天。苏东坡说他读贾岛的诗，"初如食小鱼，所得不偿劳"。读斤澜的小说，有点像这样：费事。读到第四天，我好像有点明白了。而且也读出好来了。不过叫我写评论，还是没有把握。我很佩服评论家，觉得他们都是胆子很大的人。他们能把一个作家的作品分析得头头是道，说得作家自己目瞪口呆。我有时有点怀疑。子非鱼，安知鱼之乐。你没有钻到人家肚子里去，怎么知道人家的作品就是怎么怎么回事呢？我看只能抓到一点，就说一点。言谈微中，就算不错。

林斤澜的桥

矮凳桥到底是什么样子？搞不清楚。苏南有些地方把小板凳叫作矮凳。我的家乡有烧火凳，是简陋的长凳而矮脚的。我觉得矮凳桥大概像烧火凳。然而是砖桥还是石桥，不清楚。——不会是木板桥，因为桥旁可以刻字。这都没有关系。

舍渥德·安德生写了一系列关于温涅斯堡的小说。据说温涅斯堡是没有的，这是安德生自己想出来的，造出来的。林斤澜的矮凳桥也有点是这样。矮凳桥可能有这么一个地方，有一点影子，但未必像斤澜所写的一样。斤澜把他自己的生活阅历倾入了这个地方，造了一座桥，一个小镇。斤澜在北京住了三十多年，对北京，特别是北京郊区相当熟悉。"文化大革命"以前他写过不少表现"社会主义新人"的小说，红了一阵。但是我总觉得那个时候，相当多的作家，都有点像是说着别人的话，用别人也用的方法写作。斤澜只是写得新鲜一点，聪明一点，俏皮一点。我们都好像在"为人作客"。这回，我觉得斤澜找到了老家。林斤澜有了自己的思想，自己的感情，自己的语言，自己的叙述方式，于是有了真正的林斤澜的小说。每一个作家都应当找到自己的老家，有自己的矮凳桥。

斤澜的老家在温州，他写的是温州。但是他写的不是乡土文学。乡土文学是一个恍恍惚惚的概念。但是目前某些标榜乡土文学的同志，他们在心目中排斥的实际上是两种东西：一是哲学意蕴，一是现代意识。林斤澜不是这样。

林斤澜对他想出来的矮凳桥是很熟悉的。过去、现在都很熟悉。他没有写一部矮凳桥的编年史。他把矮凳桥零切了。这样的写法有它的方便处。他可以从不同角度来审视。横写、竖写都行。他对矮凳桥的男女老少可以呼之即来，挥之则去。需要有人写几个字，随时拉出了袁相舟；需要来一碗鱼丸面，就把溪鳗提了出来。而且这个矮凳桥是活的。矮凳桥还会存在下去，笑翼、笑耳、笑杉都会有他们的未来。官不知会"娶"进一个什么样的后生。这样，林斤澜的矮凳桥可以源源不竭地写下去。这是个巧法子。

幔

世界好比叫幔幔着，千奇百怪，你当是看清了，其实雾腾腾……

——《小贩们》

幔就是雾。温州人叫"幔"，贵州人叫"罩子"，——"今天下罩子"，意思都差不多。北京人说人说话东一句西一句，摸不清头绪，云里雾里的，写成文章，说是"云山雾沼"。照我看，其实应该写成"云苫雾罩"。林斤澜的小说正是这样：云苫雾罩。看不明白。

看不明白有两方面的原因。

一个是作者自己就不明白。斤澜在南京曾说："我自己都不明白，怎么能让你明白呢？"斤澜说："比如李地，她的一生，她一生的意义，我就不明白。"我当时在旁边，说："我倒明白。这就是一个人不明不白的一生。"有的作家自以为对生活已经吃透，什么事都明白，他可以把一个人的一生，来龙去脉，前因后果，原原本本地告诉读者，而且还能清清楚楚地告诉你一大篇生活的道理。其实人为什么活着，是怎么活过来的，真不是那样容易明白的。"君子于其所不知，盖阙如也"，只能是这样。这是老实态度。不明白，想弄明白。作者在想，读者也随之而在想。这个作品就有点想头。

另一方面，是作者故意不让读者明白。作者写的是什么，他心里是明白的，但是说得闪烁其词。含糊其词，扑朔迷离，云苫雾罩。比如《溪鳗》，还有《李地》里的《爱》，到底说的是什么？

在林斤澜作品讨论会上，有两位青年评论家指出，这里写的是性。我完全同意他们的说法。

写性，有几种方法。一种是赤裸裸地描写性行为，往丑里写。一种办法是避开正面描写，用隐喻，目的是引起读者对于性行为的诗意的、美的联想。孙犁写的一个碧绿的蝈蝈爬在白色的瓠子花上，就用的是这种办法。还有一种办法，就是林斤澜所用的办法，是把性象征化起来。他写得好像全然与性无关，但是读起来又会引起读者隐隐约约的生理感觉。

林斤澜屡次写鱼，鳗、泥鳅。闻一多先生曾著文指出：中国从《诗经》到现代民歌里的"鱼"都是"廋辞"。"鱼水交欢"嘛。不但是鱼，水，也是性的廋辞。

"袁相舟端着杯子，转脸去看窗外，那汪汪溪水漾漾流过晒烫了的石头滩，好像抚摸亲人的热身子。到了吊脚楼下边，再过去一点，进了桥洞。在桥洞那里不老实起来，撒点娇，抱点怨，发点梦呓似的呜噜呜噜……"（《溪鳗》）这写的是什么？

《爱》写得更为露骨：

　　三更半夜糊里糊涂，有一个什么——说不清是什么压到身上，想叫，叫不出声音。觉得滑溜溜的在身上又扭又袅袅的，手脚也动不得。仿佛"袅"到自己身体里去了。自己的身体也滑溜了，接着，软瘫热化了。

《溪鳗》最后写那个男人瘫痪了，这说的是什么？这说的是性的枯萎。

《溪鳗》的情况更复杂一些。这篇小说同时存在两个主题，性主题和道德主题。溪鳗最后把一个瘫痪男人养在家里，伺候他，这是一种心甘情愿也心安理得的牺牲，一种东方式的道德的自我完成。既是高贵的，又是悲剧性的。这两个主题交织在一起。性和道德的关系，这是一个既复杂而又深邃的问题。这个问题还很少有作家碰过。

这个问题林斤澜也还没有弄明白，他也还在想。弄明白了，就没有什么意思了。有意思的不是明白，是想。弄明白，是心理学家的事；想，是作家的事。

斤澜的小说一下子看不明白，让人觉得陌生。这是他有意为之的。他就是要叫读者陌生，不希望似曾相识。这种做法不但是出于苦心，而且确实是"孤诣"。

使读者陌生，很大程度上和他的叙述方法有关系。有些篇写得比较平实，近乎常规；有些篇则是反众人之道而行之。他常常是虚则实之，实则虚之；无话则长，有话则短。一般该实写的地方，只是虚虚写过；似该虚写处，又往往写得很翔实。人都是有话则长，无话则短。斤澜常于无话处死乞白咧地说，说了许多闲篇，许多废话；而到了有话（有事，有情节）的地方，三言两语。比如《溪鳗》，"有话"处只在溪鳗收留照料了一个瘫子，但是着墨不多，连溪鳗和这个男人究竟有过什么事都不让人明白（其实稍想一下还不明白么）；但是前面好几页说了鳗鱼的种类，鱼丸面的做法，袁相舟的诗兴大发，怎么想出"鱼非鱼小酒家"的店名……比如《小贩们》，"事儿"只是几个孩子比别的纽扣小贩抢先了一步，在船不靠码头的情况下跳到水里上岸，赶到电镀厂去镀了纽扣；但是前面写了一大堆这几个小贩子和女舵工之间的漫谈，写了馒，写了"火雾"（对于火雾的描写来自斤澜和我们同到吐鲁番看火焰山的印象，这一点我知道），写了三兄弟往北走的故事，写了北方撒尿用棍子敲、打豆浆往绳子上一浇就拎回家去了……这么写，不是喧宾夺主么？不。读完全篇。再回过头来看看，就会觉得前面的闲文都是必要的，有用的。《溪鳗》没有那些云苫雾罩的，不着边际的闲文，就无法知道这篇小说究竟说的是什么。花非花，鱼非鱼，人非人，性非性。或者可以反过来：人是人，性是性。袁相舟的诗："今日春梦非春时"，实在是点了这篇小说的题。《小贩们》如果不写这几个孩子的闲谈，不写出他们的活跃的想象，他们对于生活的充满青春气息的情趣，就无法了解他们脱了鞋袜跳到冰冷的水里的劲儿是从哪里来的，他们就成了心灵手快的名副其实的小商贩，他们就俗了，不可爱了。

"无话则长，有话则短"，这个话我当面跟斤澜说过。他承认了。拆穿了西洋景，有点煞风景，他倒还没有不高兴。他说："有话的地方，大家都可以说，我就少说一点；没有话的地方，别人不说，我就多说说。"

斤澜是很讲究结构的。我曾在一篇文章里写过：小说结构的特点是"随便"。斤澜很不以为然。后来我在前面加了一句状语：苦心经营的随便。他算是拟予同意了。其实林斤澜的小说结构的精义，我看也只有一句：打破结构的常规。

斤澜近年小说还有一个特点，是搞文字游戏。"文字游戏"大家都以为是一个贬词。为什么是贬词呢？没有道理。斤澜常常凭借语言来构思。一句什么好的话，在他琢磨一团生活的时候，老是在他的思维里闪动，这句话推动着他，怂恿着他，蛊惑着他，他就由着这句话把自己飘浮起来，一篇小说终于受孕、成形了。舴艋舟，蚱蜢周，做舴艋舟的木匠姓周，老蚱蜢周，小蚱蜢周，李清照的"只恐双溪舴艋舟，载不动许多愁……"这许多音同形似的字儿老是在他面前晃，于是这篇小说就有了一种特殊的音响和色调。他构思的契机，我看很可能就是李清照的词。《溪鳗》的契机大概就是白居易的诗：花非花，雾非雾。这篇小说写得特别迷离，整个调子就是受了白居易的诗的暗示。白居易的"花非花，雾非雾"是一个到现在还没有解破的谜，《溪鳗》也好像是一个谜。

林斤澜把小说语言的作用提到很多人所未意识到的高

度。写小说，就是写语言。

人

我这样说，不是说林斤澜是一个形式主义者。矮凳桥系列小说有没有一个贯串性的主题？我以为是有的。那就是：人。或者：人的价值。这其实是一个大家都用的，并不新鲜的主题。不过林斤澜把它具体到一点：皮实。什么是"皮实"？斤澜解释得清楚，就是生命的韧性。

"石头缝里钻出一点绿来，那里有土吗？只能说落下点灰尘。有水吗？下雨湿一湿，风吹吹就干了。谁也不相信，谁也不知觉，这样的不幸，怎么会钻出一片两片绿叶，又钻出紫色的又朴素又新鲜的花朵。人惊叫道：'皮实。'单单活着不算数，还活出花朵叫世界看看，这是'皮实'的极致。"（《蚱蜢舟》）

他们当中有人意识到，并且努力要证实自己的存在的价值。车钻冒着危险"破"掉矮凳桥下"碧沃"两个字，"什么也不为，就为叫大家晓得晓得我"。笑杉在坎肩上钉了大家都没有的古式的铜扣子，徜徉过市，又要一锤砸毁了，也是"我什么也不为，就为叫你们晓得晓得我"。有些人并不那样意识到自己的价值，但是她们各个儿用自己的所作所为证实了自己的价值，如溪鳗，如李地。

李地是一位母亲的形象。《惊》是一篇带有寓言性质的小说。很平淡，但是发人深思。当一群人因为莫须有的尾巴无故自惊，炸了营的时候，李地能够比较镇静。她并没有泰然自若，极其理智，但是她慌乱得不那么厉害，清醒得比较早。她所以能这样，是因为她经历的忧患较多，有一点曾经沧海了。这点相对的镇静是美丽的。长期的动乱，造就了这样一位沉着的母亲。李地到供销社卖了一个鸡蛋，六分钱。她胸有成竹地花了这六分钱：两分盐；两分线——一分黑线一分白线；一分石笔；一分冰糖（冰糖是给笑翼买的）。这本是很悲惨的事（林斤澜在小说一开头就提明这是六十年代初期的故事，我们都是从六十年代初期活过来的人，知道那年代是怎么回事），但是林斤澜没有把这件事写得很悲惨，李地也没有觉得悲惨。她计划着这六分钱，似乎觉得很有意思。这一分冰糖让她快乐。这就是"皮实"。能够度过困苦的、卑微的生活，这还不算；能于困苦卑微的生活觉得快乐，在没有意思的生活中觉出生活的意思，这才是真正的"皮实"，这才是生命的韧性。矮凳桥是不幸的。中国是不幸的。但是林斤澜并没有用一种悲怆的或是嘲弄的感情来看矮凳桥，我们时时从林斤澜的眼睛里看到一点温暖的微笑。林斤澜你笑什么？因为他看到绿叶，看到一朵一朵朴素的紫色的小花，看到了"皮实"，看到了生命的韧性。"皮实"

是我们这个民族的普遍的品德。林斤澜对我们的民族是肯定的，有信心的。因此我说：《矮凳桥》是爱国主义的作品。——爱国主义不等于就是打鬼子！

林斤澜写人，已经超越了"性格"。他不大写一般意义上的、外部的性格。他甚至连人的外貌都写得很少，几笔。他写的是人的内在的东西，人的气质，人的"品"。得其精而遗其粗。他不是写人，写的是一首一首的诗。溪鳗、李地、笑翼、笑耳、笑杉……都是诗，朴素无华的，淡紫色的诗。

涩

斤澜的语言原来并不是这样的。他的语言原来以北京话为基础（写的是京郊），流畅，轻快，跳跃，有点法国式的俏皮。我觉得他不但受了老舍，还受了李健吾的影响。后来他改了，变得涩起来的，大概是觉得北京话用得太多，有点"贫"。《矮凳桥》则是基本上用了温州方言。这是很自然的，因为写的是温州的事。斤澜有一个很大的优势，他一直能说很地道的温州话。一个人的"母舌"总会或多或少地存在在他的作品里的。在方言的基础上调理自己的文学语言，是八十年代相当多的作家清楚地意识到的。语言是一种文化现象。语言的背景是文化。一个作家对传统文化和某一特定地区的文化了解得愈深切，他的语言便愈有特点。所谓语言有味、无味，其实是说这种语言有没有文化（这跟读书多少没有直接的关系。有人读书甚多，条理清楚，仍然一辈子语言无味）。每一种方言都有特殊的表现力，特殊的美。这种美不是另一种方言所能代替，更不是"普通话"所能代替的。"普通话"是语言的最大公约数，是没有性格的。斤澜不但能说温州话，且能深知温州话的美。他把温州话融入文学语言，我以为是成功的。但也带来一定的麻烦，即一般读者读起来费事。斤澜的语言越来越涩了。我觉得斤澜不妨把他的语言稍为往回拉一点，更顺一点。这样会使读者觉得更亲切。顺和涩我觉得是可以统一起来的。斤澜有意使读者陌生，但还不是拒人于千里之外。陌生与亲切也是可以统一起来的。让读者觉得更亲切一些，不好么？

董解元云："冷淡清虚最难做。"斤澜珍重！

从戏剧文学的角度看京剧的危机

　　京剧的确存在着危机。从文学史的发展，从它和杂剧、传奇所达到的文学高度的差距来看，从它和"五四"以来新文学发展的关系来看，从它和三十年来的其他文学形式新诗、小说、散文的成就特别是近三年来小说和诗的成就相比较来看，京剧是很落后的。

　　决定一个剧种的兴衰的，首先是它的文学性，而不是唱做念打。应该把京剧和艾青的诗，高晓声、王蒙的小说放在一起比较一下，和话剧《伽利略传》比较一下，这样才能看出问题。不少人感觉到并且承认京剧存在着危机，一个重要的现象是观众越来越少了，尤其是青年观众少了。京剧脱离了时代，脱离了整整一代人。

　　很多人说，中国的戏曲在世界戏剧中有自己独特的地位，有它自成一套的体系。但是中国戏曲的体系究竟是什么呢？到现在还没有人说出个所以然来，我希望有人能迅速写出几本谈中国戏曲体系的书，这样讨论问题时才有所依据。否则你说你写的是一个戏曲剧本，他说不是，是一个有几段台词的什么别的东西；你说你继承了传统，他说你脱离了传统，聚讼纷纭，莫衷一是。弄清了体系，才能发展京剧。为了适应四个现代化，我认为京剧本身有个现代化的问题。

我认为所有的戏曲都应该是现代戏。把戏曲区别为传统戏、新编历史戏和现代戏是不科学的。经过整理加工，加工得好的传统戏，新编的历史题材的戏，现代题材的戏，都应该是"现代戏"。就是说：都应该具有当代的思想，符合现代的审美观点，用现代的方法创作，使人对当代生活中的问题进行思索。整理传统戏、新编历史剧和现代戏，只是题材的不同，没有目的和方法的不同。不能说写现代题材用一种创作方法，写历史题材是用另一种创作方法。

但是大量的未经整理的京剧传统戏所用的创作方法是陈旧的。从戏剧文学的角度来看，传统京剧存在这样一些问题：

一、陈旧的历史观。传统戏大部分取材于历史，但严格来讲，它不能叫作历史剧，只能叫作"讲史剧"。宋朝说话人有四家，其中有一家叫"讲史"。中国戏曲对于历史的认识也脱不出这些讲史家的认识。中国戏曲的材料，往往不是从历史，而是从演义小说里找来的，很多是歪曲了历史的本来面目的，我们今天的一个艰巨任务就是还历史以本来面目。这首先就要创作出大量的历史题材的新戏，把一些老戏代替掉。比如诸葛亮这个人，是个伟大的政治家、军事家；他一生的遭遇也很有戏剧性。大家都知道他的一句名言："鞠躬尽瘁，死而后已"，这是两句很沉痛的话，他是在一种很困难的环境中去从事几乎没有希望的兴国事业的，本身就带有很大的悲剧性。我们为什么不可以脱掉他身上的八卦衣写一个历史上真正的诸葛亮呢？另一个任务是对传统戏加工整理。这种整理是脱胎换骨，点石成金，化腐朽为神奇的工作，在某种程度上它比新创作一个历史题材的戏的难度还要大一些，从这个角度上说中国戏曲是一个大包袱，我以为是很有道理的。也许我说得夸张一些，从原则上讲，几乎没有一出戏可以原封不动地在社会主义舞台上演出。

二、人物性格的简单化。中国戏曲有少数是写出深刻复杂的人物性格的，突出的例子是宋士杰，宋士杰真正够得上是一个典型。十七年整理传统戏最成功的一出是《十五贯》，我以为这是真正代表十七年戏曲工作成就的一出戏，它所达到的水平，比《将相和》《杨门女将》更高一些，因为它写了况钟这样一个人物，写得那样具体，那样丰富，不带一点概念化和主题先行的痕迹。其余的人物也都写得有特色，可信。但可惜像宋士杰、况钟这样的典型在中国戏曲里是太少了。这和中国戏曲脱胎于演义小说是有关系的。演义小说一般只讲故事，很少塑造人物。戏曲既然多从演义小说中取材，自然也会受到影响，这是不奇怪的。欧洲文艺复兴前后的小说，也多半只是讲故事，很少有人物性格。着重描写人物，刻画他的内心世界，这是十八、十九世纪以后的事。今天，写简单的人物性格，类似写李逵、张飞、牛皋的戏，也还有人要看，比如农民。但是对看过巴尔扎克等小说的知识青年，这样简单化的性格描写是满足不了他们的艺术要求的。

是否中国人的性格，或者说中国古人的性格本来就简单呢？也不是。比如汉武帝这个人的性格就相当复杂。他把自己的太子逼得造了反，太子死后，他又后悔，盖了一座宫叫"思子宫"，一个人坐在里面想儿子。历史上有性格的人很多，这方面的题材是取之不尽的。

对历史剧鼓励、提倡什么题材，会带来概念化和主题先行，往往会让某一段历史生活或某一个历史人物去注解这个主题。十七年戏曲工作的缺点之一，就是鼓励、提倡某些题材，因而使题材狭窄了，带来概念化和主题先行的后果。这种倾向，即使在比较优秀的剧目中也在所难免。题材，还是让作者自己去发现，他看了某一段记载，欣然命笔，才能写出才华横溢的作品。十七年，我们对历史剧的创作方法上还有一个误会，就是企图在剧本里写出某个人物在历史上的作用，这实际上是在写史论，而不是写剧本。我认为，"作用"是无法表现的，只能由后代的历史学家去评价，剧本里只能写人物，写性格。

人物性格总是复杂的，简单的性格同时也是肤浅的性格，必然缺乏深度。现在有些清官戏、包公戏，做了错事自我责备的一些戏，说了一些听起来很解气的话，我以为这样的戏只能快意于一时，不会长久，因为人物性格简单。

三、结构松散。有些京剧的结构很严谨，如《四郎探母》。但大多数剧本很松散。为什么戏曲里有很多折子戏？因为一出戏里只有这几折比较精彩，全剧却很松散，也很无味。今天的青年看这种没头没尾的折子戏，是不感兴趣的。我曾想过，很多优秀的折子戏，应该重新给它装配齐全，搞成一个完整的戏，但是这工作很难。

四、语言粗糙。京剧里有一些语言是很不错的。比如《桑园寄子》的"走青山望白云家乡何在"，真是有情有景。《四郎探母》的唱词也是写得好的，"见娘"的〔倒板〕〔回龙〕〔二六〕的唱词写得很动人，"每日花开儿的心不开"真是恰到好处，这段唱和锣鼓、身段的配合，简直是天衣无缝。《打渔杀家》出门和上船后父女之间的对白，具有生活气息，非常感人。宋士杰居然唱出了"宋士杰与你是哪门子亲"这样完全口语化的唱词，老艺人能把这句唱词照样唱出来，而且唱得这样一波三折，很有感情，真是叫人佩服。但是这样的唱词念白在京剧里不多，称得上是剧诗的唱念尤少。

京剧的语言和《西厢记》《董西厢》是不能比的，京剧里也缺少《琵琶记》"吃糠"和"描容"中那样真切地写出眼前景、心中情的感人唱词。传奇的唱词写得空泛一些，但是有些可取的部分，京剧也没有继承下来。京剧没有能够接上杂剧、传奇的传统，是它的一个很大的先天性的弱点。

京剧的文学性比起一些地方大戏，如川剧、湘剧，也差得很远。

京剧缺少真正的幽默感，因此缺乏真正的喜剧，川剧里许多极有趣的东西，一移植为京剧就会变成毫无余味的粗俗的笑料。

京剧也缺少许多地方小戏所特具的生活气息，可以这样比喻：地方戏好比水果，到了京剧就成了果子干；地方戏是水萝卜，京剧是大腌萝卜，原来的活色生香，全部消失。

"四人帮"尚未插手之前的现代戏创作中，有的剧作者曾有意识地把从生活中来、具有一定生活哲理的语言引进京剧里来，比如《红灯记》里的"里里外外一把手，穷人的孩子早当家"，《沙家浜》里的"人一走，茶就凉"

等，这证明京剧还是可以容纳一些有生活气息、比较深刻的语言的。可惜这些后来都被那些假大空的豪言壮语所取代了。

京剧里有大量不通的唱词，如《花田错》里的"桃花更比杏花黄"，《斩黄袍》里的"天做保来地做保，陈桥扶起龙一条"，《二进宫》的唱词几乎全不通。我以为要挽救京剧，要提高京剧的身价，要争取青年尤其是知识青年观众，就必须提高京剧的语言艺术，提高其可读性。巴金同志看了曹禺同志的《雷雨》说："你这个剧本不但可以演，也是可以读的。"我们不赞成只能供阅读，不能供搬演的"案头剧本"，也不赞成只能供场上搬演，而不能供案头阅读的剧本。可惜这种既能演又能读的剧本现在还不多。《人民文学》可以发表曹禺的《王昭君》，为什么不能发表一个戏曲剧本呢？戏曲剧作者常常说自己低人一等，被人家看不起。当然这种社会风气是不公平的，但戏曲剧作者自己也要争气，把剧本的文学性提得高高的，把词儿写得棒棒的，叫诗人、小说家折服。

很多同志对现代戏很关心，认为困难很大。我对现代戏倒是比较乐观的，因为它没有包袱。我以为比较难解决的倒是传统戏，如果传统戏的问题，即陈旧的历史观，陈旧的创作方法，人物性格的简单化的问题解决了，则现代戏的问题也比较好解决。如果创作方法不改变，京剧不但表现现代题材有困难，真正要深刻地表现历史题材也有困难。

　　我认为京剧确实存在危机，而且是迫在眉睫。怎样解决，我开不出药方。但在文学史上有一条规律，凡是一种文学形式衰退了的时候，挽救它的只有两种东西，一是民间的东西，一是外来的东西。京剧要向地方戏学习，要接受外国的影响，我主张京剧院团把门窗都打开，接受一点新鲜空气，借以恢复自己的活力。

应该争取有思想的年轻一代

——关于戏曲问题的冥想

戏曲（我这里主要说的是京剧）不景气，不上座，观众少，原因究竟何在？我认为，根本的原因是：它太陈旧了。

戏曲的观众老了。说他们老，一是说他们年纪大了，二是说他们的艺术观过于陈旧。中国虽有"高台教化"的说法，但是一般观众（尤其是城市观众）对于真和善的要求都不是太高，他们看戏，往往只是取得一时的美的享受，他们较多注重的是戏曲的形式美（包括唱念做打）。因此，中国戏曲最突出的东西，也就是形式美。相当多的戏曲剧目的一个致命的弱点，是缺乏思想——能够追上现代思潮的新的思想。戏曲落后于时代，这是无法否认的事实。

戏曲的观众需要更新。老一代的观众快要退出剧场，也快要退出这个世界了。戏曲需要青年观众。

但是青年爱看戏曲的很少。

什么原因？

有人说青年人对戏曲形式不熟悉。有这方面的原因。单是韵白，年轻人就听着不习惯。板腔、曲牌，他们也生疏。但是形式不是那样难于熟悉的。有一个昆曲剧院到北大给学生演了两场，看的青年惊呼：我们祖国还有这样美好的艺术！青年的艺术趣味在变。他们对流行歌曲已经没有兴趣。前几年兴起的一阵西洋古典音乐热，不少人迷上了贝多芬。现在又有人对中国的古典艺术产生兴趣了。中国戏曲既然具有那样独特的形式美，它们是能够征服年轻人的。并且由于青年的较新的审美趣味，也必然会给戏曲的形式美带来新的风采。

有人说，因为戏曲的节奏太慢，和现代生活的节奏不合拍，年轻人看起来着急。这也有点道理。但是生活的节奏并不能完全决定艺术的节奏。而且如果仅仅是节奏慢的问题，那么好办得很，把节奏加快就行了。事实上已经有人这样做。去掉废场子、废锣鼓，把慢板的尺寸唱得近似快三眼，不打"慢长锤"……但是这不能解决根本问题。

要争取青年观众，首先要认识青年，研究当代青年的特点。

我们的青年是思索的一代，理智的一代。他们是热情的、敏锐的，同时也是严肃的、深刻的。不少人具有揽辔澄清，以天下为己任的心胸，戏曲应该满足他们的要求。

当然首先应该多演现代戏。这不是那种写好人好事的现代戏。企图在舞台上树立几个可供青年学习的完美的榜样的想法是天真的。青年希望在舞台上看到和他们差不多的人，看到他们自己。写一个改革者不能只是写出他怎样大刀阔斧地整顿好一个企业。青年人从他们切身的感受中，知道事情绝不那样简单。法律面前人人平等，是一个迫切地需要宣传的思想，但是不能只是写出一个具有法制思想的正面人物，写出一个概念。一个企图体现这样思想的人必然会遇到许多从外部和内部来的阻力、压力、痛苦。现在时兴一个词语，叫做"阵痛"。任何新的事物的诞生，都要经过阵痛。年轻人对这种阵痛最为敏感。他们在看戏的时候，希望体验到这种阵痛，同时，在思索着，和剧中人一起在思索着。没有痛苦，就没有思索。轻松的思索是没有的。而真正的欢乐，也只有通过痛苦的思索才能得到，由痛苦到欢乐的人物性格必然是复杂的，他们的心理结构是多层次的，他们的思想是丰富的。从某种意义上说，每个改革者都是一个思想家，或者简单一点说，是个有头脑的人。这对于戏曲来说是有困难的。戏曲一般不能有这样大的思想容量；以"一人一事"为主要方式的戏曲结构也不易表现复杂的性格。这是戏曲改造的一个难题，但又是一个必须克服的难题。

否则戏曲将永远是陈旧的。

历史剧的作用不可忽视。中国戏曲长于表现历史题材，这是一种优势。但是大部分戏曲都把历史简单化了。我发现不少青年人对历史产生了浓厚的兴趣。这是很自然的。他们思索着许多问题，他们要了解我们这个民族，这个民族的现状、未来，自然要了解这个民族的性格是怎样形成的，要了解它的昨天。我们多年以来对历史剧的要求多少有一点误解，即较多看重它们的教诲作用，而比较忽视它们的认识作用，因此对许多历史人物的是非功过纠缠不休。其实通过这些历史人物（包括虚构的人物）能够让我们了解那个历史时期，了解我们这个民族的某些特点，某些观念，就很不错了。比如《烂柯山》这出戏，我们不必去议论谁是谁非，不必去同情朱买臣，也不必去同情崔氏。但是我们知道了，并且相信了过去曾经有过那样的事，我们看到"夫荣妻贵'、"从一而终"这样的思想曾经深刻地影响过多少人，影响了朱买臣，也影响了崔氏。朱买臣和崔氏都是这种观念的痛苦的牺牲品。这是我们民族的一个病灶，到现在还时常使我们隐隐作痛。我觉得经过改编的《烂柯山》是能起到这样的作用的，改编者所取的角度是新的，好的。又比如《一捧雪》。我们既不能把莫成当一个"义仆"来歌颂，也不必把他当一个奴才来批判，但是我们知道，并且也相信，过去曾经有过那样的事。不但可以"人替人死",而且在临刑前还要说能替主人一死,乃是大大的喜事,要大笑三声,——这是多么惨痛的笑啊!通过这出戏,可以让我们看到等级观念对人的毒害是多么酷烈,一个奴才的"价值"又是多么的低!如果经过改编的戏,能产生这样的效果,我觉得就很不错了。这样的戏,是能满足青年在理智方面的要求的。我觉得许多老戏,都可以从一个新的角度,用一种新的思想、新的方法重新处理,彻底改造。

我们的青年,是一大批青年思想者。他们要求一个戏,能在思想上给予他们启迪,引起他们思索许多生活中的问题。

因此要求戏曲工作者,首先是编剧,要有思想。我深深感到戏曲编剧最缺乏的是思想。——当然包括我自己在内。

听遛鸟人谈戏

　　近来我每天早晨绕着玉渊潭遛一圈。遛完了，常找一个地方坐下听人聊天。这可以增长知识，了解生活。还有些人不聊天。钓鱼的、练气功的，都不说话。游泳的闹闹嚷嚷，听不见他们嚷什么。读外语的学生，读日语的、英语的、俄语的，都不说话，专心致志把莎士比亚和屠格涅夫印进他们的大脑皮层里去。

　　比较爱聊天的是那些遛鸟的。他们聊的多是关于鸟的事，但常常联系到戏。遛鸟与听戏，性质上本相接近。他们之中不少是既爱养鸟，也爱听戏，或曾经也爱听戏的。遛鸟的起得早，遛鸟的地方常常也是演员喊嗓子的地方，故他们往往有当演员的朋友，知道不少梨园掌故。有的自己就能唱两口。有一个遛鸟的，大家都叫他"老包"，他其实不姓包，因为他把鸟笼一挂，自己就唱开了："包龙图打坐在开封府……"就这一句。唱完了，自己听着不好，摇摇头，接着再唱："包龙图打坐……"

因为常听他们聊，我多少知道一点关于鸟的常识。知道画眉的眉子齐不齐，身材胖瘦，头大头小，是不是"原毛"，有"口"没有，能叫什么玩意儿：伏天、喜鹊——大喜鹊、山喜鹊、苇咋子、猫、家雀打架、鸡下蛋……知道画眉的行市，哪只鸟值多少"张"。——"张"，是一张拾圆的钞票。他们的行话不说几十块钱，而说多少张。有一个七十八岁的老头，原先本是勤行，他的一只画眉，人称鸟王。有人问他出不出手，要多少钱，他说："二百。"遛鸟的都说："值！"

我有些奇怪了，忍不住问：

"一只鸟值多少钱，是不是公认的？你们都瞧得出来？"

几个人同时叫起来："那是！老头的值二百，那只生鸟值七块。梅兰芳唱戏卖两块四，戏校的学生现在卖三毛。老包，倒找我两块钱！那能错了？"

"全北京一共有多少画眉？能统计出来么？"

"横是不少！"

"'文化大革命'那阵没有了吧？"

"那会儿谁还养鸟哇！不过，这玩意儿禁不了。就跟那京剧里的老戏似的，'四人帮'压着不让唱，压得住吗？一开了禁，您瞧，呼啦——全出来了。不管是谁，禁不了老戏，也就禁不了养鸟。我把话说在这儿：多会儿有

· 261 ·

画眉，多会儿他就得唱老戏！报上说京剧有什么危机，瞎掰的事儿！"

这位对画眉和京剧的前途都非常乐观。

一个六十多岁的退休银行职员说："养画眉的历史大概和京剧的历史差不多长，有四大徽班那会儿就有画眉。"

他这个考证可不大对。画眉的历史可要比京剧长得多，宋徽宗就画过画眉。

"养鸟有什么好处呢？"我问。

"嘻，遛人！"七十八岁的老厨师说："没有个鸟，有时早上一醒，觉得还困，就懒得起了；有个鸟，多困也得起！"

"这是个乐儿！"一个还不到五十岁的扁平脸、双眼皮很深、络腮胡子的工人——他穿着厂里的工作服，说。

"是个乐儿！钓鱼的、游泳的，都是个乐儿！"说话的是退休银行职员。

"一个画眉，不就是叫么？怎么会有那么大的差别？"

一个戴白边眼镜的穿着没有领子的酱色衬衫的中等老头儿，他老给他的四只画眉洗澡——把鸟笼放在浅水里让画眉抖擞毛羽，说：

"叫跟叫不一样！跟唱戏一样，有的嗓子宽，有的窄，有的有膛音，有的干冲！不但要声音，还得要'样'，得有'做派'，有神气。您瞧我这只画眉，叫得多好！像谁？"

像谁？

"像马连良！"

像马连良？！

我细瞧一下，还真有点像！它周身干净利索，挺拔精神，叫的时候略偏一点身子，还微微摇动脑袋。

"潇洒！"

我只得承认：潇洒！

不过我立刻不免替京剧演员感到一点悲哀，原来在这些人的心目中，对一个演员的品鉴，就跟对一只画眉一样。

"一只画眉，能叫多少年？"

勤行老师傅说："十来年没问题！"

老包说："也就是七八年。就跟唱京剧一样：李万春现在也只能看一招一势，高盛麟也不似当年了。"

他说起有一年听《四郎探母》，甬说四郎、公主，佘太君是李多奎，那嗓子，冲！他慨叹说：

"那样的好角儿，现在没有了！现在的京剧没有人看，——看的人少，那是啊，没有那么多好角儿了嘛！你再有杨小楼，再有梅兰芳，再有金少山，试试！照样满！两块四？四块八也有人看！——我就看！卖了画眉也看！"

他说出了京剧不景气的原因：老成凋谢，后继无人。

这与一部分戏曲理论家的意见不谋而合。

戴白边眼镜的中等老头儿不以为然：

"不行！王师傅的鸟值二百（哦，原来老人姓王），可是你叫个外行来听听：听不出好来！就是梅兰芳、杨小楼再活回来，你叫那边那几个念洋话的学生来听听，他也听不出好来。不懂！现而今这年轻人不懂的事太多。他们不懂京剧，那戏园子的座儿就能好了哇？"

好几个人附和："那是！那是！"

他们以为京剧的危机是不懂京剧的学生造成的。如果现在的学生都像老舍所写的赵子曰，或者都像老包，像这些懂京剧的遛鸟的人，京剧就得救了。这跟一些戏剧理论家的意见也很相似。

然而京剧的老观众，比如这些遛鸟的人，都已经老了，他们大部分已经退休。他们跟我闲聊中最常问的一句话是："退了没有？"那么，京剧的新观众在哪里呢？

哦，在那里：就是那些念屠格涅夫、念莎士比亚的学生。

也没准儿将来改造京剧的也是他们。

谁知道呢！

"外星人"语

我的困惑

曾祺同志：

　　您好！上次在街上碰见您，您问起我这两年的创作，你大概还记得我当时面色微红，欲言又止的窘态。有些问题我总想找机会登门求教，可又怕打扰您。

　　我自信我不是一个甘于跟在别人屁股后面走的剧作者，我虽愚钝，但总以探索为乐事，即使碰壁也一笑置之。

　　前几天，我的一位出国工作的朋友从国外给我来信。他是一位才气横溢，而又不大合群的人，但和我有多年厚交。他说："我不知我怎么了，坐在异国的剧场里，对我们的戏剧产生了一种恐惧感，崩溃感。被你们奉为国宝的京剧，到底算什么样的艺术呢？无休止的程式、模式，她和生动飞跃的现代生活是多么格格不入啊！有人一听说'危机'就谈虎色变，我想何止危机，我们恐怕不能阻止其必然出现的悲剧命运。"

他的信使我难过了好几天，我不同意他的话，但我又担心他的话是对的。

真是凑巧，昨天下午，我奉命去会见一位来自我那个朋友所在国的女电影明星。她年近五十，拍过七十多部电影，是新浪潮电影的代表人物，她的名字在电影界几乎是无人不晓的。她是应我国电影学院邀请来华讲学的。她为人直率，毫不做作。我们问她对中国电影的印象，她直言不讳地说，就她看到的一些片子，她认为中国影片的电影书法（语言）陈旧、落后，有的像广告片，有的像旅游片，有的又像舞台片，许多影片像印刷体的字，拘谨，缺乏生气。但是，她又极其高兴地告诉我们，她看了中国京剧《拾玉镯》《钟馗嫁妹》，她说这虽然是古老的艺术，有近二百年的历史，但是却充满了青春的气息，是写人性的，是一种非常完整的艺术，尽管语言不通，但是她看懂了。表示还希望再看几出京剧。

　　曾祺老师，我这几天老在想，我们所致力追求的未来戏剧该是什么样子呢？我们该怎样对待我们的传统戏剧艺术呢？我们又该如何和越来越多的面目陌生的异国戏剧流派相处呢？我的创作之路，追求之路，探索之路又该如何走呢？

　　您是我敬重的师长，我很想听听您对这个问题的意见。

　　　　　　　　　　　　　　　　江连农

　　　　　　　　　　　　　　　五月五日上

一个"外星人"的回答

连农同志：

　　你在很严肃地思考有关戏曲创作的问题。你提的问题我回答不了。今年春天，有一位报纸的编辑来采访我，我信口谈了一些对戏曲的看法，她戏称我为"戏曲界的外星人"，大概是觉得我的某些话有点离奇。既承垂问，我也可以说一点"外星人语"。——其实都是陈芝麻烂谷子，毫不新鲜。

戏曲创作，千头万绪，归根结底，也许只是一个问题：戏曲观念的更新。

中国戏曲是很有特点的，在世界戏剧之林中确实能够自成体系。"无休止的程式"不是它目前不大景气的病根。芭蕾不也是由程式组成的么？中国戏曲有大量平庸甚至低劣的剧目，这些剧目被淘汰或将被淘汰，是自然的事。但是有永不凋谢的不朽的精品。比如昆曲的一些折子戏。有人说：有一出《痴梦》，我们就差堪自慰，可以对戏曲的前景不必过于悲观，戏曲还是有振兴的希望的。这话不是毫无道理。我们对上昆、苏昆的同志充满敬意。昆曲目前并不怎么上座（演员的奖金也不会多），但是他们确认为昆曲是中国民族艺术的精华，充满信心，充满热情，挖掘整理，精益求精，虽不免清贫寂寞，却自觉乐在其中，他们真是一些心灵很美的好人！我们在昆曲调演中看到他们声情并茂，光彩照人的表演，不能不想到他们对于戏曲艺术的忠贞不渝的高贵的献身精神，不能不感动。五十年代，昆曲曾以《十五贯》一出戏轰动全国；八十年代，昆曲又拿出这样一批精致玲珑，发人深思的折子戏，昆曲所惠于国人者多矣！从昆曲的两次"进京"，使我想到一个问题，这反映出人们的戏曲观念发生了相当大的变化。我不是说像《痴梦》这样的戏五十年代绝对不可能演出，但是相信是会遇到阻力的。人们会问：演出这样的戏有什么政治意义？对观众能起到什么教育作用？这样的问题很不好应付。——不像《十五贯》，可以理直气壮地回答：关心人民疾苦，重视调查研究，有人民性！（"人民性"是五十年代戏曲通行证上相当于"验讫"的朱红戳记。）《痴梦》如能在那时演出，大概会被归入这样一档：艺术上可取，内容无害。一个戏曲作品的思想内容落得一个"无害"的评语，实在是非常可悲的事。《痴梦》的思想内容又岂止是"无害"而已呢？我不想在这里探讨《痴梦》的思想，更不想评说《十五贯》和《痴梦》的高下，我只是说《痴梦》对许多人的戏曲观的冲击作用不可低估。《痴梦》（以及其他昆曲剧目如《迎像哭像》《打虎游街》《偷诗》……）的出现，是戏曲工作者在十一届三中全会以后对戏曲工作反思的结果，是对四人帮文艺专制主义的一个反拨。

五十年代，或按一般说法："十七年"。我一点不想否定十七年戏曲工作的公认的巨大成绩。但是我不赞成对十七年的戏曲工作做全面肯定。有的同志盛称"十七年"，以为如果回到"十七年"一切就都好了，值得商榷。十七年，我们的各项工作，包括文艺工作都有一个共同的问题，是"左"。难道戏曲独能例外？文艺的"左"，集中在一点，是：为政治服务。三中全会以后，否定文艺为政治服务，是有非常深远的历史意义的。我们都是从"十七年"过来的。我们都深知政治标准第一，教育作用至上是个什么滋味。第一和至上的结果是：概念化。十七年的许多戏，包括一些名剧，都带有概念化的痕迹。第一和至上的恶性发展，就是四人帮时期的"主题先行"。四人帮的文艺"理论"，主要是"三突出"和"主题先行"。"三突出"，大家批判得很多了。但是我以为"主题先行"的危害性比"三突出"更为严重。"主题先行"不自四人帮始。四人帮以前就有，只是没有形诸文字，成为文艺的宪法。而且这种思想至今并未绝迹，至今仍是覆盖在我们的文艺观——戏曲观的上空的阴云。有的时候，云层很厚。

应该认真地研究一下文艺——戏曲的社会功能，戏曲到底有什么作用。应该科学地研究一下戏曲的接受美学。我相信总有一天，我们能用电子计算机测出一出戏对观众心理影响的波动曲线。我不想否定戏曲的教育作用，但是我认为这在观众的接受过程中是最后一个层次。没有人花钱买票进剧场是为了受教育的。我觉得应该强调戏曲的美感作用和认识作用。观众进剧场，首先是为了得到美的享受（不止是娱乐，我是不同意戏曲有所谓单纯的"娱乐作用"的）。这种美的享受，净化了他们的灵魂，使他精神境界提高，使他自觉是一个高尚而文明的人。其次，戏曲引起他对历史和现实的思索，使他加深了对世界，特别是对我们这个民族的认识，增加了对民族的感情。如果要说教育作用，我以为这是最深刻的教育作用，比那种从某个戏曲人物身上提取供人学习的抽象道德规范的作用要实在得多。

如果采用这样的标准，我觉得《痴梦》《打虎游街》，以及你信中提到的《钟馗嫁妹》《拾玉镯》，和十七年的某些概念化的作品相比较，其"档次"的高低，不言而喻。

应该强调剧作者的主体意识。近几年大家嚷嚷提高剧作家的地位。我以为作家的地位首先是作家在作品中的地位，而不在当不当人民代表、政协委员。宏观世界并不是凝固不动的，每一个剧作家只能表现他所感知的世界。他有自己的思维方式，自己的表现技法，别人不能代替，剧作家不能随人俯仰。黄山谷曾说："听它下虎口著，我不为牛后人。"就是你信中所说的不"跟在别人屁股后边走"。国外的理论家近年致力于创作内部规律的研究。咱们的戏曲理论家是不是也可以研究研究剧作的内部规律，研究研究剧作家是怎样写成一个剧本的？如果能说出个道道来，这比给剧作家发一笔奖金更能使人鼓舞。这才是对剧作家真正的尊重。

最后，我觉得剧作家最好是一个诗人。布莱希特之所以伟大，不只因为他创立了一个体系，提出间离效果说，首先，他是个非常有才华的大诗人。

剧作家也应该看看画，比如罗中立的《吹渣渣》。

你问我你的创作之路，追求之路，探索之路该如何走，我只能海阔天空，不着边际地瞎扯一通，请原谅。

祝你碰壁！

汪曾祺

五月十二日

宋士杰
——一个独特的典型

　　《四进士》原来是一出很芜杂的群戏，现在也还保留着一些芜杂的痕迹，比如杨素贞手上戴的那只紫金镯，与主线已经没有多大关系了。它之能够流传到今天，成为一出无可比拟的独特的京剧，是因为剧中塑造了一个独特的典型，宋士杰。

　　宋士杰是一个讼师。现在大概很多人不知道讼师是干什么的了。过去，是每一个县城里都有的，他们的职业是包打官司，即包揽词讼。凡有衙门处即有讼师。只要你给他钱，他可以把你的官司包下来，把你的对手搞得倾家荡产，一败涂地。在生活里，他们也是很刁钻促狭的。讼师住的地方，做小买卖的都不愿停留，邻居家的孩子都不敢和他们家的孩子打架。然而《四进士》却写了一个好讼师，这就很特别。

　　宋士杰的好处在于，一是办事傲上。这在封建社会里是一种难得的品德。二是好管闲事。

要写他的爱管闲事，却从他怕管闲事写起。

宋士杰的出场是很平淡的，几记小锣，他就走出来了。四句诗罢，自报家门：

> 老汉宋士杰。在前任道台衙门，当过一名刑房书吏。只因我办事傲上，才将我的刑房革退。在西门以外，开了一所小小店房，不过是避嫌而已……

避嫌，避什么嫌呢？避官场之嫌。开店是一种姿态，表示引退闲居，从此不再往衙门里插手，免招是非物议。他虽然也不甘寂寞，偶尔给吃衙门饭的人一点指点，杯酒之间，三言两语。平常则是韬晦深藏，很少活动的了。以至顾读一听说宋士杰这名字，吃惊道："宋士杰！这老儿还未曾死么？"

他卷进一场复杂的纠纷，完全是无心的，偶然的。他要去吃酒，看见刘二混等一伙光棍追赶杨素贞，他的老毛病犯了：

> 啊！这信阳州一班无徒光棍，追赶一个女子；若是追在无人之处，那女子定要吃他们的亏。我不免赶上前去，打他一个抱不平！

（"无徒"即无赖，元曲中屡见。白朴《梧桐雨》、关汉卿《望江亭》中都有。没想到这个古语在京剧里还活着。有的整理过的剧本写成"无头"，就没有讲了。）

但是转念一想：

咳！只因为多管人家的闲事，才将我的刑房革退，我又管的什么闲事啊。不管也罢，街市上走走。

他和万氏打跑了刘二混，事情本来就完了。不想万氏把杨素贞领到家里——店里来了。他和杨素贞的攀谈，问人家姓什么，哪里的人，到信阳州来做什么……都是一些见面后应有的闲话。听到杨素贞是越衙告状来了，他顺口说了一句："哎呀，越衙告状，这个冤枉一定是大了。"也只是平常的感慨（《四进士》能用口语的念白写出人物的神情，非常难得。这出戏的语言是很值得研究的）。他想看看人家的状子，只是一种职业性的兴趣。他指出什么是"由头"，点出哪里是"赖词"，称赞"状子写得好"，"作状子的这位老先生有八台之位"，"笔力上带着"，但是"好是好，废物了"！（多好的语言！若是写成"好倒是好啊，可惜么，是一个废物了！"便索然无味。可惜我们今天的许多剧本用的正是后一种语言）——"道台大人前呼后拥，女流之辈，挨挤不上，也是枉然。""交还与她"，他不管了！

杨素贞叫了宋士杰一声干父，宋士杰答应到道台衙门去递状。

到道台衙门递一张状，这在宋士杰，真是小事一桩。本来可以不误堂点，顺顺当当把状子递上。不想遇着丁旦，拉去酒楼，出了个岔子，逼得他不得不击动堂鼓，面见顾读。犹如一溪春水，撞到一块石头，激起了浪花。宋士杰湿了鞋子，掉进了旋涡，越陷越深，不能自拔。他从一个旁观者变成了当事人，从一个局外人变成了矛盾的一个主要方面。他的性格也就在愈趋复杂的斗争中，更加清楚、更加深刻地展示出来。作者没有一开头就写他路见不平，义形于色，揎拳攘袖，拔刀向前。那样就不是宋士杰，而是拼命三郎石秀了。

宋士杰是一个讼师。他的主要行动是打官司（河南梆子这出戏就叫《宋士杰打官司》）。他的主要的戏是一公堂、二公堂、盗书、三公堂。三公堂是毛朋的戏，宋士杰无大作为。盗书主要看表演，没有多少语言。真正表现宋士杰的讼师本色的，是一公堂、二公堂。一公堂、二公堂的对立面是顾读。全剧的精彩处也在于宋士杰斗顾读。

一公堂斗争的焦点是宋士杰是不是包揽词讼。过去，讼师是一种不合法的职业。"包揽词讼"本身就是罪名。所有的讼师在插手一桩官司之前，都首先要把这项罪名搞清。否则未曾回话，官司就输了。宋士杰知道，上堂之后，顾读必然首先要挑这个眼。顾读一声"传宋士杰！"丁旦下堂："宋家伯伯，大人传你。"宋士杰"吓"了一声，丁旦又说："大人传你。"宋士杰好像没有听明白："哦，大人传我？"丁旦又重复一次："传你！小心去见。"宋士杰好像才醒悟过来："呵呵，传我？"这么一句话有什么听不明白的呢？他怎么这样心不在焉，反应迟钝呢？不是迟钝，他是在想主意。他脱下鸭尾巾，露出雪白的发纂（刹那之间，宋士杰变得很美），报门："报！宋士杰告进。"不卑不亢，似卑实亢。这时他已经成竹在胸，所以能如此从容。剧作者的笔墨精细处真不可及！

果然，顾读劈头就问：

　　"你为何包揽词讼？"
　　"怎见得小人包揽词讼？"
　　"杨素贞越衙告状，住在你的家中，分明是你挑唆而来，岂不是包揽词讼？"

顾读问得在理。

"小人有下情回禀。"

"讲！"

宋士杰的辩词实在出人意料：

> 吓。小人宋士杰，在前任道台衙门当过一
> 名刑房书吏。只因我办事傲上，才将我的刑房
> 革掉。在西门以外开了一所小小店房，不过是
> 避嫌而已。曾记得那年，去往河南上蔡县办差，
> 住在杨素贞的家中；杨素贞那时间才这长这大，
> 拜在我的名下，收为义女。数载以来，书不来，
> 信不往。杨素贞她父已死。她长大成人，许配
> 姚廷椿为妻。她的亲夫被人害死，来到信阳州
> 越衙告状。常言道是亲者不能不顾，不是亲者
> 不能相顾。她是我的干女儿，我是她的干父。
> 干女儿不住在干父家中，难道说，叫她住在庵
> 堂——寺院？

这真是老虎闻鼻烟！一件没影子的事，他却说得有
鼻子有眼，活灵活现，点水不漏，无懈可击！这段辩词，
层次清楚，语调铿锵，真是掷地作金石声！"这长这大"，
真亏他想得出来。——我们现在要是写，像"这长这大"

这样活生生的语言，是无论如何写不出来的。

什么叫讼师？这就叫讼师：数白道黑，将无作有。

二公堂是宋士杰替杨素贞喊冤。顾读受贿之后，对杨素贞拶指逼供，上刑收监。宋士杰在堂口高喊："冤枉！"

"宋士杰，你为何堂堂喊冤？"

"大人办事不公！"

"本道哪些儿不公？"

"原告收监，被告讨保，哪些儿公道？"

"杨素贞告的是谎状。"

"怎见得是谎状？"

"他私通奸夫，谋害亲夫，岂不是谎状？"

"奸夫是谁？"

"杨春。"

"哪里人氏？"

"南京水西门。"

"杨素贞？"

"河南上蔡县。"

"千里路程，怎样通奸？"

"呃，——他是先奸后娶！"

"既然如此，她不去逃命，到你这里送死
来了！"

这个地方宋士杰是有理的。他得理不让人，步步进逼，语快如刀，不容喘息，一鞭一条痕，一掴一掌血，一直到把对方打翻在地，再也起不来，真是老辣之至。

除了写他是个会打官司的讼师，一个尖刻厉害的刀笔，剧本还从多方面刻画他的世事洞明，人情练达。

宋士杰误过午堂，状子不曾递上，心里很懊恼，回家的路上，一个人自言自语地叨叨：

　　咳！酒楼之上，多吃了一杯，升过堂了，状子没有递上，只好回去。吃酒的误事！回得家去，干女儿迎上前来，言道："干父回来了？"我言道："我回来了。"干女儿必定问道："状子可曾递上？"我言道："遇见一个朋友，在酒楼之上，多吃了一杯，升过堂了，没有递上。"她必然言道："干父啊，我不是你的亲生女儿，若是你的亲生女儿，酒也不吃，状子也递上了。"这两句言语，总是有的……这两句言语，总是……

到了家，杨素贞果然对万氏说：

　　"嗳，我不是他的亲生女儿……"

宋士杰用极低的声音说：

"来了！"

杨素贞接着说：

"若是你的亲生女儿，酒也不吃了，状子也递上了！"

宋士杰：

"我早晓得有这两句话……"

真是如见其肺肝然。

他听说按院大人下马，写了一张上告的状子，途遇杨春，认为干亲，合计告状。听说鸣锣开道，差杨春前去打听，他突然想起：

哎呀！按院大人有告示在外，有人拦轿喊冤，四十大板。我实实挨不起了。我看杨春这个娃娃，倒也精壮得很，我把这四十板子，照顾了这个娃娃吧！

杨春递状回来，他不好问人家递上了没有，他叫人家"走过去"，"走回来"。

　　　　"啊，这娃娃怎么还不回来？待我迎上前去。"

　　　　"义父！"

　　　　"娃娃，你回来了？"

　　　　"我回来了。"

　　　　"状子可曾递上？"

　　　　"递上了。"

　　　　"哦，递上了！——递上了？"

　　　　"递上了。"

　　　　"递上了？"

　　　　"递上了啊！"

　　　　"走过去！"

　　　　"哦，走过去。"

　　　　"走回来。"

　　　　"好，走回来。"

　　　　"唉，娃娃，你没有递上。"

　　　　"怎见得没有递上？"

　　　　"哈哈！娃娃，我实对你讲了吧，按院大人有告示在外，有人拦轿喊冤，打四十大板。

你两腿好好的，状子没有递上吧！"

有一个孩子读《四进士》剧本，读到这里，说："这个宋士杰真坏！"

宋士杰是真坏，可是他真好。他是个很坏的好人。这就是宋士杰，是一个有血有肉的活人，不一般化，不是大慈大悲救苦救难观世音菩萨。

《四进士》一个很大的特点，是运用大量的细节来刻画人物。作者简直是信手拈来，涉笔成趣，笔笔都为人物增添一分光彩。这在戏曲里，至少在京剧里是极为少见的。

为什么作者能够这样从心所欲地写出这样多的细节来呢？原因只有一个：对这个人物太熟了。

张天翼同志在谈儿童文学的一篇讲话中，提出从人物出发。他说：有了人物，没有情节可以有情节，没有细节可以有细节。这是老作家的三折肱之言，是度世的金针。

在去年的全国剧目工作会议上，有一个省的代表介绍经验，说他们省领导创作的同志，在讨论提纲或初稿时，首先问剧作者：你是不是觉得你所写的人物，已经好像站在你的面前了？否则，你不要写！这真是一条十分有益的经验。抓创作，其实只要抓住一条，就够了，抓人物。其余的，都是次要的。我们的许多领导创作的同志，瞎抓一气，就是不懂得抓人物。那种：主题有积极意义，已经有了一定基础，希望继续加工，不要放下……之类的废话，是杀死创作的官僚主义的软刀子。我们已经有了多少在娘胎里闷死的剧本，有了多少毫不精彩，劳民伤财的，叫人连意见都没法提的寡淡的演出，其弊只在一点：没有人物。

这里说的只是应当写人物的戏。至于有的别种样式的戏，如牧歌体的，散文式的（如《老道游山》），散文诗式的（如《贵妃醉酒》），或用意识流方法写的京剧，当然不在此列，而我以为像《四进士》这样的京剧是应该大力提倡的。

浅处见才
—— 谈写唱词

本色　当行

有人以为本色就是当行。陈师道《后山诗话》："退之以文为诗，子瞻以诗为词，如教坊雷大使之舞，虽极天下之工，要非本色。"他所说的本色实相当于多数人所说的当行。一般认为本色和当行还是略有区别的。本色指少用辞藻，不事雕饰，朴素天然，明白如话。当行是说写唱词像个唱词，写京剧唱词是京剧唱词，不但好懂，而且好唱，好听。

板腔体的剧本都是浅显的。没有不好理解，难于捉摸的词。像"摇漾春如线"这样的句子在京剧、梆子的剧本里是找不出来的。板腔体剧种打本子的人没有多少文化，他们肚子里也没有那么多辞藻。杂剧传奇的唱腔抒情成分很大，京剧剧本抒情性的唱词只能有那么一点点。京剧剧本也偶用一点比兴，但大多数唱词都是"直陈其事"的赋体。杂剧、传奇，特别是传奇的唱词，有很多是写景的；京剧写景极少。向京剧唱词要求"情景交融"，实在是强人所难。因为曲牌体和板腔体体制不同。"碧云天，黄花地，西风紧，北雁南飞。晓来谁染霜林醉，总是离人泪"是千古绝唱。这只能是杂剧的唱词。这是一支完整的曲子，首尾俱足，改编成京剧，就成了"碧云天，黄花地，西风紧，北雁南翔。问晓来谁染得霜林绛？总是离人泪千行"，变成了一大段唱词的"帽儿"，下面接了叙事性的唱："成就迟分别早叫人惆怅，系不住骏马儿空有这柳丝长。七香车与我把马儿赶上，那疏林也与我挂住了斜阳，好让我与张郎把知心话讲，远望那十里亭痛断人肠！"杂剧的这支"正官端正好"在京剧里实际上是"腌渍"了。但是这有什么办法？京剧就是这样！王昆仑同志曾和我有一次谈及京剧唱词，说："'一事无成两鬓斑，叹光阴一去不复还。日月轮流催晓箭，青山绿水常在面前'，到此为止，下面就得接上'恨平王无道纲常乱'，大白话了！"是这样。我在《沙家浜》阿庆嫂的大段二黄中，写了第一句"风声紧雨意浓天低云淡"，下面就赶紧接了一句地道的京剧"水词"："不由人一阵阵坐立不安。"

京剧唱词只能在叙事中抒情，在赋体中有一点比兴，《四郎探母》"胡地衣冠懒穿戴，每年间花开儿的心不开"，我以为这是了不得的好唱词。新编的戏里，梁清濂的《雷峰夕照》里的"去年的竹林长新笋，没娘的孩子渐成人"，也是难得的。

京剧是不擅长用比喻的，大都很笨拙。《探母》和《文昭关》的"我好比"尚可容忍，《逍遥津》的一大串"欺寡人好一似"实在是堆砌无味。京韵大鼓《大西厢》"见张生摇头晃脑，嘚啵嘚啵，逛里逛荡，好像一碗汤，——他一个人念文章"，说一个人好像一碗汤，实在是奇绝。但在京剧里，这样的比喻用不上，——除非是喜剧。比喻一要尖新，二要现成。尖新不难，现成也不难。尖新而现成，难！

板腔体是一种"体"，是一种剧本的体制，不只是说的是剧本的语言形式，这是一个更深刻的概念。首先这直接关系到结构，——章法。正如写诗，五古有五古的章法，七绝有七绝的章法，差别不只在每一句字数的多少。但这里只想论及语言。板腔体的语言，表面上看只是句子整齐，每句有一定字数，二二三，三三四。更重要的是它的节奏。我在张家口曾经遇到一个说话押韵的人。我去看他，冬天，他把每天三顿饭改成了一天吃两顿，我问他："改了？"他说：

　　　三顿饭一顿吃两碗，

　　　两顿饭一顿吃三碗，

算来算去一般儿多，

就是少抓一遍儿锅。

　　我研究了一下他的语言，除了押韵，还富于节奏感。
"算来算去一般儿多"，如果改成"算起来一般多"，就失
去了节奏，同时也就失去了情趣——失去了幽默感。语
言的节奏决定于情绪的节奏。语言的节奏是外部的，情绪
的节奏是内部的。二者同时生长，而又互相推动。情绪
节奏和语言节奏应该一致，要做到表里如一，契合无间。
这样写唱词才能挥洒自如，流利快畅。如果情绪缺乏节奏，
或情绪的节奏和板腔体不吻合，写出来的唱词表面上合
乎格律，读起来就会觉得生硬艰涩。我曾向青年剧作者
建议用韵文思维，主要说的是用有节奏的语言思维。或
者可以更进一步说：首先要使要表达的情绪有节奏。

　　板腔体的唱词是不好写的，因为它的限制性很大。听
说有的同志以为板腔体已经走到了尽头，不能表达较新的
思想，应该有一种新的戏曲体制来代替它，这种新的体制
是自由诗体。这是有一定道理的。打破板腔体的字句定式，
早已有人尝试过。田汉同志在《白蛇传》里写了这样的
唱词：

　　你忍心将我伤，

端阳佳节劝雄黄；

你忍心将我诳，

才对双星盟誓愿，

又随法海入禅堂……

这显然已经不是"二二三"。我在剧本《裘盛戎》里写了这样的唱词：

昨日的故人已不在，

昨日的花还在开。

第二句虽也是七字句，但不能读成"昨日——的花——还在开"，节奏已经变了。我也希望京剧在体制上能有所突破。曾经设想，可以回过来吸取一点曲牌体的格律，也可以吸取一点新诗的格律，创造一点新的格律。"五四"时期就有人提出从曲牌体到板腔体，从文学角度来说，实是一种倒退，这是有一定道理的。曲牌体看来似乎格律森严，但比板腔体实际上有更多的自由。它可以字句参差，又可以押仄声韵，不像板腔体捆得那样死。像古体诗一样，连用几个仄声韵尾的句子，然后用一句平声韵尾扳过来，我觉得这是可行的。新诗常用的间行为韵，ABAB，也可以尝试。这种格式本来就有。苏东坡就写过一首这样的诗。我在《撾鼓战金山》里试写过一段。但我以为戏曲唱词总要有格律，押韵。完全是自由诗一样的唱词会是什么样子，一时还想象不出。而且目前似乎还只能在板腔体的基础上吸收新的格律。田汉同志的"你忍心将我伤……"一段破格的唱词，最后还要归到：

> 手摸胸膛你想一想，
> 有何面目来见妻房？

板腔体是简陋的。京剧唱词贵浅显。浅显本不难，难的是于浅显中见才华。李笠翁说："能于浅处见才，方是文章高手。"怎样才能做到这一点呢？希望有人能从心理学的角度，做一点探索。

层次和连贯

曾读宋人诗话，有人问作诗的章法，一位大诗人回答说："只要熟读'打起黄莺儿，莫教枝上啼，啼时惊妾梦，不得到辽西'，就明白了。"他说的是层次和连贯。这首诗看起来一气贯注，流畅自然，好像一点不费力气，完整得像一块雨花石。细看却一句是一层意思。好的唱词也应该这样。《武家坡》：

这大嫂传话太迟慢，

武家坡站得我两腿酸。

下得坡来用目看，

见一位大嫂把菜剜。

前影儿看也看不见，

后影儿好像妻宝钏。

本当上前将妻认，

错认了民妻理不端。

不要小看这样的唱词。这一段唱词是很连贯的，但又有很多层次。"这大嫂传话太迟慢，武家坡站得我两腿酸"，是一个层次；"下得坡来用目看，见一位大嫂把菜剜"，是一个层次；"前影儿看也看不见，后影儿好像妻宝钏"是一个层次；"本当上前将妻认"是一个层次；"错认了民妻理不端"，又是一个层次。写唱词容易犯的毛病，一是不连贯，句与句之间缺乏逻辑关系，东一句，西一句。二是少层次。往往唱了几句，是一个意思，原地踏步，架床叠屋，情绪没有向前推进，缺乏语言的动势。后一种毛病在"样板戏"里屡见不鲜。所以如此，与"样板戏"过分强调"抒豪情"有关。过度抒情，这是出于对京剧体制的一种误解。

写一人即肖一人之口吻

这是很难的。提出这种主张的李笠翁，他本人就没有做到。性格化的语言，这在念白里比较容易做到，在唱词里，就很难了。人物性格通过语言表现，首先是他说什么，其次是怎么说。说什么，比较好办。进退维谷、优柔寡断的陈宫和穷途落魄、心境颓唐的秦琼不同，他们所唱的内容各异。但在唱词的风格上却是如出一辙。"听他言吓得我……"、"店主东带过了……"看不出有什么性格特征。能从唱词里看出人物性格的，即不只表现他说什么，还能表现他怎么说的，好像只有《四进士》宋士杰所唱的：

> 你不在河南上蔡县，
> 你不在南京水西门！ [1]
> 我三人从来不相认，
> 宋士杰与你们是哪门子亲！

这真是宋士杰的口吻！京剧唱词里能写出"宋士杰与你们是哪门子亲"，是一个奇迹。"是哪门子亲！"可

---

[1] 有的演员唱成"你本河南上蔡县，你本南京水西门"，感情就差得多了，"你不在河南上蔡县，你不在南京水西门！"下面有一句潜台词："好端端地，你们跑到我这信阳州来干什么！"

以入唱，而且唱得那样悲愤怨怒，充满感情，人物性格，跃然"纸"上，太难得了！

我们在改编《沙家浜》的时候，曾给自己规定了一个奋斗目标，希望做到人物语言生活化、性格化。这个目标，只有《智斗》一场部分地实现了。《智斗》是用"唱"来组织情节的，不得不让人物唱出性格来，因此我们得捉摸人物的口吻。阿庆嫂的"垒起七星灶"有职业特点地表现出她的性格的，除了"人一走，茶就凉"这一句洞达世态的"炼话"，还在最后一句"有什么周详不周详！"这一句软中硬的结束语，把刁德一的进攻性的敲打顶了回去，顶了一个脆。如果没有最后这句"给劲"的话，前面的一大篇数字游戏式的唱就全都白搭。

"宋士杰与你们是哪门子亲"，"有什么周详不周详"，都是口语。这就使我们悟出一个道理：要使唱词性格化，首先要使唱词口语化。

京剧唱词的语言是十分规整的，离口语较远，是一种特殊的雅言。雅言不是不能表现性格。甚至文言也是能表现性格的。"我翁即若翁。必欲烹若翁，则幸分我一杯羹"，今天看起来是文言，但是千载以下，我们还是可以从这几句话里看出刘邦的无赖嘴脸。但是如果把这几句话硬捺在三三四、二二三的框子里，就会使人物性格受到很大的损失。

从板式上来说，流水、散板的语言比较容易性格化；上板的语言性格化，难。从行当上来说，花旦、架子花的唱词较易性格化，正生、正旦，难。

如果不能在唱词里表现出人物怎么说，那只好努力通过人物说什么来刻画。

总之，我觉得戏曲作者要到生活里去学习语言，像小说家一样。何况我们比小说家还有一层难处，语言要受格律的制约。单从作品学习语言是不够的。

时代色彩和地方色彩

按说，写一个时代题材的戏曲，应该用那一时代的语言。但这是办不到的。元明以后好一些。有大量的戏曲作品，拟话本、民歌小曲，给我们提供了大量的语言资料。晚明小品也提供了接近口语的语言。宋代有话本，有柳耆卿那样的词，有《朱子语类》那样基本上是口语的语录。宋人的笔记也常记口语。唐代就有点麻烦。中国的言文分家，不知起于何代，但到唐朝，就很厉害了。唐人小说所用语言显然和口语距离很大。所幸还有敦煌变文，《云谣集杂曲子》和"柳枝"、"竹枝"这样的拟民歌，可以窥见唐代口语的仿佛。南北朝有敕勒歌、子夜歌。《世说新语》是魏晋语言的宝库。汉代的口语究竟是什么样子的？

《史记》语言浅近，但我们从"伙颐，涉之为王沉沉者！"知道司马迁所用的还不是口语。乐府诗则和今人极相近。《上邪》《枯鱼过河泣》《孤儿行》《病妇行》好像是昨天才写出来的。秦以前的口语就比较渺茫了……无论如何，我们不能对一时代的语言熟悉得能和当时的人交谈！

即使对历代的语言相当精通，也不能用这种语言写作，因为今天的人不懂。

但是写一个时代的戏曲，能够多读一点当时的作品，在这些作品里"熏"一"熏"，从中吸取一点语言，哪怕是点缀点缀，也可以使一出戏多少有点时代的色彩，有点历史感。有人写汉代题材，案头堆满乐府诗集，早晚阅读，我以为这精神是可取的。我希望有人能重写京剧《孔雀东南飞》，大量地用五字句，而且剧中反复出现"孔雀东南飞，五里一徘徊"。

写历史题材不发生地方色彩的问题。我写《擂鼓战金山》让韩世忠在念白里偶尔用一点陕北话，比如他生气时把梁红玉叫作"婆姨"（这在曲艺里有个术语叫"改口"），大家都认为绝对不行。如果在他的唱词里用一点陕北话，就更不行了。不过写现代题材，有时得注意这个问题。一个戏曲作者，最好能像浪子燕青一样，"能打各省乡谈"。至少对方言有兴趣，能欣赏各地方言的美。戏曲作者应该对语言有特殊的敏感。至少，对民歌有一定的了解。有人写宁夏题材的京剧，大量阅读了"花儿"，想把"花儿"引种到京剧里来，我觉得这功夫不会是白费的。

写少数民族题材，更得熟悉这个民族的民歌。我曾经写过内蒙和西藏题材的戏（都没有成功），成天读蒙古和藏族的民歌。不这样，我觉得无从下笔。

我觉得一个戏曲工作者应该多读各代的、各地的、各族的民歌，即使不写那个时代、那个地区、那个民族的题材，也是会有用的。"冬雷震震夏雨雪，天地合，乃敢与君绝"，这样的感情是写任何时代的爱情题材里都可以出现的。"大雁飞在天上，影子落在地下"，稍为变一变，也可以写在汉族题材的戏里。"你要抽烟这不是个火吗？你要想我这不是个我吧？""面对面坐下还想你呀么亲亲！"不是写内蒙古河套地区和山西雁北的题材才能用。要想使唱词出一点新，有民族色彩，多读民歌，是个捷径。而且，读民歌是非常愉快的艺术享受。

摘用、脱化前人诗词成句

这是中国传统戏曲常用的办法。

前人诗词，拿来就用。只要贴切，以故为新。不但省事，较易出情。

《裘盛戎》剧本，写"文化大革命"的动乱，抄家打人，徐岛上唱：

> 家家收拾起，
>
> 户户不提防。
>
> 父子成两派，
>
> 夫妇不同床。
>
> 访旧半为鬼，
>
> 惊呼热中肠。
>
> 茫茫九万里，
>
> 一片红海洋。

　　"家家收拾起，户户不提防"是昆曲流行时期的成语。"访旧半为鬼，惊呼热中肠"是杜甫诗。徐岛是戏曲编导，他对这样的成语和诗句是十分熟悉的，所以可以脱口而出。剧中的掏粪工人老王，就不能让他唱出这样的词句。

　　摘用前人诗句还有个便宜处，即可以使人想起全诗，引起更多的联想，使一句唱词有更丰富的含义。《裘盛戎》剧中，在裘盛戎被剥夺演出的权利之后，他的挚友电影女导演江流劝他：

> 这世界不会永远这样的不公正，
>
> 上峰何苦困才人！

人民没有忘记你，

背巷荒村，更深半夜，还时常听得到

　　裘派的唱腔，一声半声。

谁能遮得住星光云影，

谁能从日历上钩掉了谷雨、清明？

我愿天公重抖擞，

落花时节又逢君。

这最后两句，上句是龚定庵的诗，下句是杜甫诗。有
一点诗词修养的读者（观众）听了上句，会想到"不拘
一格降人才"；听了下句会想到"正是江南好风景"，想
到春天会来，局势终会好转。这样写，有了好多话，唱
词也比较有"嚼头"。

有时不直接摘用原诗，但可看出是从哪一句诗变化出
来的。《擂鼓战金山》写韩世忠在镇江江面与兀术遭遇，
韩世忠唱：

江水滔滔向东流，

二分明月是扬州。

抽刀断得长江水，

容你北上到高邮。

抽刀断不得长江水，

难过瓜州古渡头。

江边自有青青草，

不妨牧马过中秋！

　　"抽刀"显然是从李白"抽刀断水水更流"变出来的。

　　脱化，有时有迹可求，有时不那么有痕迹。《沙家浜》"垒起七星灶，铜壶煮三江"，是从苏东坡《汲江煎茶》"大瓢贮月归春瓮，小杓分江入夜瓶"脱化出来的。这种修辞方法，并非自我作古。

　　要能做到摘用、脱化，需要平时积累，"腹笥"稍宽。否则就会"书到用时方恨少"。老舍先生枕边常置数卷诗，临睡读几首。我们应该向他学习。

用韵文想

一位有经验的戏曲作家曾对一个初学写戏曲的青年作者说：你就把它先写成一个话剧，再改成戏曲。我觉得这不是办法。戏曲和话剧有共同的东西，比如都要有人物，有情节，有戏剧性。但是戏曲和话剧不是一种东西。戏曲和话剧体制不同。首先利用的语言不一样。话剧的语言（对话）基本上是散文；戏曲的语言（唱词和念白）是韵文。语言是思想的直接的现实。思维的语言和写作的语言应该是一致的。要想学好一门外语，要做到能用外语思维。如果用汉语思维，而用外语表达，自己在脑子里翻译一道，这样的外语总带有汉语的痕迹，是不地道的。写戏曲也是这样。如果用散文思维，却用韵文写作，把散文的思想翻成韵文，这样的韵文就不是思想直接的现实，成了思想的间接的现实了。这样的韵文总是隔了一层，而且写起来会很别扭。这样的韵文不易准确、生动，更谈不上能有自己的风格。我觉得一个戏曲作者应该养成这样的习惯：用韵文来想。想的语言就是写的语言。想好了，写下来就得了。这样才能获得创作心理上的自由，也才会得到创作的快乐。

唱词是戏曲的重要组成部分。写好唱词是写戏曲的基本功。我们通常所说的一个戏曲剧本的文学性强不强，常常指的是唱词写得好不好。唱词有格律，要押韵，这和我们的生活语言不一样。有的民间歌手运用格律、押韵的本领是令人惊叹的。我在张家口遇到过一个农民，他平常说的话都是押韵的。在兰州听一位诗人说过，他有一次和婆媳二人同船去参加一个花儿会，这婆媳二人一路上都是用诗交谈的！这媳妇到一个娘娘庙去求子，她跪下来祷告，那祷告词是这样的：

> 今年来我是跟您要着哩，
> 明年来我是手里抱着哩，
> 咯咯嘎嘎地笑着哩！

民间歌手在对歌的时候，都是不假思索，出口成章。写戏曲的同志应该向民间歌手学习。驾驭格律、韵脚，是要经过训练的。向民歌学习是很重要的。我甚至觉得一个戏曲作者不学习民歌，是写不出好唱词的。当然，要向戏曲名著学习。戏曲唱词写得最准确、流畅、自然的，我以为是《董西厢》和《琵琶记》的《吃糠》和《描容》。我觉得多读一点元人小令有好处。元人小令很多写得很玲珑，很轻快，很俏。另外，还得多写，熟能生巧。戏曲，尤其是板腔体的格律看起来是很简单，不过是上下句，三三四，二二三。但是越是简单的格律越不好捉摸，因为它把作者的思想捆得很死。我们要能"死里求生"，在死板的格律里写出生动的感情。戏曲作者在构思一段唱词的时候，最初总难免有一个散文化的阶段，即想一想这段唱词大概意思。但是大概的意思有了，具体地想这段唱词，就要摆脱散文，进入诗的境界。想这段唱词，就要有律，有韵。唱词的格律、韵辙是和唱词的内容同时生出来的，不是后加的。写唱词有个选韵的问题。王昆仑同志有一次说他自己是先想好哪一句话非有不可，这句话是什么韵，然后即决定全段用什么韵。这是很实在的经验之谈。写唱词最好全段都想透了，再落笔。不要想一句写一句。想一句，写一句，写了几句，觉得写不下去了，中途改辙，那是很痛苦的。我们要熟练地掌握格律和韵脚，使它成为思想的翅膀，而不是镣铐。带着格律、韵脚想唱词，不但可以水到渠成，而且往往可以情文相生。我写《沙家浜》的"人一走，茶就凉"，就是在韵律的推动下，自然地流出来的。我在想的时候，它就是"人一走，茶就凉"，不是想好一个散文的意思，再寻找一个喻象来表达。想的是散文，翻成唱词，往往会削足适履，舌本强硬。我们应该锻炼自己的语感、韵律感、音乐感。

戏曲还有引子、定场诗、对子。我以为这是中国戏曲语言的特点，而且关系到戏曲的结构方法。不但历史题材的戏曲里应该保留，就是现代题材的戏曲里也可运用。原新疆京剧团的《红岩》里就让成岗打了一个虎头引子，效果很好。小时候听杨小楼《战宛城》唱片，张绣上来念了一句对子："久居人下岂是计，暂到宛城待来时"，觉得有一种说不出来的悲怆之情。"丈夫有泪不轻弹，只因未到伤心处"[1]，"看看不觉红日落，一轮明月照芦花"[2]，这怎么能去掉呢？我以为戏曲作者应该在引子、对子、诗上下一点功夫。不可不讲究。我写《擂鼓战金山》，让韩世忠念了一副对子："楼船静泊黄天荡，战鼓遥传采石矶"，自以为对得很巧，只是台上没有产生预期的效果，大概是因为太文了。看来引子、对子、诗，还是俗一点为好。

戏曲的念白，也是一种韵文。韵白不用说。就是京白的韵律感也是很强的，不同于生活里的口语，也不同于话剧的对话。戏曲念白，明朝人把它分为"散白"和"整

---

[1]　《宝剑记·夜奔》

[2]　《打渔杀家》

白"。"整白"即大段念白。现在善写唱词的不少，但念白写得好的不多。"整白"有很强的节奏，起落开阖，与中国的古文很有关系。"整白"又往往讲求对偶，这和骈文也很有关系。我觉得一个戏曲工作者应该读一点骈文。汉赋多平板，《小园赋》《枯树赋》却较活泼。刘禹锡的《陋室铭》不可不读。我觉得清代的汪中的骈文是很有特点的。他写得那样自然流畅，简直不让人感到是骈文。我愿意向青年戏曲作者推荐此人的骈文。好在他的骈文也不多，就那么几篇。当然，要熟读《四进士》宋士杰和《审头·刺汤》里的陆炳的大段念白。

打渔·杀家

　　《庆顶珠》全本很少有人演，听说高庆奎曾经演过。通常只演其中的《打渔》和《杀家》两折。合在一起，叫作《打渔杀家》。

　　《打渔杀家》是一出比较温的戏。但是其中有刻画得很细致的地方，为别的戏所不及。

　　萧恩决定铤而走险，过江杀尽吕子秋的一家。离家的时候和女儿桂英有一段对话：

　　　　"……取为父的衣帽戒刀过来。"

　　　　"戒刀在此。"

　　　　"好好看守门户，为父去也。"

　　　　"爹爹请转。"

　　　　"儿呀何事？"

　　　　"女儿跟随爹爹前去。"

　　　　"为父杀人，你去做什么？"

"爹爹杀人，女儿站在一旁，与爹爹壮壮
胆量也是好的呀。"

"儿有此胆量？"

"有此胆量。"

"将儿婆家的聘礼珠子带在身旁。"

"现在身旁。"

"开门哪！"

"爹爹呀请转！这门还未曾上锁呢。"

"这门呐！——关也罢，不关也罢！"

"里面还有许多动用家具呢。"

"傻孩子呀，门都不要了，要家具则甚哪！"

"不要了？喂噫……"

"不省事的冤家呀……！"

"不省事"今天的观众多不懂，马连良念成"不明白"。
我建议干脆改为"不懂事"。

在过江时，萧恩唱"船行在半江中我儿要掌稳了
舵！——我的儿为什么撒了篷索？"之后，有一小段对话：

"啊爹爹，此番过江杀人是真的还是
假的？"

"杀人哪有假的！"

"如此女儿有些害怕。我，我，我不去了。"

"呀呀呸！方才在家，为父怎样嘱咐与儿，叫儿不要前来，儿是偏偏地要来！如今船行在半江之中……也罢！待为父扳转船头，送儿回去！"

"孩儿舍不得爹爹！"

"啊……桂英儿呀！"

这两段对话是很感人的。听说有的老演员在念到"门都不要了，要家具则甚哪！——不省事的冤家呀！"能把人的眼泪念下来。我小时听梅兰芳的唱片，梅先生念到"孩儿舍不得爹爹！"我的眼泪刷地一下子下来了。

一般演员很难有这样的效果。原因是没有很好地体会人物之间的关系。萧恩和桂英不是通常的父女。桂英幼年丧母，父女二人，相依为命。萧恩又当爸，又当妈，风里雨里，把桂英拉扯大，他非常疼爱这个独生女儿。由于爸爸的疼爱，桂英才格外的娇痴——不懂事。桂英不懂事，更衬托出失势的英雄萧恩毁家报仇的满腔悲愤。通过父女之爱表现这个报仇故事的深刻、内在的悲剧性，是《打渔杀家》的一个很大的特点。

这是很值得搞编剧的人学习的。我们今天的戏曲编剧往往忙于交待情节事件，或者热衷于塑造空空洞洞的高大形象，很少能像《打渔杀家》这样富于生活气息的细致的刻画。——有人说京剧缺少生活气息，殊不尽然。

细节的真实
——习剧札记

　　戏曲不像电影、小说那样要有很多的细节。传统戏曲似乎不大注重细节描写。但是也不尽然。

　　《武家坡》。薛平贵在窑外把往事和夫妻分别后的过程述说了一遍，王宝钏相信确是自己的丈夫回来了，开开窑门重相见：

　　　　王宝钏（唱）

　　　　　　开开窑门重相见，

　　　　　　我丈夫哪有五绺髯？

　　　　薛平贵（唱）

　　　　　　少年子弟江湖老，

　　　　　　红粉佳人两鬓斑。

　　　　　　三姐不信菱花照，

　　　　　　不似当年在彩楼前。

　　　　王宝钏（唱）

寒窑哪有菱花镜？

薛平贵（白）

　　水盆里面——

王宝钏（接唱）

　　水盆里面照容颜。

（夹白）老了！

（接唱）

　　老了老了真老了，

　　十八年老了我王宝钏！

　　"十八年老了我王宝钏"，一句平常的话中含几许辛酸！这里有一个非常精彩的细节：水盆里面照容颜。如果没有这个细节，戏是还能进行下去的。王宝钏可以这样唱：

　　菱花镜内来照影，

　　十八年老了我王宝钏！

　　然而感情上就差得多了。可以说王宝钏的满腹辛酸完全是水盆照影这个细节烘托出来的。寒窑里没有镜子，只能于水盆中照影，王宝钏十八年的苦况，可想而知。征人远出不归，她也没有心思照照自己的模样，她不需要镜子！这个细节是有非常丰富的内涵的。薛平贵的插白也写得极好，只有四个字："水盆里面"，这只是半句话。简短峭拔，增加了感情色彩，也很真实。如果写成一个完整的句子，文气就"懈"了。传统老戏的唱念每有不可及处，不可一概贬之曰："水"。

通过细节刻画人物，深挖感情的例子还有。比如《四进士》，比如《打渔杀家》萧恩父女出门时的对话，比如《三娘教子》老薛宝打草鞋为小东人挣夜读的灯油……

这些细节都是从生活中来的。情节可以虚构，细节则只有从生活中来。细节是虚构不出来的。细节一般都是剧作者从自己的生活感受中直接提取的。写《武家坡》的人未必知道王宝钏是否真的没有一面镜子，他并没有王宝钏的生活，但是贫穷到没有镜子，只能于水盆中照影，剧作者是一定体验过或观察过这样的生活的，他把自己的生活经验设身处地地加之于王宝钏的身上了。从上述几例，也可说明：写历史剧也需要生活。一个剧作者自己的生活（现代生活）的积累越多，写古人才会栩栩如生。

细节，或者也可叫作闲文。然而传神阿堵，正在这些闲中着色之处。善写闲文，斯为作手。

我是怎样和戏曲结缘的

有一位老朋友，三十多年不见，知道我在京剧院工作，很诧异，说："你本来是写小说的，而且是有点'洋'的，怎么会写起京剧来呢？"我来不及和他详细解释，只是说："这并不矛盾。"

我们家乡是个小县城，没有什么娱乐。除了过节，到亲戚家参加婚丧庆吊，便是看戏。小时候，只要听见哪里锣鼓响，总要钻进去看一会儿。

我看过戏的地方很多，给我留下较深的印象的，是两处。

一处是螺蛳坝。坝下有一片空场子。刨出一些深坑，植上粗大的杉篙，铺了木板，上面盖一个席顶，这便是戏台。坝前有几家人家，织芦席的，开茶炉的……门外都有相当宽绰的瓦棚。这些瓦棚里的地面用木板垫高了，摆上长凳，这便是"座"。——不就座的就都站在空地上仰着头看。有一年请来一个比较整齐的戏班子。戏台上点了好几盏雪亮的汽灯，灯光下只见那些簇新的行头，五颜六色，金光闪闪，煞是好看。除了《赵颜借寿》《八百八年》等开锣吉祥戏，正戏都唱了些什么，我已经模糊了。印象较真切的，是一出《小放牛》，一出《白水滩》。我喜欢《小放牛》的村娘的一身装束，唱词我也大部分能听懂。像"我用手一指，东指西指，南指北指，杨柳树上挂着一个大招牌……""杨柳树上挂着一个大招牌"，到现在我还认为写得很美。这是一幅画，提供了一个春风淡荡的恬静的意境。我常想，我自己的唱词要是能写得像这样，我就满足了。《白水滩》这出戏，我觉得别具一种诗意，有一种凄凉的美。十一郎的扮相很美。我写的《大淖记事》里的十一子，和十一郎是有着某种潜在的联系的。可以说，如果我小时候没有看过《白水滩》，就写不出后来的十一子。这个戏班里唱青面虎的花脸是很能摔。他能接连摔好多个"躁子"。每摔一个，台下叫好，他就跳起来摘一个"红封"揣进怀里。——台上横拉了一根铁丝，铁丝上挂了好些包着红纸的"封子"，内装铜钱或银角子。凡演员得一个"好"，就可以跳起来摘一封。另外还有一出，是《九更天》。演《九更天》那天，开戏前即将钉板竖在台口，还要由一个演员把一只活鸡拽（zhuài）钉在板上，以示铁钉的锋利。那是很恐怖的。但我对这出戏兴趣不大，一个老头儿，光着上身，抱了一只钉板在台上滚来滚去，实在说不上美感。但是台下可"炸了窝"了！

　　另一处是泰山庙。泰山庙供着东岳大帝。这东岳大帝
不是别人，是《封神榜》里的黄飞虎。东岳大帝坐北朝南，
大殿前有一片很大的砖坪，迎面是一个戏台。戏台很高，
台下可以走人。每逢东岳大帝的生日，——我记不清是
几月了，泰山庙都要唱戏。约的班子大都是里下河的草
台班子，没有名角，行头也很旧。旦角的水袖上常染着
洋红水的点子——这是演《杀子报》时的"彩"溅上去的。
这些戏班，没有什么准纲准词，常常由演员在台上随意
瞎扯。许多戏里都无缘无故出来一个老头，一个老太太，
念几句数板，而且总是那几句：

　　　　人老了，人老了，

　　　　人老先从哪块老？

　　　　人老先从头上老：

　　　　白头发多，黑头发少。

　　　　人老了，人老了，

　　　　人老先从哪块老？

　　　　人老先从牙齿老：

　　　　吃不动的多，吃得动的少。

　　　　……

他们的京白、韵白都带有很重的里下河口音。而且很多戏里都要跑鸡毛报：两个差人，背了公文卷宗，在台上没完没了地乱跑一气。里下河的草台班子受徽戏影响很大，他们常唱《扫松下书》。这是一出冷戏，一到张广才出来，台下观众就都到一边喝豆腐脑去了。他们又受了海派戏的影响，什么戏都可以来一段"五音联弹"——"催战马，来到沙场，尊声壮士把名扬……"他们每一"期"都要唱几场《杀子报》。唱《杀子报》的那天，看戏是要加钱的，因为戏里的闻（文？）太师要勾金脸。有人是专为看那张金脸才去的。演闻太师的花脸很高大，嗓音也响。他姓颜，观众就叫他颜大花脸。我有一天看见他在后台栏杆后面，勾着脸——那天他勾的是包公，向台下水锅的方向，大声喊叫："××！打洗脸水！"从他的洪亮的嗓音里，我感觉到草台班子演员的辛酸和满腹不平之气。我一生也忘记不了。

　　我的大伯父有一架保存得很好的留声机，——我们那里叫作"洋戏"，还有一柜子同样保存得很好的唱片。他有时要拿出来听听，——大都是阴天下雨的时候。我一听见留声机响了，就悄悄地走进他的屋里，聚精会神地坐着听。他的唱片里最使我感动的是程砚秋的《金锁记》和杨小楼的《林冲夜奔》。几声小镲，"啊哈！数尽更筹，听残银漏……"杨小楼的高亢脆亮的嗓子，使我感到一种异样的悲凉。

我父亲是个多才多艺的人，他会画画，会刻图章，还会弄乐器。他年轻时曾花了一笔钱到苏州买了好些乐器，除了笙箫管笛、琵琶月琴，连唢呐海笛都有，还有一把拉梆子戏的胡琴。他后来别的乐器都不大玩了，只是拉胡琴。他拉胡琴是"留学生"——跟着留声机唱片拉。他拉，我就跟着学唱。我学会了《坐宫》《起解·玉堂春》《汾河湾》《霸王别姬》……我是唱青衣的，年轻时嗓子很好。

初中，高中，一直到大学一年级时，都唱。西南联大的同学里有一些"票友"，有几位唱得很不错。我们有时在宿舍里拉胡琴唱戏，有一位广东同学，姓郑，一听见我唱，就骂："丢那妈！猫叫！"

大学二年级以后，我的兴趣转向唱昆曲。在陶重华等先生的倡导下，云南大学成立了一个曲社，参加的都是云大和联大中文系的同学。我们于是"拍"开了曲子。教唱的主要是陶先生，吹笛的是云大历史系的张中和先生。从《琵琶记·南浦》《拜月记·走雨》开蒙，陆续学会了《游园·惊梦》《拾画·叫画》《哭像》《闻铃》《扫花》《三醉》《思凡》《折柳·阳关》《瑶台》《花报》……大都是生旦戏。偶尔也学两出老生花脸戏，如《弹词》《山门》《夜奔》……在曲社的基础上，还时常举行"同期"。参加"同期"的除同学外，还有校内校外的老师、前辈。

常与"同期"的，有陶光（重华）。他是唱"冠生"的，《哭像》《闻铃》均极佳，《三醉》曾受红豆馆主亲传，唱来尤其慷慨淋漓；植物分类学专家吴征镒，他唱老生，实大声洪，能把《弹词》的"九转"一气唱到底，还爱唱《疯僧扫秦》；张中和和他的夫人孙凤竹常唱《折柳·阳关》，极其细腻；生物系的教授崔芝兰（女），她似乎每次都唱《西楼记》；哲学系教授沈有鼎，常唱《拾画》，咬字讲究，有些过分；数学系教授许宝騄，我的《刺虎》就是他亲授的；我们的系主任罗莘田先生有时也来唱两段；此外，还有当时任航空公司经理的查阜西先生，他兴趣不在唱，而在研究乐律，常带了他自制的十二平均律的钢管笛子来为人伴奏；还有一位世事洞明、人情练达、童心犹在、风趣非常的老人许茹香，每"期"必到。许家是昆曲世家，他能戏极多，而且"能打各省乡谈"，苏州话、扬州话、绍兴话都说得很好。他唱的都是别人不唱的戏，如《花判》《下山》。他甚至能唱《绣襦记》的《教歌》。还有一位衣履整洁的先生，我忘记他的姓名了。他爱唱《山门》。他是个聋子，唱起来随时跑调，但是张中和先生的笛子居然能随着他一起"跑"！

　　参加了曲社，我除学了几出昆曲，还酷爱上吹笛，——我原来就会吹一点，我常在月白风清之夜，坐在联大"昆中北院"的一棵大槐树暴出地面的老树根上，独自吹笛，直至半夜。同学里有人说："这家伙是个疯子！"

抗战胜利后，联大分校北迁，大家各奔前程，曲社"同期"也就风流云散了。

一九四九年以后，我就很少唱戏，也很少吹笛子了。

我写京剧，纯属偶然。我在北京市文联当了几年编辑，心里可一直想写东西。那时写东西必须"反映现实"，实际上是"写政策"，必须"下去"，才有东西可写。我整天看稿、编稿，下不去，也就写不成，不免苦闷。那年正好是纪念世界名人吴敬梓，王亚平同志跟我说："你下不去，就从《儒林外史》里找一个题材编一个戏吧！"我听从了他的建议，就改了一出《范进中举》。这个剧本在文化局戏剧科的抽屉里压了很长时间，后来是王昆仑同志发现，介绍给奚啸伯演出了。这个戏还在北京市戏曲会演中得了剧本一等奖。

我当了右派，下放劳动，就是凭我写过一个京剧剧本，经朋友活动，而调到北京京剧院来的。一晃，已经二十九年了。人的遭遇，常常是不以自己的意志为转移的。

我参加戏曲工作，是有想法的。在一次齐燕铭同志主持的座谈会上，我曾经说："我搞京剧，是想来和京剧闹一阵别扭的。"简单地说，我想把京剧变成"新文学"。更直截了当地说：我想把现代思想和某些现代派的表现手法引进到京剧里来。我认为中国的戏曲本来就和西方的现代派有某些相通之处。主要是戏剧观。我认为中国戏曲的戏剧观和布莱希特以后的各流派的戏剧观比较接近。戏就是戏，不是生活。中国的古代戏曲有一些西方现代派的手法（比如《南天门》《乾坤福寿镜》《打棍出箱》《一匹布》……）只是发挥得不够充分。我就是想让它得到更多的发挥。我的《范进中举》的最后一场就运用了一点心理分析。我刻画了范进发疯后的心理状态，从他小时读书、逃学、应考、不中、被奚落，直到中举，做了主考，考别人："我这个主考最公道，订下章程有一条：年未满五十，一概都不要，本道不取嘴上无毛！……"我想把传统和革新统一起来，或者照现在流行的话说：在传统与革新之间保持一种张力。

我说了这一番话，可以回答我在本文一开头提到的那位阔别三十多年的老朋友的疑问。

我写京剧，也写小说。或问：你写戏，对写小说有好处吗？我觉得至少有两点。

一是想好了再写。写戏，得有个总体构思，要想好全剧，想好各场。

各场人物的上下场，各场的唱念安排。我写唱词，即使一段长到二十句，我也是每一句都想得能够成诵，才下笔的。这样，这一段唱词才是"整"的，有层次，有起伏，有跌宕，浑然一体，我不习惯于想一句写一句。这样的习惯也影响到我写小说。我写小说也是全篇、各段都想好，腹稿已具，几乎能够背出，然后凝神定气，一气呵成。

前几天，有几位从湖南来的很有才华的青年作家来访问我，他们指出一个问题："您的小说有一种音乐感，您是否对音乐很有修养？"我说我对音乐的修养一般。如说我的小说有一点音乐感，那可能和我喜欢画两笔国画有关。他们看了我的几幅国画，说："中国画讲究气韵生动，计白当黑，这和'音乐感'是有关系的。"他们走后，我想：我的小说有"音乐感"么？——我不知道。如果说有，除了我会抹几笔国画，大概和我会唱几句京剧、昆曲，并且写过几个京剧剧本有点关系。有一位评论家曾指出我的小说的语言受了民歌和戏曲的影响，他说的有几分道理。

《一捧雪》前言

　　这个戏只是小改。主要的三场戏，《搜杯》《蓟州堂》《法场》，基本上没有动。我认为改旧戏，不管是大改还是小改，对原来精彩的唱念表演，最好尽量保留。否则就不是改编，而是创作。如果原剧并无精彩的唱念表演，也就不值得去改。

　　我所做的只有三件事。一是把原来《蓟州堂》莫成想起的心事，在前面写成明场。二是在《蓟州堂》与《法场》之间加了一场唱工戏，《长休饭，永别酒》（《五杯酒》），对莫成的奴才心理做更深的揭示。三是加了一个副末，这个副末不但念，也唱。

　　许多旧戏对于今人的意义，除了审美作用外，主要是它有深刻的认识作用。莫成的时代已经一去不复返，但是他的奴性，他的伦理道德观念，是我们民族心理的一个病灶。病灶，有时还会活动的。原剧是可以引起我们对历史的反思的。我们可以由此想及一个问题：人的价值。为了减弱感情色彩，促使观众思考，所以加了一个副末。

读民歌札记

奇特的想象

汉代的民歌里，有一首，很特别：

> 枯鱼过河泣，何时悔复及？
> 作书与鲂鱮，相教慎出入。

枯鱼，怎么能写信呢？两千多年来，凡读过这首民歌的人，都觉得很惊奇。[1] 这样奇特的想象，在书面文学里没有，在口头文学里也少见。似乎这是中国文学里的一个绝无仅有的孤例。

并不是这样。

偶读民歌选集，发现这样一首广西民歌：

---

[1] 黄节《汉魏乐府风笺》引陈胤倩曰："作意甚新。"

石榴开花朵朵红，蝴蝶寄信给蜜蜂；

　　蜘蛛结网拦了路，水泡阳桥路不通。

　　枯鱼作书，蝴蝶寄信，真是无独有偶。

　　两首民歌的感情不一样。前一首很沉痛。这是一个落难人的沉重的叹息，是从苦痛的津液中分泌出来的奇想。短短二十个字，概括了世途的险恶。后一首的调子是轻松的、明快的。红的石榴花、蝴蝶、蜜蜂、蜘蛛，这是一幅很热闹的图画，让人想到明媚的春光——哦，初夏的风光。这是一首情歌。他和她——蝴蝶和蜜蜂有约，受了意外的阻碍，然而这点阻碍是暂时的，不足为虑的，是没有真正的危险性的。这首民歌的内在的感情是快乐的、光明的，不是痛苦、绝望的。这两首民歌是不同时代的作品，不同生活的反映。但是其设想之奇特，则无二致。

　　沈德潜在《古诗源》里选了《枯鱼》，下了一个评语，道是："汉人每有此种奇想。"[1] 其实应该说：民歌每有此种奇想，不独汉人。

汉代民歌里的动物题材

　　现存的汉代乐府诗里有几首动物题材的诗。它所反映

---

[1] 闻一多先生《乐府诗笺》也说"汉人常有此奇想"。

的生活、思想，它的表现方法，在它以前没有，在它以后也少见。这是汉乐府里的一个独特的组成部分，是文学史上一个很值得注意的现象。除了《枯鱼过河泣》，有《雉子班》《乌生》《蜨蝶行》。另，本辞不传，晋乐所奏的《艳歌何尝行》也可以算在里面。我们有理由相信，这是当时所流行的一种题材，散失不传的当会更多。

雉子班

"雉子，

班如此！

之于雉梁。

无以吾翁孺，

雉子！"

知得雉子高蜚止。

黄鹄蜚，

之以千里王可思。

雄来蜚从雌，

视子趋一雉。

"雉子！"

车大驾马滕，

被王送行所中。

尧羊蜚从王孙行。

　　一向都认为这首诗"言字讹谬，声辞杂书"，最为难读。余冠英先生的《乐府诗选》把它加了引号和标点，分清了哪些是剧中人的"对话"，哪些是第三者（作者）的叙述，这样，这首难读的诗几乎可以读通了。这是一个伟大的发现。我们说是"伟大的发现"，是因为用了这种方法，可以帮助我们把原来一些不很明白或者很不明白的古诗弄明白（古代的人如果学会用我们今天的标点符号，会使我们省很多事，用不着闭着眼睛捉迷藏）。余先生以为这首诗写的是一个野鸡家庭的生离死别的悲剧，也是卓越的创见。

　　但是这是一个什么样的悲剧，剧中人共有几人？悲剧的情节是怎样的？在这些方面，我的理解和余先生有些不同。

　　按余先生《乐府诗选》的注解，他似乎以为是一只小野鸡（雏子）被贵人捉获了，关在一辆马车里。老野鸡（性别不详）追随着马车，一面嘱咐小野鸡一些话。

　　按照这样的设想，有些辞句解释不通。

　　"之于雉梁。""雉梁"可以有不同解释，但总是指的某个地方。"之于"是去到的意思。"之于雉梁"是去到某个地方。小野鸡已经被捉了，怎么还能叫它去到某个地方呢？

"知得雉子高蜚止。"这一句本来不难懂，是说知道雉子高飞远走了。余先生断句为"知得雉子，高蜚止"，说是知道雉子被人所得，老雉高飞而来，不无勉强。

尤其是，按余先生的设想，"雄来蜚从雌"这一句便没有着落。这是一句很关键性的话。这里明明说的是"雄来飞从雌"，不是"雉来飞从雉子"呀。

因此，我觉得有必要在余先生的生动的想象的基础上向前再迈一步。

问题：

一、这里一共有几个人物——几个野鸡？我以为一共有三只：雄野鸡、雌野鸡、小野鸡。

二、被捉获的是谁？——是雌野鸡，不是小野鸡。

对几个词义的猜测：

"班"，旧说同"斑"。"班如此"就是这样的好看。在如此紧张的生离死别的关头，还要来称赞自己的孩子毛羽斑斓，无此情理。"班"疑当即"乘马班如"、"班师回朝"的"班"，即是回去。贾谊《吊屈原赋》："股纷纷其离此尤兮"，朱熹《集注》云："股音班……股，反也"，"班"即"股"。

"翁孺"，余先生以为是老人与小孩，泛指人类。"孺"本训小，但可引申为小夫人，乃至夫人。古代的"孺子"

往往指的是小老婆，清俞正燮《癸巳类稿·释小补楚语筓内则总角义》辨之甚详。[1] 我以为"翁孺"是夫妇，与北朝的《捉搦歌》"愿得两个成翁妪"的"翁妪"是一样的意思。"吾翁孺"即"我们老公姆俩"。"无以吾翁孺"，以，依也，意思是你不要靠我们老公姆俩了。"吾"字不必假借为"俉"，解为"迎也"。

"黄鹄蜚，之以千里王可思"，我怀疑是衍文。

上述词意的猜测，如果不十分牵强，我们就可以对这首剧诗的情节有不同于余先生的设想：

野鸡的一家三口：雄野鸡、雌野鸡、小野鸡，一同出来游玩。忽然来了一个王孙公子，捉获了雌野鸡。小野鸡吓坏了，抹头一翅子就往回飞。难为了雄野鸡。它舍不下老的，又搁不下小的。它看见小野鸡飞回去了，就扬声嘱咐："雉崽呀，往回飞，就这样飞回去，一直飞到野鸡居住的山梁，别管我们老公姆俩！雉崽！"知道小野鸡已经高高飞走了，雄野鸡又飞来追随着雌野鸡。它还忍不住再回头看看，好了，看见小野鸡跟上另一只野

---

[1] 俞正燮此文甚长，征引繁浩，其略云："小妻曰妾，曰孺，曰姬，曰侧室，曰次室，曰偏房，曰如夫人，曰如君，姨娘，曰姬娘，曰旁妻，曰庶妻，曰次妻，曰下妻，曰少妻，曰姑娘，曰孺子……""《汉书艺文志·中山王孺子妾歌》注云：'孺子，王妾之有名号者。'……《秦策》亦云：'某夕，某孺子纳某士。'《汉书·王子侯表》：'东城侯遗为孺子所杀'，'则王公至士庶妾通名孺子'。"

鸡,有了照应了,它放了心了。但这也是最后的一眼了,它惨痛地又叫了一声:"雉崽! —— "车又大,马又飞跑,(雌雉)被送往王孙的行在所了。雄雉翱翔着追随着王孙的车子,飞,飞……

乌　生

乌生八九子,
端坐秦氏桂树间。——唶我!
秦氏家有游遨荡子,
工用睢阳强、苏合弹。
左手持强弹两丸,
出入乌东西。——唶我!
一丸即发中乌身,
乌死魂魄飞扬上天:
"阿母生乌子时,
乃在南山岩石间,——唶我!
人民安知乌子处?
蹊径窈窕安从通?"
"白鹿乃在上林西苑中,
射工尚复得白鹿脯,——唶我!
黄鹄摩天极高飞,

后宫尚复得烹煮之。
鲤鱼乃在洛水深渊中，
钓钩尚得鲤鱼口。——嗟我！
人民生各各有寿命，
死生何须复道前后？"

　　这是中弹身亡的小乌鸦的魂魄和它的母亲的在天之灵的对话。这首诗的特别处是接连用了五个"嗟我"。闻一多先生以为"嗟我"应该连续，旧读"我"属下，大谬。这样一来，就把一首因为后人断句的错误而变得很奇怪别扭的诗又变得十分明白晓畅，还了它的本来面目，厥功至伟。闻先生以为"嗟"是大声，"我"是语尾助词。我觉得，干脆，这是一个词，是一个状声词，这就是乌鸦的叫声。通篇充满了乌鸦的喊叫，增加诗的凄怆悲凉。

蜨蝶行

蝶之遨游东园，
奈何卒逢三月养子燕，
接我首蘅间。
持之我入紫深宫中，
行缠之傅樽栌间。

雀来燕。

燕子见衔哺来，

摇头鼓翼何轩奴轩。

　　剔除了几个"之"字，这首诗的意思是明白的：一只快快活活的蝴蝶，被哺雏的燕子叼去当作小燕子的一口食了。

　　这几首动物题材的乐府诗有以下几个共同的特点：

　　一、它们是一种独特题材的诗，不是通常所说的（散体和诗体的）"动物故事"。"动物故事"，或名寓言，意在教训，是以物为喻，说明某种道理。它是哲学的、道德的。"动物故事"的作者对于其所借喻的动物的态度大都是超然的、旁观的，有时是嘲谑的。这些乐府诗是抒情的，写实的。作者对于所描写的动物寄予很深的同情。他们对于这些弱小的动物感同身受。实际上，这些不幸的动物，就是作者自己。

　　二、这些诗大都用动物自己的口吻，用第一人称的语气讲话。《蜨蝶行》开头虽有客观的描叙，但是自"接我苜蓿间"之后，仍是蜨蝶眼中所见的情景，仍是第一人称。这些诗的主要部分是动物的独白或对话。它们又都有一个简单然而生动的情节。这是一些小小的戏剧。而且，全是悲剧。这些悲剧都是突然发生的。蜻蜓在苜蓿园里遨游，乌鸦在桂树上端坐，原来都是很暇豫安适，自乐其生的，可是突然间横祸飞来，弄得妻离子散，家破人亡。《枯鱼过河泣》《雉子班》虽未写遇祸前的景况，想象起来，亦当如是。朱矩堂曰"祸机之伏，从未有不于安乐得之"，对于这些诗来说，是贴切的。

三、为什么汉代会产生这样一些动物题材的民歌？写动物是为了写人。动物的悲剧是人民的悲剧的曲折的反映。对这些猝然发生的惨祸的陈述，是企图安居乐业的人民遭到不可抗拒的暴力的摧残因而发出的控诉。动物的痛苦即是人的痛苦。这一类诗多用第一人称，不是偶然的。这些痛苦是由谁造成的？谁是这些惨剧的对立面？《枯鱼》未明指。《蜻蜓行》写得很隐晦。《雉子班》和《乌生》就老实不客气地点出了是"王孙"和"游遨荡子"，是享有特权的贵族王侯。这些动物诗，实际上写的是特权阶层对小民的虐害。我们知道，汉代的权豪贵戚是非常的横暴恣睢、无所不为的。权豪作恶，成为汉代政治上的一个大问题。这些诗，是当时的社会生活的很深刻的反映。

这些写动物诗，应当联系当时的社会生活来看，应当与一些写人的诗参照着看，——比如《平陵东》（这是一首写五陵年少绑架平民的诗，因与本题无关，故从略）。

民歌中的哲理

民歌，在本质上是抒情的。

民歌当中有没有哲理诗？

湖南古丈有一首描写插秧的民歌：

> 赤脚双双来插田，低头看见水中天。
>
> 行行插得齐齐整，退步原来是向前。

首先，这是民歌么？论格律，这是很工整的绝句。论意思，"退步原来是向前"，是所谓"见道之言"。这很像是晚唐和宋代的受了禅宗哲学影响的诗人搞出来的东西。然而细读全诗，这的确是劳动人民的作品。没有亲身参加过插秧劳动的人，是不可能有这样真切的体会的。这不是像白居易《观刈麦》那样只是以旁观者的身份在那里发一通感想。

或者，这是某个既参加劳动，也熟悉民歌的诗人所制作的拟民歌。刘禹锡、黄遵宪的某些诗和民歌放在一起，是几乎可以乱真的。但是我们还没有听说过古丈曾出过像刘禹锡、黄遵宪这样的诗人。

是从别的地方把拟作的民歌传进来的？古丈是个偏僻的地方，过去交通很不方便，这种可能性也不大。

看来，我们只能相信，这是民歌，这是出在古丈地方的民歌。

或者说，这是民歌，但无所谓哲理。"退步原来是向前"，是纪实，插秧都是倒退着走的，值不得大惊小怪！不能这样讲吧。多少人插过秧，可谁想到过进与退之间的辩证关系？唱出这样的民歌的农民，确实是从实践中悟出一番道理。清代的湖南，出过几个农民出身的唯物主义的哲学家。莫非，湖南的农民特别长于思辨？吁，非所知矣。

何况前面还有一句"低头看见水中天"呢。抬头看天，是常情；低头看天，就有点哲学意味。有这一句，就证明"退步原来是向前"不是孤立的，突如其来的。从总体看，这首民歌弥漫着一种内在的哲理性。——同时又是生机活泼的，生动形象的，不像宋代某些"以理为诗"的作品那样平板枯燥。

民歌，在本质上是抒情的，但不排斥哲理。

民歌中有没有哲理诗，是一个值得探讨下去的题目。

《老鼠歌》与《硕鼠》

藏族民歌里有一首《老鼠歌》：

从星星还没有落下的早晨，

耕作到太阳落土的晚上；

用疲劳翻开这一锄锄的泥土，

见太阳升起又落下山岗。

收的谷子粒粒是血汗，

耗子在黑夜里把它往洞里搬；

这种冤枉有谁知道谁可怜，

唉，累死累活只剩下自己的辛酸。

我们的皇帝他不管，他不管，

我们的朋友只有月亮和太阳；

耗子呀，可恨的耗子呀，

什么时候你才能死光！

　　读了这首民歌，立刻让人想到《诗经》里的《硕鼠》。现代研究《诗经》的人，都认为《硕鼠》是劳动者对于统治阶级加在他们头上的不堪忍受的沉重的剥削所发出的怨恨，诸家都无异词。这首《老鼠歌》可以作为一个有力的旁证。如果看了周良沛同志的附注，《诗经》的解释者对于他们的解释就更有信心了：

　　"这支歌是清末的一个藏族农民劳动时的即兴之作。

他以耗子的形象来影射统治者对人民的剥削。这支歌流行很广，后遭禁唱。一九三三年人民因唱这支歌，曾遭到反动统治者的大批屠杀。"

不同的时代，不同的地区，不同的民族，却用同样的形象，同样影射的方法来咒骂压在他们头上的剥削者，这是很有意思的事。其实也不奇怪，人同此心而已。他们遭受的痛苦是一样的。夺去他们的劳动果实的，有统治者，也有像田鼠一样的兽类。他们用老鼠来比喻统治者，正是"能近取譬"。硕鼠，即田鼠，偷盗粮食是很凶的。我在沽源，曾随农民去挖过田鼠洞。挖到一个田鼠洞，可以找到上斗的粮食。而且储藏得很好：豆子是豆子，麦子是麦子，高粱是高粱。分门别类，毫不混杂！这是一个典型的不劳而食者的粮仓。而且，田鼠多得很哪！

《硕鼠》是魏风。周代的魏进入了什么社会形态，我无所知。周良沛同志所搜集的藏族民歌，好像是云南西部的。那个地区的社会形态，我也不了解。"附注"中说这是一个"农民"的即兴之作。是自由农民呢，还是农奴呢？"统治者"是封建地主呢，还是农牧主呢？这些都无从判断。根据直觉的印象，这两首民歌都像是农奴制时代的产物。大批地屠杀唱歌人，这种事只有农奴主才干得出来。而《硕鼠》的"逝（誓）将去汝，适彼乐土"很容易让人想到农奴的逃亡。——封建农民是没有这种思想的。

有人说"适彼乐土"只是空虚渺茫的幻想，其实这是十分现实的打算。这首诗分三节，三节的最后都说："逝将去汝"，这是带有积极的行动意味的。而且感情是强烈的。"逝将"乃决绝之词，并无保留，也不软弱。在农奴制社会里，逃亡，是当时仅能做到的反抗。我们不能用今天工人阶级的觉悟去苛求几千年前的农奴。这一点，我和一些《硕鼠》的解释者的看法，有些不同。

"花儿"的格律

——兼论新诗向民歌学习的一些问题

在用汉语歌唱的民歌当中，"花儿"的形式是很特别的。其特别处在于：一个是它的节拍，多用双音节的句尾；一个是它的用韵，用仄声韵的较多，而且很严格。这和以七字句为主体的大部分汉语民歌很不相同。

一

徐迟同志最近发表的谈诗的通讯里，几次提到仿民歌体新诗的三字尾的问题。他提的这个问题是值得注意的。民歌固多三字尾，这是不以人的意志为转移的客观事实。

并非从来就是如此。《诗经》时代的民歌基本上是四言的，其节拍是"二——二"，即用两字尾。《诗经》有三言、五言、七言的句子，但是较为少见，不是主流。

三字尾的出现，盖在两汉之际，即在五言的民歌和五言诗的形成之际。五言诗的特点不在于多了一个字，而是节拍上起了变化，由"二——二"变成了"二——三"，也就是由两字尾变成了三字尾。

从乐府诗可以看出这种变化的痕迹。乐府多用杂言。所谓杂言，与其说是字数参差不齐，不如说是节拍多变，三字尾和两字尾同时出现，而其发展的趋势则是三字尾逐渐占了上风。西汉的铙歌尚多四字句，到了汉末的《孔雀东南飞》，则已是纯粹的五字句，句句是三字尾了。

中国诗体的决定因素是句尾的音节，是双音节还是三个音节，即是两字尾还是三字尾。特别是双数句，即"下句"的句尾的音节。中国诗（包括各体的韵文）的格律的基本形式是分上下句。上句、下句，一开一阖，形成矛盾，推动节奏的前进。一般是两句为一个单元。而在节拍上起举足轻重的作用的，是下句。尽管诗体千变万化，总逃不出三字尾和两字尾这两种格式。

三字尾一出现，就使中国的民歌和诗在节拍上和以前诗歌完全改观。这是一个划时代的变化。

从五言发展到七言，是顺理成章的必然趋势。五言发展到七言，不像四言到五言那样的费劲。只要在五言的基础上向前延伸两个音节就行了。五言的节拍是"二——三"，七言的节拍是"二——二——三"。七言的民歌大概比七言诗早一些。我们相信，先有"柳枝"、"竹枝"这样的七言的四句头山歌，然后才有七言绝句。

七言一确立，民歌就完全成了三字尾的一统天下。

词和曲在节拍上是对五、七言诗的一个反动。词、曲也是由三字尾的句子和两字尾的句子交替组织而成的。它和乐府诗的不同是乐府由两字尾向三字尾过渡，而词、曲则是有意识地在三字尾的句子之间加进了两字尾的句子。《花间集》所载初期的小令，还带有浓厚的五七言的痕迹。越到后来，越让人感觉到，在词曲的节拍中起着骨干作用的，是那些两字尾的句子。试看柳耆卿、周美成等人的慢词和元明的散曲和剧曲，便可证明这点。词、曲和诗的不同正在前者杂入了两字尾。李易安说苏、黄之词乃"字句不葺"的小诗。所谓"字句不葺"，是因为其中有两字尾。

词、曲和民歌的关系，我们还不太清楚。一些旧称来自"民间"的词曲牌，如"九张机"、"山坡羊"之类，从严格的意义上讲，能不能算是民歌，还很难说。似乎词、曲自在城市的里巷酒筵之间流行，而山村田野所唱的，一直仍是七言的民歌。

"柳枝"、"竹枝"，未尝绝绪。直到今天，中国大部分地区的民歌仍以七言为主，基本上是七言绝句。大理白族的民歌多用"七、七、七、五"或"三、七、七、五"，实是七绝的一种变体。湖南的五句头山歌是在七绝的后面加了一个"搭句"，即找补了一句，也可说是七绝的变体。有些地区的民歌，一首只有两句，而且每句的字数比较自由，比如陕北的"信天游"和内蒙的"爬山调"，但其节拍仍然是"二——二——三"，可以说这是"截句"之截，是半首七绝。总之，一千多年以来，中国的民歌，大部分是七言，四句，以致许多人一提起民歌，就以为这是说七言的四句头山歌。在许多人的心目中，"民歌"和四句头山歌几乎是同一概念。民歌即七言，七言即三字尾，"民歌"和"三字尾"分不开。因此，许多仿民歌体的新诗多用三字尾，不是没有来由的。徐迟同志的议论即由此而发，他似乎为此现象感到某种不安。

但不是所有的民歌都是三字尾。"花儿"就不是这样。"花儿"给人总的印象是双字尾。

我分析了《民间文学》一九七九年第一期发表的《莲花山"花儿"选》发现"花儿"的格式有这样几种：

1.四句，每句都用双音节的语词作为句尾，如：

　　尕梯子搭在（者）蓝天上，双手把星星摘上，
　　风云雷电都管上，党中央给下的胆量。

除去一些衬字，这实际上是一首六言诗。

2.四句，每句的句尾用双音节语词，而在句末各加一

个相同的语气助词，如：

政策回到山墒呢，社员起黑贪早呢，
赶着日月赛跑呢，尕日子越过越好呢。

除去四个"呢"字，还是一首六言诗。

菊花盅里斟酒哩，人民心愿都有哩，
敬给伟大的共产党，一心紧跟你走哩。

这里"有"、"走"本是单音节语词，但在节拍上，"都有"、"你走"连在一起，给人一种双音节语词的感觉。这一首第三句是三字尾，于是使人感到在节拍上很像是"西江月"。

3.四句，上句是三字尾，下句是两字尾：

黑云里闪出个宝蓝天，开红了园里的牡丹；
党中央清算了"四人帮"的债，人民（们）
心坎上喜欢。"

4.上句是七字句，下句是五字句，七、五、七、五。但下句加一个语气助词，这个助词有延长感，当重读

（唱），与前面的一个单音节语词相连，构成双音节的节拍，如：

> 山上的松柏绿油油地长，风吹（者）叶叶
> 儿响哩；
> 人民的总理人民爱，由不眼泪（吆）淌哩。

5.四句，上句的句尾是双音节语词加语气助词，下句为单音节语词加助词。同上，下句的单音节语词与语气助词相连，构成双音节的节拍，如：

> 南山的云彩里有雨哩，地下青草（们）
> 长哩；
> 毛主席的恩情暖在心里哩，年年（吧）月
> 月地想哩。

6.五句，在四句体的第三句后插入一个三音节的短句，或各句都是两字尾，或上句是三字尾，下句是两字尾：

> 党的阳光照上了，
> 山里飞起凤凰了，
> 心上的"花儿"唱上了，

有好政策，

才有了六月的会场了。

画了南昌（者）画延安，

常青松画在个高山，

叶帅的功德高过天，

危难时，

把毛主席的旗帜肘端。

7. 六句，即在四句体的两个上句之后各插入一个三音
节的短句。上句常为三字尾，下句或用双音节语词，或
以单音节语词加语气助词构成双音节：

云消雾散的满天霞，

彩云飘，

花儿开红（者）笑吓；

群众拥护敌人怕，

邓副主席，

拨乱反正的胆大。

祁连山高（者）云雾绕，

雪山水，

清亮亮流出个油哩！

叶帅八十（者）不服老，

迈大步，

新长征要带个头哩！

8.六句、七句，下句句尾或用双音节语词，或以单音节语词加一语气助词构成双音节。

总之，"花儿"的节拍是以双音节、两字尾为主干的。我们相信，如果联系了曲调来考察，这种双字尾的感觉会更加突出。"花儿"和三字尾的七言民歌显然不属于一个系统。如果说七字句的民歌和近体诗相近，那么"花儿"则和词曲靠得更紧一些。"花儿"的格律比较严谨，很像是一首朴素的小令。四句的"花儿"就其比兴、抒情、叙事的结构看，往往可分为两个单元，这和词的分为上下两片，也很相似。这是一个很奇怪的现象。"花儿"是用汉语的少数民族（东乡族、回族）的民歌，为什么它有这样独特的节拍，为什么它能独立存在，自成系统，其间的来龙去脉，我们现在还一无所知。但这是一个很值得探讨，并且非常有趣的问题。

二

另一问题是"花儿"的用韵，更准确一点说是它的

"调"——四声。

中国话的分四声，在世界语言里是一个很特别的现象。它在中国的诗律——民歌、诗、词曲、戏曲的格律里又占着很重要的位置。离开四声，就谈不上中国韵文的格律。然而这是一个非常麻烦的问题。

首先是它的历史情况。四声是什么时候开始有的，众说不一。清代的语言学家就为此聚讼不休。争论的焦点是古代有无上去两声。直到近代，尚无定论。有人以为古代只有平入两声，上去是中古才分化出来的（如王了一）；有的以为上去古已有之（如周祖谟）。从作品看，我觉得至少《诗经》和《楚辞》时代已经有了四声——有了上去两声了，民歌的作者已经意识到，并在作品中体现了他们的认识。比如"卿云歌"：

卿云烂兮，纠缦缦兮，

日月光华，旦复旦兮。

小时读这首民歌，还不完全懂它的意思，只觉得一片光明灿烂，欢畅喜悦，很受感动。这种华丽的艺术效果，无疑地是由一连串的去声韵脚所造成的。

又如《九歌·礼魂》：

成礼兮会鼓，

传芭兮代舞，

姱女倡兮容与，

春兰兮秋菊，

长无绝兮终古。

年轻时读到这里，不仅听到震人肺腑的沉重的鼓声，也感受到对于受享的诸神的虔诚的诵颂之情。这种堂皇的艺术效果，也无疑地是由一连串的上声韵脚所造成的。

古今音不同，我们不能完全真切地体会到这两首民歌歌词的音乐性，但即以现代的语音衡量，这两首民歌的声音之美，是不容怀疑的。

从实践上看，上去两声的存在是相当久远的事，两者的调值也是有明显的区别的。至于平声、入声的存在，自不待言。

麻烦出在把四声分成平仄。这不知道究竟是什么时候的事。旧说沈约的《四声谱》把上去入归为仄声。不知道有什么根据。中国的语言从来不统一，这样的划分不知是根据什么时代、什么地区的语音来定的。我们设想，也许古代语言的平声没有分化成为阴平阳平，它是平的——"平声平道莫低昂"。入声古今变化似较小，它是促音，"入声短促急收藏"。上去两声，从历来的描模，实在叫人摸不着头脑。也许在一定时期，上去入是"不平"的，即有升有降的。但是平仄的规定，是在律诗确定的时候。或者更准确的说，是在唐代以律诗取士的时候。我很怀疑，这是官修的韵书所定，带有很大的人为的成分。我就不相信说四川话（当时的四川话）的李白和说河南话的杜甫，对于四声平仄的耳感是一致的。

就现代语言说，"平仄"对举是根本讲不通的。大部分方言平声已经分化成为阴平阳平。阴平在很多地区是高平调，可以说是平声。但有些地区是降调，既不高，也不平，如天津话和扬州话。阳平则多数地区都不"平"。或为升调，如北京话；或为降调，如四川、湖南话。现在还把阴平阳平算作一家，有些勉强。至于上去两声，相距更远。拿北京话来说，上声是降升调，去声是降调，说不出有共同之处。把上去入三声挤在一个大院里，更是不近情理。

因此，我们说平仄是一个带有人为痕迹的历史现象，在现代民歌和诗的创作里沿用平仄的概念，是一个不合实际的习惯势力。

沿用平仄的概念带来了不好的后果，一个是阴平阳平相混；一个是仄声通押，特别是上去通押。

阴平、阳平相混，问题小一些。因为有相当地区的阳平调值较高，与阴平比较接近。

大部分民歌和近体诗都是押平声韵的。为什么会这样，照王了一先生猜想，以为大概是因为它便于"曼声歌唱"。乍听似乎有理。但是细想一下，也不尽然。上去两声在大部地区的语言里都是可以延长，不妨其为曼声歌唱的。要说不便于曼声歌唱的，其实只有入声，因为它很短促。然而词曲里偏偏有很多押入声韵的牌子，这是什么道理？然而，民歌、诗，乃至词曲，平声韵多，这是事实。如果阴平、阳平有某种相近之处，听起来或者不那么别扭。

麻烦的是还有一些仄韵的民歌和近体诗。

本来这是不成问题的。照唐以前的习惯，仄韵诗中上去入不能通押。王了一先生在《汉语诗律学》里说："汉字共有平上去入四个声调；平仄格式中虽只论平仄，但是做起仄韵诗来，仍然应该分上去入。上声和上声为韵，去声和去声为韵，入声和入声为韵；偶然有上去通押的例子，都是变例。"不但近体诗是这样，古体诗也是这样。杜甫和李颀的许多多到几十韵的长篇歌行，都没有上去通押。白居易的《琵琶行》和《长恨歌》，照今天的语音读起来。间有上去通押处，但极少。

由此而见，唐人认为上去有别，上去通押是不好听的。

"花儿"的歌手也是意识到这一点的。我统计了一下

《民间文学》一九七九年第一期发表的"花儿"，用平韵的十首，用仄韵的三十四首，仄韵多于平韵。仄韵中上去通押的也有，但不多，绝大部分是上声押上声，去声押去声。试看：

> 五月端阳插柳哩，牡丹开在路口哩，
> 共产党英明领导哩，精神咋能不有哩？

> 榆木安了锨把了，一切困难不怕了，
> 共产党的恩情记下了，劳动劲头越大了。

这样的严别上去，在民歌里显得很突出。

"花儿"的押韵还有一个十分使人惊奇的现象，是它有间行为韵这一体，上句和上句押，下句和下句押，就是西洋诗里的ABAB，如：

> 南山的云彩里有雨哩，
> 地下的青草（们）长哩；
> 毛主席的恩情暖在心底哩，
> 年年（吧）月月地想哩。

"雨"和"底"协，"长"和"想"协。

东拐西弯的洮河水,（A）

不停（哈）流,（X）

把两岸的庄稼（们）浇大;（B）

南征北战的老前辈,（A）

朱委员长,（X）

把您的功德（者）记下。（B）

千年的苦根子毛主席拔了,（A）

高兴（者）把'花儿'漫了;（B）

"四人帮"就像黑霜杀,（A）

我问你,（X）

唱'花儿'把啥法犯了？！（B）

这样的间行为韵,共有七首,约占《民间义学》这一期发表的"花儿"总数的六分之一,不能说是偶然的现象。我后来又翻阅了《民间文学集刊》和过去的《民间文学》发表的"花儿",证实这种押韵方式大量存在,这是"花儿"押韵的一种定格,无可怀疑。

间句为韵的一种常见的办法是两个上句或两个下句的句尾语词相同,如:

麦子拔下了草丢下,麻雀抱两窝蛋呢;

阿哥走了魂丢下，小妹妹做两天伴呢。

石崖吧头上的穗穗草，风刮着摆天下呢；
身子边尕妹的岁数小，疼模样占天下呢。

"花儿"还有一种非常精巧的押韵格式：四句的句尾押一个韵；而上句和上句的句尾的语词，下句和下句句尾的语词又互相押韵。无以名之，姑且名之曰"复韵"，如：

冰冻三尺口子开，雷响了三声（者）雨来；
爱情缠住走不开，坐下是无心肠起来。

这里"开"、"来"为韵，"口"和"走"为韵，"雨"和"起"又为韵。

十样景装的（者）箱子里，小圆镜装的
（者）柜子里；
我冤枉装的（者）腔子里，我相思病的
（者）内里。

这里四个"里"字是韵，"箱子"、"腔子"为韵，"柜"、

"内"又为韵。

间句为韵，古今少有。苏东坡有一首七律，除了双数句押韵外，单数句又互押一个韵，当时即被人认为是"奇格"。苏东坡写这样的诗是偶一为之，但这说明他意识到这样的押韵是有其妙处的。像"花儿"这样大量运用间行为韵，而且押得这样精巧，押出这样多的花样，真是令人惊叹！这样的间行为韵有什么好处呢？好处当然是有的，这就是比双句入韵、单句不入韵可以在声音上造成更为鲜明的对比，更大幅度的抑扬。我很希望诗人、戏曲作者能在作品里引进这种 ABAB 的韵格。在常见的 AAXA 和 XAXA 的两种押韵格式之外，增加一种新的（其实是本来就有的）格式，将会使我们的格律更丰富一些，更活泼一些。

"花儿"押韵的一个优点是韵脚很突出。原因是一句的韵脚也就是一句的逻辑和感情的重音。有些仿民歌体的新诗，也用了韵了，但是不那么突出，韵律感不强，虽用韵仍似无韵，诗还是哑的。原因之一，就是意思是意思，韵是韵，韵脚不在逻辑和感情重点上，好像是附加上去的。"花儿"的作者是非常懂得用韵的道理的，他们长于用韵，善于用韵，用得很稳，很俏，很好听，很醒脾。韵脚，是"花儿"的灵魂。删掉或者改掉一个韵脚，这首"花儿"就不存在了。

三

综上所述，我们可以为"花儿"的格律做一小结，以赠有志向民歌学习的新诗人：

1. "花儿"多用双音节的句尾，即两字尾。学习它，对突破仿民歌体新诗的三字尾是有帮助的。汉语的发展趋势是双音节的词汇逐渐增多，完全用三字尾作诗，有时不免格格不入。有的同志意识到这一点，出现了一些吸收词曲格律的新诗，如朔望同志的某些诗，使人感到面目一新。向词曲学习，是突破三字尾的一法，但还有另一法，是向"花儿"这样的民歌学习。我并不同意完全废除三字尾，三字尾自有其方兴未艾的生命。我只是主张增入两字尾，使民歌体的新诗的格律更丰富多样一些。

2. "花儿"是严别四声的。它没有把语言的声调笼统地分为平仄两大类。上去通押极少。上声和上声为韵，去声和去声为韵，在声音上取得很好的效果。上去通押，因受唐以来仄声说的影响，在多数诗人认为是名正言顺、理所当然的事。其实这是一种误会，这在耳感上是不顺的，是会影响艺术效果的。希望诗人在押韵时能注意到这一点。

3. "花儿"的作者对于语言、格律、声韵的感觉是非常敏锐的。他们不觉得守律、押韵有什么困难，这在他们一点也不是负担。反之，离开了这些，他们就成了被剪去翅膀的鸟。据剑虹同志在《试谈"花儿"》中说："每首'花儿'的创作时间顶多不能超过三十秒钟。"三十秒钟！三十秒钟，而能在声韵、格律上如此的精致，如此的讲究，真是难能之至！其中奥妙何在呢？奥妙就在他们赖以思维的语言，就是这样有格律的、押韵的语言。他们是用诗的语言来想的。莫里哀戏剧里的汝尔丹先生说了四十多年的散文，民歌的歌手一辈子说的（想的和唱的）是诗。用合乎格律、押韵的、诗的语言来思维（不是想了一个散文的意思再翻译为诗）。这是我们应该向民歌手学习的。我们要学习他们，训练自己的语感、韵律感。

我对于民歌和诗的知识都很少，对语言声韵的知识更是等于零，只是因为有一些对于民歌和诗歌创作的热情，发了这样一番议论。

我希望，能加强对于诗和民歌的格律的研究。

我和民间文学

前年在兰州听一位青年诗人告诉我，他有一次去参加花儿会，和婆媳二人同坐在一条船上。这婆媳二人一路交谈，她们说的话没有一句不是押韵的！这媳妇走进一个奶奶庙去求子。她跪下来祷告。那祷告词是：

> 今年来了，我是跟您要着哩，
> 明年来了，我是手里抱着哩，
> 咯咯嘎嘎地笑着哩！

这使得青年诗人大为惊奇了。我听了，也大为惊奇。这样的祷词是我听到过的最美的祷词。群众的创造才能真是不可想象！生活中的语言精美如此，这就难怪西北几省的"花儿"押韵押得那样巧妙了。

去年在湖南桑植听（看）了一些民歌。有一首土家族情歌：

姐的帕子白又白，

你给小郎分一截。

小郎拿到走夜路，

如同天上娥眉月。

　　我认为这是我看到的一本民歌集的压卷之作。不知道
为什么，我立刻想起王昌龄的《长信宫词》："玉容不及
寒鸦色，犹带昭阳日影来。"二者所写的感情完全不同，
但是设想的奇特有其相通处。帕子和月光，妙在似与不
似之间。民歌里有一些是很空灵的，并不都是质实的。

　　一个作家读一点民间文学有什么好处？我以为首先
是涵泳其中，从群众那里吸取甘美的诗的乳汁，取得美
感经验，接受民族的审美教育。

　　我曾经编过大约四年《民间文学》，后来写了短篇小
说。要问我从民间文学里得到什么具体的益处，这不好
回答。这不能像《阿诗玛》里所说的那样：吃饭，饭进
到肉里；喝水，水进了血里。要指出我的哪篇小说受了
哪几篇民间文学的影响，是不可能的。不过有两点可以说
一说。一是语言的朴素、简洁和明快。民歌和民间故事的
语言没有含糊费解的。我的语言当然是书面语言，但包
含一定的口头性。如果说我的语言还有一点口语的神情，
跟我读过上万篇民间文学作品是有关系的。其次是结构

上的平易自然，在叙述方法上致力于内在的节奏感。民间故事和叙事诗较少描写。偶尔也有，便极精彩。如孙剑冰同志所记内蒙故事中的"鱼哭了，流出长长的眼泪"。一般的故事和民间叙事诗多侧重于叙述。但是叙述的节奏感很强。"三度重叠"便是民间文学的一种常见的美学法则。重叙述，轻描写，已经成为现代小说的一个显著特点。在这一点上，小说需要向民间文学学习的地方很多。

我认为，一个作家要想使自己的作品具有鲜明的民族风格、民族特点，离开学习民间文学是绝对不行的。

我的话说得很直率，但确是由衷之言，肺腑之言。

图书在版编目（CIP）数据

晚翠文谈 / 汪曾祺著.—上海：上海三联书店，2018.12
ISBN 978-7-5426-6448-8

I.①晚… II.①汪… III.①文艺评论—中国—文集 IV.①I206-53

中国版本图书馆CIP数据核字（2018）第189734号

晚翠文谈

著　　者 / 汪曾祺

责任编辑 / 朱静蔚
特约编辑 / 李志卿　丁敏翔
装帧设计 / 微言视觉工坊｜阿龙　苗庆东
监　　制 / 姚　军
责任校对 / 李　以

出版发行 / 上海三联书店
　　　　　 （200030）中国上海市徐汇区漕溪北路331号中金国际广场A座6楼
邮购电话 / 021-22895557
印　　刷 / 山东临沂新华印刷物流集团有限责任公司

版　　次 / 2018年12月第1版
印　　次 / 2018年12月第1次印刷
开　　本 / 787×1092　1/32
字　　数 / 212千字
印　　张 / 12
书　　号 / ISBN 978-7-5426-6448-8 / I·1438
定　　价 / 48.00元

敬启读者，如发现本书有印装质量问题，请与印刷厂联系0539-2925680。